BIBLIOTHÈQUE DES DAMES

———

II

LA PRINCESSE DE CLÈVES

TIRAGE A PETIT NOMBRE.

Il a été tiré en outre vingt exemplaires sur papier de Chine (n⁰ˢ 1 à 20) et vingt sur papier Whatman (n⁰ˢ 21 à 40), accompagnés d'une *triple épreuve* du frontispice.

LA PRINCESSE DE CLÈVES

Jouaust Ed

Imp A Salmon

LA PRINCESSE
DE CLÈVES

PAR

Mᵐᵉ DE LA FAYETTE

PRÉCÉDÉE D'UNE ÉTUDE

PAR

M. DE LESCURE

Frontispice gravé par A. Lalauze

PARIS

LIBRAIRIE DES BIBLIOPHILES

Rue Saint-Honoré, 338

—

M DCCC LXXXI

MADAME DE LA FAYETTE

SA VIE ET SES OUVRAGES

I

ADAME *de La Fayette n'est pas la première femme qui ait écrit un roman célèbre, puisque M*lle *de Scudéry l'a fait
avant elle ; mais elle est la première qui
ait écrit, dans ce genre si cher aux femmes et où de tout
temps elles se distinguèrent d'une façon particulière,
un roman digne du nom de chef-d'œuvre et demeuré
à ce titre au répertoire de la littérature d'imagination
et de sentiment, sur le rayon favori des esprits subtils
et des cœurs délicats.*

*Ce roman, type exquis, modèle achevé des formes
de la conversation, des modes du sentiment et des
mœurs de l'amour aux plus beaux jours de notre
politesse et de notre galanterie, mérite une étude, et
son auteur un portrait. Nous allons essayer l'un et
l'autre, en empruntant le plus que nous le pourrons*

nos appréciations aux maîtres de la critique, sans renoncer à les contrôler et même à les contredire lorsque nous le croirons utile, et les traits de notre image aux témoignages contemporains, surtout à Mme de Sévigné, qui parle de Mme de La Fayette en cinq cents endroits de ses lettres, et fournit aux peintres littéraires une palette dont aucun jusqu'ici, selon nous, n'a fait assez d'usage.

Mme de Sévigné écrivait, le 29 avril 1671, à sa fille Mme de Grignan :

> Mme de La Fayette vous cède sans contestation la première place auprès de moi à cause de vos perfections ; quand elle est douce, elle dit que ce n'est pas sans peine ; mais enfin cela est réglé et approuvé ; cette justice la rend digne de la seconde, elle l'a aussi : la Troche s'en meurt...

Ainsi, de l'aveu de Mme de Sévigné, Mme de La Fayette fut sa meilleure amie ; elle occupa dans son cœur la première place après sa fille.

Mme de La Fayette, de son côté, écrivait à Mme de Sévigné (alors en Provence), le 24 janvier 1692, ce billet, le dernier d'elle qui ait été conservé, un des derniers, en tout cas, qu'elle ait écrits à la même adresse, car il est daté d'un an à peine avant sa mort, et il respire bien, comme on va le voir, la fatigue et la tristesse des heures testamentaires :

> Hélas ! ma belle, tout ce que j'ai à vous dire de ma santé est bien mauvais ; en un mot, je n'ai repos ni nuit ni jour, ni dans le corps ni dans l'esprit ; je ne suis plus une personne, ni par l'un ni par l'autre ; je péris à vue d'œil.

Il faut finir quand il plaît à Dieu, et j'y suis soumise. L'horrible froid qu'il fait m'empêche de voir Mme de Lavardin. Croyez, ma très chère, que vous êtes la personne du monde que j'ai le plus véritablement aimée.

On comprendra, après avoir lu ces lignes, que nous ne nous privions pas de la bonne fortune, trop négligée jusqu'ici par nos devanciers, depuis Auger jusqu'à Lemontey et depuis Sainte-Beuve jusqu'à M. Taine, de citer, le plus souvent que nous pourrons, les témoignages contemporains tant sur Mme de La Fayette que sur son œuvre : car on n'a pas tous les jours l'avantage de présenter au lecteur un portrait dont les plus nombreux et les meilleurs traits sont de Mme de Sévigné, et des jugements dont les considérants ont été formulés avant nous par des Bussy et des Valincour.

II

La vie de Mme de La Fayette offre peu d'événements. Son histoire tient tout entière dans quelques dates que nous mentionnerons rapidement, pour consacrer tous nos efforts à éclaircir cette existence de bonne heure effacée volontairement de la scène brillante du grand monde, réduite aux plaisirs de la conversation et de la composition littéraire, sans vanité d'esprit ni ambition d'auteur, au milieu d'un petit cercle choisi que domine une amitié célèbre, et vouée à l'entretien d'une influence mystérieuse dont la cause, les moyens et l'usage ne nous ont été révélés que récemment.

Pour en finir dès l'abord avec ce raccourci biographique, disons immédiatement que Marie-Madeleine Pioche de La Vergne, née en 1634, fille d'un père maréchal de camp et gouverneur du Havre, et d'une mère née de Péna, d'origine provençale, reçut, grâce aux soins de ses parents, gens de goût et d'esprit, une éducation particulièrement distinguée, qui féconda par toutes les ressources de l'art de rares dons naturels. Elle partagea cette culture raffinée, à laquelle Ménage, Huet et Segrais contribuèrent tour à tour, avec la future Mme de Sévigné, son émule en succès précoces, sa rivale sans jalousie dans les bonnes grâces de Ménage, qui les prit tour à tour pour objet de ses sonnets italiens et de ses vers latins, et malgré tout cela sa tendre et fidèle amie. L'une et l'autre apprirent du galant et aimable pédant l'italien et le latin lui-même, ce qui ne les empêcha point, comme on sait, de parler et d'écrire encore mieux le français, sur lequel l'une et l'autre auraient pu en remontrer à leur maître.

Mlle de La Vergne n'avait que quinze ans lorsqu'elle perdit son père, et sa mère ne tarda pas à convoler en secondes noces avec le chevalier Renaud de Sévigné, ami du cardinal de Retz, intimement mêlé aux intrigues de la Fronde avant de l'être aux querelles du jansénisme. Dès l'âge de vingt et un ans, en février 1655, Mlle de La Vergne épousa le comte de La Fayette. C'était le frère de cette fille d'honneur d'Anne d'Autriche, plus politique et plus ambitieuse peut-être qu'on ne l'a cru, dont le chaste roman d'amour, réduit à l'amitié, avec le roi Louis

XIII, fut clos par le dénouement, qui n'était pas encore devenu banal, de cette renonciation au monde
et de cette retraite au cloître par suite de laquelle la
belle transfuge de la cour devint la mère Angélique,
supérieure du couvent de Chaillot.

Au contraire de sa sœur, le comte de La Fayette ne
paraît avoir rien eu d'héroïque ni de romanesque
dans l'esprit et dans le cœur. Il fit bravement son
devoir de soldat et de mari, donna deux enfants à
sa femme, destinés l'un à mourir prématurément au
milieu d'une carrière militaire assez brillante, l'autre
à vivre longuement, pourvu de bonnes abbayes ; et
puis, n'ayant plus sans doute grand'chose de bon
à faire en ce monde, il mourut lui-même d'une mort
aussi obscure que son existence et dont la date est
ignorée.

Mme de La Fayette ne se remaria pas, et ne semble
pas en avoir eu envie. Bien que, faute de preuve contraire, on doive supposer qu'elle n'avait pas eu à
se plaindre de son mari, il est permis de croire qu'elle
goûta la philosophie quelque peu ironique mais pratique formulée dans cet avis d'une veuve cité par
Chamfort, que « c'est une belle chose que de porter
le nom d'un homme qui ne peut plus faire de sottises ».

Quoi qu'il en soit des qualités ou des défauts d'un
mari si peu gênant qu'on ne sait même à quelle époque il cessa de s'effacer pour disparaître tout à fait,
Mme de La Fayette ne renouvela pas l'expérience.
Peut-être,— si la chose eût été possible, et si elle ne se
fit pas, c'est qu'elle ne fut pas jugée possible par deux

personnes trop avisées pour faire aux préjugés du
monde ou aux scrupules de l'affection des sacrifices
inutiles,— peut-être se fût-elle laissé tenter par un titre
qui n'eût d'ailleurs guère ajouté à sa considération et
eût pu nuire à son bonheur : celui de femme de ce La
Rochefoucauld dont elle fut l'amie dans le sens le plus
intime, le plus doux et le plus noble de ce mot. Ce qu'il
y a de certain, c'est qu'elle resta veuve et porta dignement et sagement le nom de celui avec lequel elle avait
été mariée, si peu que ce fût. Il n'en faut pas tant
que cela à une femme d'un esprit juste et fin, d'un
cœur délicat et d'un tempérament discret, pour apprécier le fort et le faible du mariage, et le juger dans
ce qu'il tient de la réalité et dans ce qu'il peut prêter
au roman.

Il est deux autres circonstances dont il y a lieu de
tenir compte parmi les influences dominantes qui
agirent sur la direction de la vie de Mme de La
Fayette à ses débuts dans le monde, et sur les habi-
tudes de son esprit à l'heure décisive de la formation
du tempérament moral et littéraire.

D'abord, elle fut des habituées et des favorites de
l'hôtel de Rambouillet, et il ne serait pas moins injuste
et inexact de contester qu'elle ait subi l'influence de
ce salon souverain que d'exagérer cette influence. Oui,
Mme de La Fayette fut de l'hôtel de Rambouillet et
garda dans ses manières, dans son ton, dans son
langage, dans son style, de certaines traces de cette
initiation aux mystères de la préciosité ; mais elle tra-
versa,—plus qu'elle ne s'y assit,—le salon bleu d'Ar-

*thénice, non dans la première, mais dans la seconde
période de cette souveraineté de la conversation, de
l'urbanité, de la galanterie. Déjà pénétraient dans ce
monde aux finesses factices et aux artificielles délicatesses, par quelque fenêtre laissée imprudemment
entr'ouverte, un courant d'air plus vif et plus frais,
un souffle de nouveauté, de liberté, qui n'allaient pas
tarder à susciter cette petite révolution de la mode, des
mœurs et du goût, propice à la sincérité des sentiments
et à celle de leur expression. Oui, Mme de La Fayette,
comme Mme de Sévigné, a mérité de figurer dans le
galant et frivole catalogue de Saumaise, qu'il est impossible de feuilleter sans respirer avec mélancolie
cette odeur de rose fanée qu'exhalent les herbiers ;
mais elles sont des tard venues, des dernières venues,
de celles qui n'auront pas le temps de se gâter, et qui
échapperont, l'une par sa vivacité même, qui ne va pas
sans une certaine inconstance, et l'autre par son sentiment et son goût précoce de la réserve, de la mesure
en toutes choses, à la contagion de l'esprit de ruelle.*

*Mais il ne faut rien exagérer ni dans un sens ni
dans l'autre, comme nous l'avons dit. Il y aurait er-
reur, et même ingratitude, à contester l'influence de
l'hôtel de Rambouillet et même de Mlle de Scudéry
sur Mme de La Fayette, influence bienfaisante et féconde précisément parce qu'elle fut courte et légère.
C'est ce que M. Cousin a fort bien démêlé et constaté
quand il a dit que « les romans de Mlle de Scudéry
furent, en somme, l'école où Mme de La Fayette apprit, et non du premier coup, à faire les siens », et*

même quand il a ajouté : « Qui ne se plaît pas à cer-
taines parties de CYRUS *est incapable de sentir et de*
comprendre LA PRINCESSE DE CLÈVES [1]. »

Tout cela est juste, mais il ne faut rien exagérer,
répéterons-nous, et peut-être M. Cousin, dans son
engouement pour le CYRUS, *touche-t-il à l'exagéra-*
tion, et enfle-t'il un peu cette influence de l'hôtel de
Rambouillet et des romans de Mlle de Scudéry sur
Mme de La Fayette. Nous croyons l'apprécier jus-
tement en disant que Mme de La Fayette connut
et partagea même jusqu'à un certain point les er-
reurs de goût dont l'hôtel de Rambouillet fut le
sanctuaire, mais qu'elle se débarrassa très vite de cette
contagion de la préciosité, de même qu'après avoir
reçu des mains de Mlle de Scudéry le moule discrédité
du roman traditionnel, à travestissements antiques et
à interminables digressions, elle le modifia sans le
briser, le rajeunit et le renouvela de façon à en faire
sortir pour la première fois la vérité des caractères,
la logique des situations, une action nouée et dénouée
avec art, et surtout ce style élégant et fin qui est un
enchantement au sortir des solennelles fadeurs du
scudérisme.

Nous passons au second événement dont il faut
tenir compte dans la génération du talent de Mme de
La Fayette. Elle ne fut pas seulement de la meilleure

---

1. *La Société française au* XVIIe *siècle,* d'après le *Grand*
Cyrus de Mlle de Scudéry, par Victor Cousin. Paris, 1858,
2 vol. in-8, t. Ier, p. 104-105.

compagnie, comme Mlle de Scudéry, mais elle eut cet avantage sur sa devancière de pouvoir étudier, à la cour la plus galante et la plus polie qui ait jamais existé, sur place, d'après nature, avec les commodités d'observation d'un témoin plutôt que d'un acteur de cette grande comédie, qui en traverse à peine le théâtre, mais qui en fréquente la coulisse, les types, les caractères de ces personnages du temps des Valois qu'elle aime à placer dans ses romans. C'est ainsi qu'elle en fera, par les mœurs et le langage, des héros du siècle de Louis XIV, au beau temps des amours du roi et de Mlle de La Vallière, et de toute cette pompe de cour dont Benserade sera le poète et Mme de La Fayette le romancier. Nul doute qu'elle n'ait plus songé, en écrivant par exemple LA PRINCESSE DE CLÈVES, à Madame Henriette, duchesse d'Orléans, qu'à Marie Stuart, à Louis XIV qu'à Henri II, à Mme de Montespan qu'à Diane de Poitiers, et qu'elle ne se soit surtout inspirée, pour tracer le caractère de ses héros et de ses héroïnes, de ces intrigues d'ambition et d'amour où excellaient sous ses yeux les comtesse de Soissons, les Lauzun, les de Vardes et les Guiche.

Il y a, sur cette initiation de Mme de La Fayette aux mœurs et aux caractères de la cour, par le fait de la faveur dont elle jouit auprès de la première duchesse d'Orléans, une page excellente qu'il est impossible de ne pas citer.

Dès les premiers temps de son mariage, elle avait eu l'occasion de voir fréquemment, au couvent de Chaillot, la jeune princesse d'Angleterre, près de la reine Henriette qui, alors en exil, s'y était retirée. Quand la jeune princesse fut devenue Madame et l'ornement le plus animé de la cour, Mme de La Fayette, bien que de dix ans son aînée, garda l'ancienne familiarité avec elle, eut toujours ses entrées particulières, et put passer pour sa favorite... A l'âge d'environ trente ans, Mme de La Fayette se trouvait donc au centre de cette politesse et de cette galanterie des plus florissantes années de Louis XIV; elle était de toutes les parties de Madame à Fontainebleau ou à Saint-Cloud; spectatrice plutôt qu'agissante; n'ayant aucune part, comme elle nous dit, à sa confidence sur certaines affaires, mais, quand elles étaient passées et un peu ébruitées, les entendant de sa bouche, les écrivant pour lui complaire. « Vous écrivez bien, lui disait Madame, écrivez, je vous fournirai de bons mémoires. » — « C'était un ouvrage assez difficile, avoue Mme de La Fayette, que de tourner la vérité, en de certains endroits, d'une manière qui la fît connaître et qui ne fût pas néanmoins offensante ni désagréable à la princesse [1]. »

A son intimité avec Madame, à son séjour intermittent dans cette petite cour du Palais-Royal, où s'agitaient des intrigues dignes du temps des Valois, Mme de La Fayette devait gagner une expérience des manèges de cour, du caractère des princes, qui ne fut pas inutile à cet art de conduite, à cette habileté dans la gestion de ses affaires et de celles des autres, qui seront un des traits essentiels de sa physionomie. Elle y gagna aussi une finesse d'observation à jamais aiguisée, et dans l'expression une subtilité capable de toutes les nuances et de tous les sous-entendus. C'est un petit chef-d'œuvre en ce genre (et

---

1. Sainte-Beuve, *Portraits de femmes.*

nous en trouverions plus d'un autre en feuilletant ces romans écrits dans le style des mémoires) que le passage où, à propos de la liaison entre Louis XIV et sa coquette et sémillante belle-sœur, elle trouve moyen de tout dire en ne disant rien :

Elle (Madame) se lia avec la comtesse de Soissons, et ne pensa plus qu'à plaire au roi comme belle-sœur ; je crois qu'elle lui plut d'une autre manière, je crois aussi qu'elle pensa qu'il ne lui plaisoit que comme un beau-frère, quoiqu'il lui plût peut-être davantage ; mais enfin, comme ils étoient tous deux infiniment aimables et tous deux nés avec des dispositions galantes, qu'ils se voyoient tous les jours au milieu des plaisirs et des divertissemens, il parut aux yeux de tout le monde qu'ils avoient l'un pour l'autre cet agrément qui précède d'ordinaire les grandes passions.

Jamais Mlle de Scudéry, avec son style solennel dont elle ne parvenait jamais à replier les grandes ailes, ne fût parvenue à renfermer tant de choses dans si peu de lignes, sous cette forme vive, alerte et courante qui a les limpidités et les miroitements de l'eau au soleil.

Le troisième événement de la vie de Mme de La Fayette qui exerça sur son caractère et son talent une influence durable et on peut même dire décisive, ce fut sa liaison intime avec le duc de La Roche-foucauld, l'auteur des MAXIMES. *On a souvent répété, à propos de ce commerce, la formule de l'utilité qu'en tira Mme de La Fayette, en lui attribuant ces paroles : « Il m'a donné de l'esprit, mais j'ai ré-formé son cœur. » Nous allons essayer de démêler si cette formule résume bien l'échange quotidien d'idées* et de sentiments qui marque la liaison entre ces deux intelligences raffinées, ces deux cœurs désabusés, semble-t-il, de bonne heure, qui n'eurent guère d'illusions à mettre en commun, et si elle fut aux deux intéressés aussi profitable qu'elle leur fut délicieuse. C'est à Mme de Sévigné que nous emprunterons les principaux témoignages nécessaires à l'histoire, qui se déroula sous ses yeux attentifs et sympathiques, de ce roman suprême de la vie de Mme de La Fayette, non moins tempéré, discret et délicat que ceux qu'elle écrivit en idéalisant ses souvenirs. Bien que nous devions et voulions nous garder de tomber dans ce défaut de la prolixité, que détestait tant Mme de La Fayette, cette étude exige un certain développement qu'on nous pardonnera en raison de l'intérêt attaché à tout ce qui touche à de tels personnages, et encore plus du charme que Mme de Sévigné a su répandre sur la moindre de ses confidences.

III

Précisons d'abord les dates, éléments essentiels d'appréciation, surtout en cette recherche des influences morales. Mme de La Fayette, selon l'avis de Sainte-Beuve, qui est le nôtre, avait de trente-deux à trente-trois ans, et La Rochefoucauld cinquante-deux, quand, vers 1665 ou 1666, ils entr'ouvrirent les voiles d'une liaison encore mystérieuse, et firent, avec une confiance qui ne fut pas trompée, appel à l'indulgence du monde en faveur d'une de ces intimités franchement déclarées en même temps que décemment soutenues, qui ne froissaient aucune bienséance, et auxquelles une longue fidélité devait assurer même la considération.

Ce qui témoigne de l'art avec lequel deux personnes si avisées ménagèrent toutes les transitions, tinrent compte de tous les ombrages et de tous les scrupules, c'est ce fait incontestable que la liaison ne souleva pas la moindre critique parmi les amis des deux parties, ne leur en fit pas perdre un seul, leur en attira plus d'un, et fut acceptée et respectée à l'envi par les deux familles, satisfaites peut-être de n'avoir pas à redouter pis, c'est-à-dire un de ces mariages tardifs qui alarment les intérêts, plus susceptibles que les consciences.

Peut-être une renonciation tacite, implicite, à tout dénouement de ce genre, fut-elle la condition ou la récompense de cette tolérance. Toujours est-il que la liaison trouva moyen d'échapper même au danger, presque inévitable en pareil cas, des satires et des chansons. Elle parut une société d'esprit plus encore qu'une société de cœur, et, contrairement à l'ordinaire, fut préservée, par les apparences, des inconvénients de la réalité. Il n'est que juste d'ailleurs de faire la part, dans ce bonheur, qui dut très peu au hasard, qu'on sait malin, de l'habileté consommée d'un homme qui, au dire de Mme de Sévigné, connaissait admirablement les femmes, et d'une femme qui ne connaissait pas moins bien les hommes.

C'est Mme de Sévigné qui va nous introduire maintenant dans cette intimité qui n'eut pas pour elle de secrets. C'est à partir de 1671 que s'ouvre pour nous la source abondante de ces révélations amicalement indiscrètes et caractéristiques ; et c'est justement le meilleur moment pour l'observation. En 1671, la mort de Madame a rejeté Mme de La Fayette dans une retraite définitive, que coupent à peine quelques intermittentes apparitions dans le grand monde ou à la cour. Le succès de son premier roman, LA PRINCESSE DE MONTPENSIER (1662), et surtout celui de ZAYDE (1670), ont assuré sa réputation littéraire. Si elle n'a pas tout à fait renoncé à l'ambition, dont un esprit curieux et un cœur généreux comme le sien ne se détachent jamais entièrement, ne fût-ce qu'à cause du plaisir qu'il y a à user de son crédit pour les autres, sinon pour soi, elle a renoncé aux passions ; elle n'a plus que celle de l'amitié. Elle frise la quarantaine, âge toujours critique 'pour la femme, et où les derniers feux de l'imagination et des sens ne s'éteignent que peu à peu dans un progressif apaisement.

La Rochefoucauld frise, lui, la soixantaine, et conquiert peu à peu, lui aussi, la sérénité de l'expérience qui n'a plus à apprendre et s'efforce d'oublier. Entre les deux amis, qui ne furent amants peut-être que pour arriver à cette complète intimité des gens qui n'ont rien à se refuser ni à se cacher, il n'y a plus que des tendresses de cœur et des plaisirs d'esprit. Autour d'eux gravite une société choisie qu'ils observent en la charmant. Tous les jours le duc vient de son hôtel de la rue de Seine, où la rue des Beaux-Arts actuelle a remplacé les salons et les jardins disparus, au joli ermitage de

Mme de La Fayette, sis entre cour et jardin rue de Vaugirard, en face du petit Luxembourg. Il s'assied dans le grand fauteuil qui lui est réservé, près de la chaise de la comtesse, et ils causent, ils se souviennent, ils vivent doucement ensemble, dans un tête-à-tête qu'interrompent, avec leur rafraîchissement d'idées et leur mouvement de nouvelles, les visites des amis qu'attire l'exemple et que retient le charme de cette grande et illustre amitié, type et honneur de la liaison entre homme et femme, lorsqu'est passée l'heure chaude et orageuse de l'amour. Le cadre ainsi posé, c'est le moment d'y placer les figures, et d'abord la plus agréable et la plus animée de toutes : celle de Mme de Sévigné.

De tout temps liée avec Mme de La Fayette, dont la mère avait, en secondes noces, épousé un oncle de son mari, Renaud de Sévigné, la marquise n'avait jamais fait appel en vain aux bons offices de la comtesse, et l'avait trouvée amie solide, zélée, autant qu'avisée, notamment lors de cette affaire de la découverte de la cassette de Fouquet, où des lettres fort inoffensives et innocentes de Mme de Sévigné, adressées au présomptueux et galant surintendant, servirent un moment de thème à des médisances jalouses et malignes autant que peu fondées, qui, pas plus que celles de Bussy, ne parvinrent à entamer une réputation invulnérable [1].

Nous retrouvons, quelques années après, en 1666 et en 1667, Mme de La Fayette et Mme de Sévigné

---

1. Lettre du 9 octobre 1661, à Ménage.

écrivant toutes deux dans la même lettre à leur ami commun Arnauld de Pompone. Mais c'est surtout en février 1671, lorsque le cœur de Mme de Sévigné fond pour la première fois en larmes, lors de sa première séparation d'avec sa fille, que nous assistons à un redoublement d'intimité entre les deux amies, dont l'une ne trouve que chez l'autre des consolations dignes de sa douleur et de son objet. C'est d'Hacqueville et Mme de La Fayette qui sont ses soutiens et qui la réconfortent dans ses désespoirs maternels.

Toute la correspondance de février et de mars 1671 est pleine de détails de ce genre.

..... J'allai ensuite chez Mme de La Fayette, qui redoubla mes douleurs par la part qu'elle y prit. Elle étoit seule et malade et triste de la mort d'une sœur religieuse ; elle étoit comme je la pouvois désirer. M. de La Rochefoucauld y vint ; on ne parla que de vous, de la raison que j'avois d'être touchée et du dessein de parler comme il faut à Merlusine. Je vous réponds qu'elle sera bien relancée.

Ce surnom de Merlusine était une première vengeance contre Mme de Marans, jadis amie, maintenant à jamais disgraciée pour s'être permis une médisance ou plaisanterie de mauvais goût à propos de la dernière fausse couche de Mme de Grignan. Les femmes et les mères ne pardonnent guère ces offenses-là. On le fit bien voir à Mme de Marans, contre laquelle prirent parti à l'envi tous les amis de Mme de Sévigné, parmi lesquels Mme de La Fayette et M. de La Rochefoucauld lui-même se distinguèrent par la chaleur de leur alliance et la malignité de leurs représailles. À tous ces titres du présent se joignaient les souvenirs du passé. Mme de La Fayette est donc en grande faveur en 1671 auprès de Mme de Sévigné et même de Mme de Grignan, bien que cette dernière ne lui ait jamais été complétement gagnée. Mme de Sévigné, pendant la première rigueur de son deuil maternel, ne veut rompre son abstinence mondaine que pour aller dîner en tête-à-tête au faubourg, comme elle dit, c'est-à-dire avec Mme de La Fayette, au faubourg Saint-Germain. C'est au coin du feu de Mme de La Fayette qu'elle passe, « farouche au point de ne pas pouvoir souffrir quatre personnes ensemble », son mardi gras de février 1671. Toutes les lettres de ce triste moment sont pleines de détails sur ce redoublement d'intimité avec Mme de La Fayette, et par suite avec son insé-parable La Rochefoucauld. Nous glanons, deçà de-là, quelques traits de physionomie et de caractère.

Mme de La Fayette et tout ce qui est ordinairement chez elle vous fait souvenir de l'amitié qu'ils ont pour vous, et vous prie d'en avoir un peu pour eux. Mme de La Fayette dit qu'elle aimerait fort à jouer le rôle que vous jouez, quand ce ne serait que pour changer ; vous savez comme elle est quelquefois lasse de la même chose.

Dans ces crises d'ennui où s'alourdissait la mono-tonie de sa vie, Mme de La Fayette se sentait aussi plus disposée à goûter la sévère éloquence de Bour-daloue. Mme de Sévigné écrit le 3 mars 1671 :

Ah ! Bourdaloue, quelles divines vérités nous avez-vous dites aujourd'hui de la mort ! Mme de La Fayette y était pour la première fois de sa vie ; elle étoit transportée d'admiration.

A la même date, Mme de Sévigné consacrait son amitié pour Mme de La Fayette par un présent qui en était un significatif témoignage : « *Je lui ai donné une belle copie de votre portrait, écrit-elle à sa fille, il pare sa chambre, où vous n'êtes jamais oubliée.* » *De son côté, Mme de La Fayette employait son expérience et sa finesse au service de l'autorité maternelle de Mme de Sévigné, quelque peu mise à l'épreuve par la liaison de son fils avec l'enchanteresse Ninon de L'Enclos :* « *Nous faisons nos efforts, Mme de La Fayette et moi, pour le dépêtrer d'un engagement si dangereux.* » (1er *avril* 1671.) *Une autre affaire détournait les deux amies de cette négociation délicate, pour le succès de laquelle les dédains de Ninon et le dépit de Charles de Sévigné devaient plus faire que tous leurs conseils : c'était celle de cette impertinente et importune Mme de Marans, qu'on réduisait à merci par des avanies dans le genre de celleci, où la malicieuse bonhomie dont Mme de La Fayette armait parfois ses douceurs faisait merveilles :*

La Marans disoit l'autre jour chez Mme de La Fayette : « Ah ! mon Dieu ! il faut que je me fasse couper les cheveux. » Mme de La Fayette lui répondit bonnement : « Ah ! mon Dieu ! Madame, ne le faites point ; cela ne sied bien qu'aux jeunes personnes. » Si vous n'aimez ces traits-là, dites-mieux. (8 avril 1671.)

Une lettre du 17 *avril nous montre Mme de La*

Fayette, bien que ne faisant pas profession d'aller à la cour, reçue par le roi avec une distinction particulière, quand elle s'y laisse attirer. Louis XIV lui savait gré de ces romans où elle avait donné le ton de la haute et noble galanterie, et se souvenait avec plaisir du temps où il l'avait rencontrée chez la toujours regrettée Madame, conseillère avisée et favorite discrète. Mme de Montespan et Mme de Thianges, sa sœur, avaient aussi pour elle une estime singulière, et ne perdaient pas une occasion de lui ménager les bonnes grâces du roi et de se ménager ainsi celles d'une personne dont en toute matière le goût faisait autorité. Mme de Sévigné n'aimait pas Mme de Montespan, et sans doute n'en était pas aimée; elle était de préférence, comme sa fille, portée vers la raisonnable et habile Mme de Maintenon, qui creusait sourdement encore les mines de sa future faveur. Mme de Sévigné écrit à sa fille :

Mme de La Fayette fut hier à Versailles. Mme de Thianges lui avoit mandé d'y aller. Elle y fut reçue très bien, mais très bien, c'est-à-dire que le roi la fit mettre dans sa calèche avec les dames, et prit plaisir à lui montrer toutes les beautés de Versailles, comme un particulier que l'on va voir dans sa maison de campagne. Il ne parla qu'à elle, et reçut avec beaucoup de plaisir et de politesse les louanges qu'elle donna aux merveilleuses beautés qu'il lui montroit. Vous pouvez penser si l'on est contente d'un tel voyage. M. de La Rochefoucauld, que voilà, vous embrasse sans autre forme de procès, et vous prie de croire qu'il est plus loin de vous oublier qu'il n'est prêt à danser la bourrée. Il a un petit agrément de goutte à la main qui l'empêche de vous écrire dans cette lettre.

De mai 1671 à mai 1672, l'intimité va toujours ce même train, et nous avons une foule de détails qui nous en donnent le ton, tout en nous découvrant quelque nouveau trait pris sur le vif de cette physionomie, jusqu'ici demeurée mystérieuse et même énigmatique, de Mme de La Fayette. C'est à elle seule que Mme de Sévigné, au milieu des tendresses, des amitiés, des remerciements de M. de La Rochefoucauld, de Segrais, en réponse aux compliments de Mme de Grignan, ose faire tout bas à l'oreille confidence de la nouvelle grossesse de Mme de Grignan, qui ajoute à ses anxiétés maternelles; c'est chez elle qu'elle retrouve sa fille dans ce portrait si ressemblant que la Marans n'ose lever les yeux dessus. C'est Mme de La Fayette qu'elle rencontre non seulement chez elle, au faubourg, en face du Luxembourg, où languit et s'irrite Mademoiselle, mais chez M. de La Rochefoucauld, et qui s'inquiète d'elle avec une sollicitude flatteuse à la première alerte sur sa santé.

Mme de Sévigné observe et étudie de son œil pénétrant son amie, en ce moment de concentration, de fixation définitive du tempérament, du caractère et du talent. Elle répète volontiers ses mots. Pour s'excuser auprès de sa fille de son impatience parfois importune de lettres et de ses anxiétés à la moindre intermittence de correspondance, où elle tombe dans ces pensées gris brun, selon le mot de M. de La Rochefoucauld, qui deviennent noires pendant les nuits d'insomnie, elle convient de cette imperfection et ajoute en souriant : « Comme disoit un jour Mme de La

Fayette, a-t-on gagé d'être parfaite? » — « C'est un
embarras, comme dit Mme de La Fayette », déclare-t-elle
un autre jour ; et on sent tout de suite que
le mot est d'une personne qui ne les aime pas, et qui
a l'art de les éviter ou de les supprimer ; personne fine,
subtile, exacte, s'insinuant partout, bonne à tout, à
demander pour Mme de Grignan son dernier livre à
Arnauld d'Andilly comme à suivre tour à tour une négociation auprès de Mme Scarron ou de Mme Du-
fresnoy, la maîtresse du puissant marquis de Louvois ;
toujours occupée de quelque affaire, surmenant
son cerveau que paralyse souvent la migraine, et fort à
plaindre de ce mal, au point que Mme de Sévigné se
demande s'il ne vaudrait pas mieux n'avoir pas autant
d'esprit que Pascal que d'en avoir les incommodités.

  Pourtant, habituée à triompher de tout, même de
cette santé dérangée depuis 1661, qui n'en permettra
pas moins souvent à l'active valétudinaire les tours
de force de cette faiblesse herculéenne, privilège des
femmes comme elle, Mme de La Fayette, dès qu'un
rayon de succès l'éclaire, reprend la gaieté et le
brillant du soleil. Qu'une nouvelle faveur royale tombe
sur le prince de Marsillac, fils de M. de La Rochefoucauld, et qu'elle y prenne part et s'en pare comme
un membre de la famille, elle se déride, s'épanouit, et
à Livry, malgré tous ses maux, elle trouve moyen
d'écrire « des gaillardises » à Mme de Sévigné, qu'ils
souhaitent voir auprès d'eux (ils comprend La Rochefoucauld qui ne la quitte guère). (6 septembre 1671.)
Ou bien c'est une consultation sur ces MAXIMES qu'on

discute, qu'on polit, qu'on raffine, qu'on aiguise de
près ou de loin entre amis, par conversations ou par
lettres, et qui sont devenues ainsi autant l'œuvre de
sa société intime que celle de La Rochefoucauld lui-
même. La Rochefoucauld le misanthrope, nous l'ap-
prenons aussi par ces lettres de Mme de Sévigné où il y
a tant de choses, se pique d'aimer les bêtes. « Il a une
souris blanche, écrit Mme de Sévigné à Mme de Grignan, qui est aussi belle que vous. C'est la plus jolie
bête qu'on ait jamais vue. Elle est dans une cage. »

Mme de La Fayette n'a pas de ces faiblesses, de ces
tendresses pour les animaux; il semble qu'elle n'y voie
qu'un luxe d'affection inutile. Les bêtes le sentent, elles
ne l'aiment pas; un chat a failli jadis lui crever les
yeux, et on ne voit pas à son coin du feu, couchée
avec la fierté craintive des favoris subalternes, une
Marphise, comme chez Mme de Sévigné, ou un Rago-
tin, comme chez Mme d'Épinay. Mme de La Fayette
n'aime, semble-t-il, ni les chiens ni les oiseaux. La
nature lui plaît surtout comme un bon lit de repos.
Elle s'étend et se détend à l'aise à Fleury ou à Saint-
Maur chez Gourville, où elle sera bientôt établie
comme chez elle, et ne supportant pas d'être dérangée
même par le maître de la maison, car elle est volontaire, Gourville prétend envahissante, despotique,
égoïste (mais c'est une mauvaise langue), et ne sup-
porte guère la contradiction, et au besoin gronde sans
se gêner les gens qu'elle aime le mieux, comme les
bêtes qu'elle n'aime pas. « Hé, ma fille ! comme vous
voilà faite ! écrit Mme de Sévigné à sa fille qui porte

un peu trop en négligé, c'est-à-dire un peu trop sincèrement, le deuil du chevalier de Grignan. Mme de
La Fayette vous grondera comme un chien. Coiffez-
vous demain pour l'amour de moi. »

Toute personne a ses qualités et ses défauts. Mme de
La Fayette avait les siens sans doute, mais on ne
s'en apercevait guère. On subissait son ascendant ou
son charme. Elle devenait bientôt indispensable à
ses amis, enlacés des mille liens de ces rets captieux de
grâce, d'esprit, d'urbanité, de galanterie. Qu'on juge
de l'état de M. de La Rochefoucauld, durant les rares absences où elle allait retremper dans l'isolement
et le repos absolu, aux sources de vie qui ne coulent
que dans la solitude, les ressorts de sa frêle existence.
Écoutons Mme de Sévigné sur l'effet que faisaient ces
fuites dans la retraite, ces fugues de sieste villégiatu-
rale de Mme de La Fayette, sur tout son monde déso-
rienté.

Mme de La Fayette s'en va demain à une petite maison
auprès de Meudon (à Fleury, au-dessous de Meudon), où
elle a déjà été. Elle y passera quinze jours, pour être comme
suspendue entre le ciel et la terre. Elle ne veut pas penser,
ni parler, ni répondre, ni écouter ; elle est fatiguée de dire
bonjour et bonsoir ; elle a tous les jours la fièvre, et le repos
la guérit ; il lui faut donc du repos. Je l'irai voir quelquefois. M. de La Rochefoucauld est dans cette chaise que vous
connaissez. Il est dans une tristesse incroyable, et l'on comprend bien aisément ce qu'il a. (15 avril 1672.)

Ce remède de la vie à la campagne, où elle apporte
une âme, en somme, si peu campagnarde, soulage plus
Mme de La Fayette qu'il ne la guérit. Sa santé n'est

MADAME DE LA FAYETTE

jamais bonne et la fièvre la reprend parfois traîtreu-sement. Malgré cela, elle charge Mme de Sévigné de mander à Mme de Grignan « qu'elle n'en aime pas mieux la mort, au contraire ». Si elle n'aimait pas la vie pour les autres, par affection, elle l'aimerait encore pour elle-même, par curiosité. Cette curiosité donne l'expérience, mais l'expérience est souvent triste ; et l'intérieur du faubourg n'est pas gai tous les jours.

Mme de La Fayette est toujours languissante, écrit Mme de Sévigné le 30 mai 1672, M. de La Rochefoucauld toujours écloppé ; nous faisons quelquefois des conversations d'une tristesse qu'il semble qu'il n'y ait plus qu'à nous enterrer. Le jardin de Mme de La Fayette est la plus jolie chose du monde, tout est fleuri, tout est parfumé ; nous y passons bien des soirées, car la pauvre femme n'ose pas aller en carrosse. Nous vous souhaiterions bien quelquefois derrière une palissade pour entendre certains discours de certaines terres inconnues que nous croyons avoir decouvertes [1].

Enfin, ma fille, en attendant le jour heureux de mon départ, je passe du faubourg au coin du feu de ma tante, et du coin du feu de ma tante à ce pauvre faubourg.

Ce qui explique et excuse, en dehors des soucis de santé, la tristesse de l'intérieur de Mme de La Fayette, à ce moment, c'est la trombe de malheurs et de deuils qui s'abattait à la même époque sur la tête de M. de La Rochefoucauld. Il avait commencé par perdre sa vraie mère, « dont il est véritablement affligé, écrit Mme de Sévigné. Je l'ai vu pleurer, ajoute-t-elle, avec

---

1. Allusion à la carte du Tendre de la *Clélie.*

une tendresse qui me le faisoit adorer. C'étoit une femme d'un vrai mérite ; et enfin, dit-il, « c'étoit la « seule qui n'a jamais cessé de m'aimer. » Le cœur de M. de La Rochefoucauld pour sa famille est une chose incomparable. »

Ce cœur était mis bientôt à de nouvelles et plus douloureuses épreuves et vraiment blessé de tous les côtés à la fois. C'était d'abord la mort du jeune duc de Longueville. Mme de Sévigné était chez Mme de La Fayette avec M. de La Rochefoucauld quand on y apprit cette funeste nouvelle. Elle fut aussi des premières à aller porter ses condoléances à Mme de Longueville, et elle dut être touchée, sans en être surprise, d'entendre la duchesse placer au nombre des rares personnes dont la pitié lui étoit le plus assurée Mme de La Fayette elle-même, celle qui lui avait succédé, mais sans usurpation, trouvant la place vide depuis longtemps, dans le cœur de M. de La Rochefoucauld. Au même moment, frappé plus directement encore par cette grêle de terribles nouvelles, le duc venait d'apprendre que son fils aîné, le prince de Marsillac, avait été blessé, et son quatrième fils, le chevalier de Marsillac, tué à ce passage du Rhin qu'il ne faut pas voir à travers le prisme épique des vers du satirique courtisan, mais qui fit tant de veuves et mit tant de mères en deuil.

Le voyage de Mme de Sévigné en Provence, en 1672-1673, car son absence dura plus d'un an, près de dix-huit mois, nous permet de voir en mouvement, en action, sa liaison avec Mme de La Fayette ; il nous

d

permet aussi de les comparer sur le terrain du style épistolaire, car Mme de La Fayette, qui aimait peu à écrire, qui écrivait beaucoup, mais très brièvement et en prenant les plus courts chemins, ne put priver Mme de Sévigné absente de son tribut de nouvelles et de sentiment, de ce plaisir de la poste qu'elle goûtait si singulièrement et peut-être plus encore que celui de la conversation, bien qu'elle ne brillât pas moins la parole sur les lèvres que la plume à la main. Nous avons donc, en 1672-1673, la vraie bonne fortune de pouvoir lire et analyser jusqu'à une dizaine de lettres de Mme de La Fayette à son amie; nous pouvons ainsi l'apprécier sous un nouveau jour, et au plaisir de la voir peinte par Mme de Sévigné s'ajoute le plaisir de la voir peinte par elle-même.

Certes les lettres de Mme de Coulanges sont charmantes et souvent dignes d'être comparées à celles de Mme de Sévigné; mais, bien que très différentes, celles de Mme de La Fayette, d'un tour si vif et si net, d'un style si simple et si pur, d'un ton si juste et si fin, approchent encore plus de la perfection. Elles n'ont ni la grâce futée et la malice câline de celles de Mme de Coulanges, ni la verve expressive et pittoresque de celles de Mme de Sévigné; mais elles sont si bien prises dans leur petite taille, d'une grâce si piquante dans leur hâte laconique et leur courte haleine, qu'on ne se demande pas si c'est là écrire mieux que Mme de Coulanges ou Mme de Sévigné, mais qu'on goûte, avec une sorte d'admiration, la surprise de voir qu'on puisse écrire autrement et *plaire, en dehors de ces deux virtuoses épistolaires.*

*Nous voudrions pouvoir citer ici ces lettres de M*me *de La Fayette qui donnent tant de détails précieux sur son caractère, ses relations, ses goûts, son influence, et dans lesquelles on voit toujours se dresser derrière elle, lisant par-dessus son épaule ce qu'elle écrit, avec la familiarité d'une liaison à qui l'indiscrétion est impossible, un La Rochefoucauld galant, gracieux, aimable, plein de douce gaieté et de malice souriante, un La Rochefoucauld intime, bonhomme et cordial, naïf dans sa finesse, et qui ne semble pas avoir perdu les dernières illusions, fort différent du La Rochefoucauld hautain, désabusé, amer, que nous montrent les* MAXIMES. *Il gagne à être vu de plus près et mieux connu. Ces lettres nous apprendraient aussi bien d'autres choses. Mais elles sont imprimées dans tous les recueils des lettres de M*me *de Sévigné, où il est facile de les lire, et l'espace qui nous est mesuré ne nous permet pas de faire plus que de les signaler au lecteur, en réservant tous nos développements pour les côtés nouveaux de la physionomie de M*me *de Lafayette récemment dévoilés, et pour ce qui, dans la* CORRESPONDANCE *de M*me *de Sévigné, touche le plus directement à notre sujet principal :* LA PRINCESSE DE CLÈVES *et son auteur.*

Plus d'une fois, dans cette CORRESPONDANCE, *il a été question des rapports étroits épistolairement noués entre la duchesse de Savoie et M*me *de La Fayette, de leur échange de services et de présents et de l'assiduité intéressée des ambassadeurs piémontais, dans le* *salon et le jardin de la rue de Vaugirard, en face du petit Luxembourg, où l'attrait et le profit d'une hospitalité choisie multipliaient les visites.*

Le salon de Mme de La Fayette, en effet, était pour les affaires de Savoie un centre d'information et d'influence beaucoup plus important, aux yeux des avisés politiques, que celui de l'ambassadeur. Chez ce dernier on n'avait que la vérité officielle, c'est-à-dire tardive et suspecte quand même. Chez Mme de La Fayette, honorée de l'intime amitié et entière confiance de la duchesse de Savoie, et son intermédiaire officieux auprès de Louvois, on avait de la vérité vraie, de la vérité nouvelle, ce qu'on en savait deviner ou ce qu'elle jugeait convenable d'en laisser paraître. Elle était, avons-nous dit, en correspondance fréquente et en échange de présents (où elle recevait naturellement plus qu'elle ne donnait) avec la duchesse. Mme de Sévigné écrira, par exemple, à ce propos, le 31 juillet 1676 :

Vous ai-je dit que Mme de Savoie avait envoyé cent aunes du plus beau velours du monde à Mme de La Fayette et cent aunes de satin pour le doubler, et depuis deux jours encore son portrait entouré de diamants, qui vaut bien trois cents louis? Je ne trouve rien de plus divin que ce pouvoir de donner et cette volonté de le faire aussi à propos que Madame Royale.

Pour mériter ces marques de gratitude, pour rendre à Madame Royale les mille petits services qui les lui assuraient (et c'en étaient parfois de grands, en dépit de l'apparence), Mme de La Fayette ne

se bornait pas à écouter chez elle, où elle recevait
la meilleure compagnie du monde et la plus variée,
les nouvelles qu'on lui apportait; elle se mettait elle-
même en quête, et allait chercher aux fêtes de la cour,
malgré son goût pour la retraite et l'excuse que lui
fournissait sa santé de tout temps délicate, le butin
de ses chroniques épistolaires, qu'il serait fort intéressant de retrouver. C'est ainsi que M*me* de Sévigné
nous la montre allant à Versailles le 12 août 1676,
évidemment plus en vue de ses plaisirs de curieuse
et de ses profits d'observatrice qu'en vue des illusions
et des vanités du courtisan, dont elle était fort revenue,
si jamais elle en fut entêtée.

Il est question, ma fille, d'une illumination. C'est demain à Versailles. M*me* de La Fayette, M*me* de Coulanges,
viennent de partir; je voudrois que vous y fussiez.

Quand une de ces occasions s'imposait à son
attention, M*me* de La Fayette contenait ses nerfs,
dominait par la volonté et secouait les langueurs et
les vapeurs dont elle était d'ordinaire abattue, et
réalisait son dessein, sauf à expier ses témérités par
des recrudescences de ce mal de côté qui ne lui permettait pas le carrosse, de ces fièvres qui ne lui lais-
saient même pas garder le lit. A tous moments,
comme on le voit par les lettres de M*me* de Sévigné
(19 août, 7 octobre 1676, 23 juin 1677), ces re-
chutes de M*me* de La Fayette qui l'obligent à se cla-
quemurer dans sa chambre ou à fuir le monde dans

la solitude de Saint-Maur, où le monde la poursuit, mettent ses amis en alerte.

En octobre 1677, à ces maux physiques se joint le chagrin qu'elle éprouve de la mort de ses amies, comme Mme du Plessis-Guénégaud, ou de ses confidents les plus intimes, de ses auxiliaires les plus utiles. C'est à ce moment qu'elle perd son secrétaire, son intendant, son factotum, dans la personne de cet abbé Bayard, qu'elle regrette en proportion de ses mérites et de ses services. Mme de Sévigné rend avec plaisir témoignage de la sincérité et de la fidélité de son affliction.

Pour le pauvre abbé Bayard, je ne m'en puis remettre ; j'en ai parlé tout le soir ; je vous manderai comme en est Mme de La Fayette. (7 octobre 1677.)

..... J'ai été à Saint-Maur voir Mme de La Fayette ; je suis fort satisfaite de son affliction sur la perte de ce bon Bayard ; elle ne peut s'en taire ni s'y accoutumer ; elle ne prend plus que du lait ; sa santé est d'une délicatesse étrange ; voilà ce que je crains pour vous, ma fille, car vous ne sauriez bien vous conserver comme elle. (12 octobre 1677.)

Je suis, pour la perte de Bayard, comme vous l'avez pensé ; c'est une perte pour ses amis. J'ai fait vos compliments à Mme de La Fayette ; elle ne s'en peut remettre. Elle était au lait ; il s'est aigri ; elle l'a quitté ; de sorte que cette unique espérance pour le rétablissement de sa misérable santé nous est ôtée. (15 octobre 1677.)

C'est cependant au cours de ces années 1676-1677, marquées pour elle par tant d'épreuves physiques et morales, que, grâce à cet art de se conserver que lui envie Mme de Sévigné, Mme de La Fayette trouva la force d'écrire LA PRINCESSE DE CLÈVES, son chef-

d'œuvre, dont nous allons voir l'effet sur ses amis et sur cette société polie et galante qui ne fut pas sans mêler quelques critiques à des éloges dont l'ensemble constitue, en somme, le plus beau des succès.

C'est pendant ces mêmes années d'activité intellectuelle et morale, dont LA PRINCESSE DE CLÈVES sera le plus beau fruit, que Mᵐᵉ de La Fayette, qui disputait à ses souffrances physiques la force dont elle avait besoin afin d'écrire son chef-d'œuvre et semblait lui consacrer tous ses loisirs, trouvait encore le temps et l'énergie de suffire à une tâche faite pour absorber et lasser toute autre qu'elle. Nous faisons allusion à ces rapports fréquents, à ces périodiques correspondances avec Mᵐᵉ de Savoie, dont le mystère, soupçonné par Mᵐᵉ de Sévigné, est aujourd'hui percé à jour; et, avant de revenir au rôle double joué par Mᵐᵉ de La Fayette, à la double place occupée par elle sur notre scène littéraire comme auteur de LA PRINCESSE DE CLÈVES et comme amie de La Rochefoucauld, il importe à la complète connaissance de son caractère et de son talent que nous la montrions dans son rôle politique et diplomatique, révélé par une publication italienne récente, faisant non plus du roman, mais de l'histoire, nouant et dénouant non plus une intrigue fictive, mais des intrigues réelles, et comptant non plus avec des passions et des intérêts imaginaires, mais avec des passions et des intérêts vivants. Le détour que nous ferons pour esquisser ce curieux épisode de sa vie, inconnu jusqu'à ce jour, nous ramènera naturellement à LA PRINCESSE DE CLÈVES, puis-

*que la dernière lettre du Recueil du docteur Perrero est
consacrée précisément à son œuvre par l'auteur lui-
même.*

IV

*La vie de Mme de La Fayette est pleine, comme son
caractère et son talent, de nuances, de détours, de
contrastes, de facilité apparente et d'effort secret, d'in-
dolence cachant une volonté énergique, d'insouciance
masquant une persévérante ambition, de sincérité et
de désintéressement affectés voilant la dissimulation
et la cupidité, de mépris du succès cachant le travail
souterrain de la plus habile intrigue. Il a fallu
les révélations et les indiscrétions de découvertes
récentes pour nous édifier sur le but de cette activité
mystérieuse, sur les raisons de ce crédit secret, sur ce
manège perpétuel aux trames si discrètement et si
habilement ourdies, dont Mme de La Fayette ma-
niait les fils avec la supériorité instinctive d'une véritable vocation politique.*

*Mme de Sévigné a passé plus d'une fois à côté
de la trappe sans la voir. Elle a bien remarqué
certaines allées et venues, certaines intelligences du
côté de la Savoie, un échange significatif de présents
entre la duchesse et son amie; mais elle était loin de
supposer qu'il y eût là une sorte de mission, de fonc-
tion, de secrète et intime représentation. Elle eût compris les ennuis, les dégoûts, les énervants agacements*

de son amie, ses subites et inexplicables lassitudes, et ses fièvres et migraines périodiques.

Aujourd'hui nous savons à n'en pas douter, puisque les preuves authentiques nous en sont fournies par les lettres de Mme de La Fayette elle-même, qu'elle fut, à travers tout et par-dessus tout [1], de l'année 1666 jusqu'à sa mort, sans trêve, ni répit, ni défaillance, ni démission, même au plus fort du deuil de la perte de La Rochefoucauld, qui la laissa vraiment inconsolable, l'ambassadrice in partibus, la chargée d'affaires secrète, la plénipotentiaire sans mandat et sans pouvoir autre que celui de tirer le meilleur parti d'une cause parfois ingrate, la confidente et l'avocat de Marie de Nemours, femme et bientôt veuve de Charles-Emmanuel II, duc de Savoie, et régente jusqu'à la majorité de son fils.

« Il y a déjà une vingtaine d'années, dit l'écrivain qui a le premier fait profiter le public français des révélations de la correspondance mise à jour par M. Perrero, que M. Camille Rousset, dans son HISTOIRE DE LOUVOIS, avait indiqué les relations de Mme de La Fayette avec la duchesse et régente de Savoie. On savait par lui qu'elle se chargeait de tenir la duchesse au courant des nouvelles et des on dit de Versailles et de Paris, qu'elle avoit accès au-

---

1. *Lettere inedite di madama di La Fayette.* 28 lettres publiées par M. A. D. Perrero. Turin, 1880. — Voir aussi *Revue des Deux Mondes,* 15 septembre 1880, un très remarquable article de M. Arvède Barine : *Madame de La Fayette d'après des documents nouveaux.*

près de Louvois et qu'elle agissait par le ministre sur le roi. Les divers documents nouvellement imprimés permettent de préciser davantage et d'observer l'ouvrière à l'ouvrage. Affaires d'État ou affaires de cœur, commissions d'objets de toilette ou surveillance de la presse française, l'activité de Mme de La Fayette rayonne dans tous les sens. Elle veille à tout, songe à tout, combine, visite, parle, écrit, envoie des conseils, procure des avis, déjoue des menées ; sans cesse sur la brèche, et rendant plus de services à elle seule à la duchesse que tous les envoyés, avoués ou secrets, que celle-ci entretint en France. »

Ce n'est point ici le lieu d'insister sur les détails ; mais il y a là un trait original et nouveau de physionomie pris sur le vif qui n'était pas à négliger ; il y a là, ouverte et mise à jour, une de ces veines subtiles et furtives, de ces tranchées, de ces galeries souterraines dont la vie de Mme de La Fayette, faite pour les affaires au moins autant que pour les lettres, est semée. Il y a là enfin une Mme de La Fayette intrigante, rouée, tenace, avide (car elle admettait, acceptait et réclamait fort bien au besoin la récompense, sinon le prix de ses services), très différente de l'indolente amie de Mme de Sévigné, de la pénitente anéantie de Du Guet. En faisant la part de la médisance, de la jalousie, de la rancune, cette figure nouvelle confirme par quelques points le portrait peu flatté, mais dont la ressemblance éclate par places, qu'en ont tracé Lassay et Gourville, portrait trop négligé ou trop dédaigné jusqu'ici par les critiques, même par

Sainte-Beuve, qui savait beaucoup, devinait encore plus sur Mme de La Fayette comme sur les autres, mais paraît avoir eu pour elle un peu de ce faible indulgent et optimiste de Cousin pour Mme de Longueville. Il en eût peut-être rabattu quelque peu, sans trop de surprise pourtant : car il avait deviné que Mme de La Fayette était, avec son esprit subtil et avisé, fort capable d'affaires ; et au XVIIe siècle, comme à ceux qui ont suivi, les grandes affaires n'étaient souvent que de très petites affaires, les grands événements étaient déterminés souvent par de très petites causes, et le jeu politique, où la galanterie et l'intrigue avaient plus de part que les principes et les intérêts des nations, n'était guère qu'un tripot.

Ce n'est donc pas la faute de Mme de La Fayette si les affaires de sa protectrice et de sa cliente, la belle et séduisante, mais galante, violente, glorieuse, fantasque, imprévoyante, impérieuse duchesse de Savoie, femme frivole de Charles-Emmanuel II, mère égoïste de Victor-Amédée II, se composaient surtout de commissions de vanité et de coquetterie, et s'il s'agissait pour elle beaucoup moins de ménager en cour les intérêts de ses sujets que d'y pallier le mauvais effet de ses fautes, des scandaleuses rivalités de ses favoris ou de ses querelles avec le fils qui lui rendait en mépris l'abandon dont il avait souffert pendant sa jeunesse.

C'est sur ces divers incidents de famille et de cour, dignes de la chronique beaucoup plus que de l'histoire, que roule la correspondance de Mme de La Fayette avec Lescheraine, secrétaire de la duchesse

et leur intermédiaire indispensable : car la bile de
Mme de La Fayette était souvent soulevée par les nouvelles données ou reçues, et elle usait de ce privilège
de franchise qu'elle s'était attribué en rabrouant la
maîtresse dans la personne du serviteur, comme on
fouettait, pour les fautes du Dauphin, le hussard du
Dauphin.

Elle avait d'autant plus beau jeu que ses services
étaient, strictement parlant, désintéressés : car elle ne
recevait que des présents, étoffes de tentures ou de robes,
ou tableaux; mais ces présents elle savait en aiguil-
lonner l'envoi ou en reprocher l'oubli avec une vivacité
et une sollicitude qui descendaient aux plus petits détails, et que n'amortissait même pas trop l'incontestable douleur de son veuvage de cœur à la suite de la
mort de M. de La Rochefoucauld. Comme le remar-
que le commentateur, le cœur est brisé, mais la tête
est restée nette et libre. Madame Royale, comme on
appelait la duchesse régente, recevait-elle des caisses
envoyées par sa sœur la reine de Portugal, Mme de La
Fayette s'empressait de se recommander au zèle de
Lescheraine pour ne pas être oubliée, et l'était-elle, elle
s'en prenait à lui et gourmandait sa négligence.

J'ai bien sur le cœur contre vous de ne rien m'avoir su
dérober quand les présents vinrent de Portugal ; si vous
faites la même chose au retour de M. de Droué, je rabbat-
trai les deux tiers de la bonne opinion que j'ai de vous.
J'ai déjà mandé à Madame Royale que nous aimions ici
tout ce qui vient des Indes, jusqu'au papier qui fait les
enveloppes.

*La négligence de Lescheraine ne portait pas seu-
lement sur ces bagatelles, auxquelles il n'attachait
pas assez de prix... pour les autres; et alors, à propos de ses maladresses, de ses bévues ou de ses men-
songes, Mme de La Fayette, hors des gonds, lui chan-
tait pouille sans façon; et il faut voir de quel air elle
malmène les ubalterne, du haut de son orgueil de confidente de qualité.*

Ce 23 septembre 1680.

Je vous ai grondé par une de mes lettres, par d'autres
je vous ai dit que vous aviez la langue bien longue; je
m'en vais vous dire encore pis : vous me mentez, vous me
contez des contes borgnes, et je ne veux pas vous laisser
croire que je vous croie. Ce qui vous raccommode avec
moi, c'est que je crois que vous pensez fort bien que je
ne vous crois pas. Pourquoi me contez-vous qu'on ne parle
à Turin du retour de l'abbé de Verrue que depuis qu'il s'en
est plaint? On en parloit devant, car on en écrivoit et on
écrivoit un détail parfait. Ne croyez pas aussi que je sois
bien persuadée que vous ne parlez de cette affaire que fort
superficiellement que parce que vous n'êtes point instruit
des affaires d'État. Ne venez point me tenter ni me faire
parler sur les choses dont vous êtes instruit; vous êtes fort
bien instruit, Monsieur, et encore une fois fort bien instruit,
et je suis mieux instruite que vous ne croyez. Ne venez
point me conter de telles choses, et je ne vous dirai rien;
mais, quand vous voudrez m'en faire accroire, je ne le
souffrirai pas; entendez-vous bien cela?

*Après de semblables, de si vertes mercuriales, il
est probable que Lescheraine s'empressait de con-
fesser et de réparer ses torts, et devenait souple comme
un gant. Mme de La Fayette, de son côté, radou-
cissait de nouveau son humeur parfois aigrelette,*

et se prêtait avec l'autorité de l'expérience aux consultations et aux interventions sollicitées par le secrétaire
intime sur les affaires de cœur de sa maîtresse, celles
qui l'occupaient le plus, et donnaient aussi le plus de
mal à sa fondée de pouvoirs auprès des gazetiers et
des libellistes parisiens, pirates effrontés, qui écumaient
cette matière féconde en scandales.

Mme de La Fayette s'évertuait et se multipliait pour
donner à sa puissante et fantasque amie des conseils
et lui rendre des services sans illusions et sans préjugés, de vrais conseils et de vrais services de
sceptique et de désabusée qui ne veut pas être prise
pour dupe, mais qui consent à être complice, toujours
pour le bon motif s'entend. Car enfin personne que
les ennemis de la duchesse et de la France (Mme de
Savoie avait eu l'art de favoriser, fût-ce au détriment
de sa patrie adoptive, les intérêts de son ancienne patrie, à charge d'être protégée elle-même contre son fils,
devenu le maître, et qui le faisait durement sentir, parfois, à celle qui avait abusé des droits de sa tutelle),
personne, hormis les ennemis de la duchesse et du roi,
ne pouvait se réjouir d'un échec à la cour, ou devant
l'opinion, qui fût retombé sur elle.

Aussi quel travail de subtile et prévoyante intrigue,
quel art de mine et de contre-mine, dépensés au service
de cette cause ingrate, qui, tant que Mme de La Fayette
la défendit, parut à tous, excepté peut-être à la cliente
et à l'avocat, la meilleure! Au comte de Saint-Mau-
rice indiscret et vain, la duchesse, par châtiment de
ses frasques ou goût du changement, avait fait succé-

der le comte de Masin, et il n'était pas le seul à prétendre à la faveur souveraine. Mais, usant elle-même de l'artifice dont usait Mme de La Fayette, qui résumait ses instructions en disant qu'elles consistaient « à donner des couleurs aux choses que l'on raconte, et à les présenter au public par le côté qu'il convient qu'on les voie », la duchesse faisait contester par Lescheraine qu'elle songeât à se reprendre à des engagements aussi dangereux que ceux qu'elle venait de rompre. Mme de La Fayette avait trop de sagacité pour croire à ces protestations et trop de franchise pour le paraître. Elle écrivait alors, dans cette langue et avec ces finesses que donnent une longue théorie et une longue pratique de la casuistique du sentiment :

Je vous ai trouvé si rassuré, d'un ordinaire à l'autre, sur un chapitre où il faut des années entières pour se rassurer, que je ne sais si vous m'avez parlé sincèrement ; encore quand je dis des années entières, c'est des siècles qu'il faut dire : car à quel âge et dans quel temps est-on à couvert de l'amour, surtout quand on a senti le charme d'en être occupé ? On oublie les maux qui le suivent, on ne se souvient que des plaisirs, et les résolutions s'évanouissent. Je ne saurois donc être si rassurée sur le Nisard (le comte de Masin) et sur d'autres dont vous ne m'avez point encore parlé : je souhaite que vous n'ayez rien à me dire.

Nous ne saurions entrer dans le détail des affaires dont eut à s'occuper Mme de La Fayette durant cette mission volontaire et secrète qui ne finit qu'avec sa vie : affaire de la GÉNÉALOGIE du sieur du Bouchet, qui se permettait de contester que la maison de Savoie descendît de Berold de Saxe, et raccourcissait l'horizon de ses origines lointaines, tout en diminuant la qualité de la source, attribuée à un « petit roy d'Arles ». Du Bouchet, par persuasion ou contrainte, bon gré, mal gré, dut renoncer à imprimer son impertinent ouvrage, de même que M. l'abbé Renaudot dut se soumettre au contrôle et à la rédaction en chef de Mme de La Fayette en ce qui touchait l'article Savoie: ce à quoi il consentit avec cette spirituelle résignation du directeur d'un journal privilégié, incapable de se brouiller avec les puissances et de tarir ainsi la source de son influence.

Un seul échec, — mais elle avait affaire à une personne d'humeur peu accommodante, qu'on ne pouvait effrayer avec des menaces ou apprivoiser avec des présents, et tout entière à sa proie attachée, qu'on semblait vouloir lui enlever; — un seul échec peut être signalé dans cette carrière diplomatique féminine marquée par tant de succès dus à une habileté consommée, qu'un seul trait suffit à caractériser.

Mme de La Fayette n'acceptait jamais ce qu'on lui écrivait de la cour de Savoie, où la duplicité était traditionnelle, que sous bénéfice d'inventaire; et ses succès tinrent surtout à ce que, méfiante par caractère et curieuse par goût, elle contrôlait, par sa police à elle, des assertions souvent et volontairement inexactes, et n'agissait que d'après ce qu'elle avait acquis le droit de croire, et non d'après ce qu'on voulait qu'elle crût. Pourtant elle échoua quand il s'agit de seconder le choix, suggéré par la Régente, de Lauzun comme commandant de l'armée du Roi en Savoie. Il suffisait que ce choix

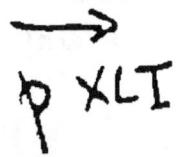

p XLI

dans une histoire véritable ; mais, quand on en fait une à plaisir, il est ridicule de donner à son héroïne un sentiment si extraordinaire. L'auteur, en le faisant, a plus songé à ne pas ressembler aux autres romans qu'à suivre le bon sens. Une femme dit rarement à son mari qu'on est amoureux d'elle, mais jamais qu'elle ait de l'amour pour un autre que pour lui, et d'autant moins qu'en se jetant à ses genoux, comme fait la princesse, el'a peut faire croire à son mari qu'elle n'a gardé aucunes bornes dans l'outrage qu'elle lui a fait. D'ailleurs, il n'est pas vraisemblable qu'une passion d'amour soit longtemps dans un cœur de même force que la vertu. Depuis qu'à la cour, en quinze jours, trois semaines ou un mois, une femme attaquée n'a pas pris le parti de la rigueur, elle ne songe plus qu'à disputer le terrain pour se faire valoir. Et si, contre toute apparence et contre l'usage, ce combat de l'amour et de la vertu duroit dans son cœur jusqu'à la mort de son mari, alors elle seroit ravie de les pouvoir accorder ensemble en épousant un homme de sa qualité, le mieux fait et le plus joli cavalier de son temps. La première aventure des jardins de Coulommiers n'est pas vraisemblable, et sent le roman. C'est une grande justesse que la première fois que la princesse fait à son mari l'aveu de sa passion pour un autre, M. de Nemours soit, à point nommé, derrière une palissade d'où il l'entend ; je ne vois pas même de nécessité qu'il sût cela, et en tout cas il falloit le lui faire savoir par d'autres voies.

Cela sent encore bien le roman de faire parler les gens tout seuls, car, outre que ce n'est pas l'usage de se parler à soi-même, c'est qu'on ne pourroit savoir ce qu'une personne se seroit dit, à moins qu'elle n'eût écrit son histoire ; encore diroit-elle seulement ce qu'elle avoit pensé. La lettre écrite au vidame de Chartres est encore du style des lettres de roman, obscure, trop longue et point du tout naturelle. Cependant dans le second tome tout y est aussi bien conté, et les expressions en sont aussi belles que dans le premier.

Nous avons donc l'oracle de Bussy. Que trouve-t-il à redire à LA PRINCESSE DE CLÈVES? *Précisément ces incidents romanesques que comporte, qu'excuse,* qu'exige précisément le genre du roman : par exemple, la scène où le duc de Nemours entend, caché derrière une palissade, l'aveu de Mme de Clèves à son mari, mais plus encore et surtout le sentiment de délicatesse raffinée qui inspire cet aveu. Bussy s'en déclare choqué. Il ne lui semble pas naturel qu'une femme prenne ainsi son mari pour gardien et confident de sa faiblesse. Les femmes que Bussy avait connues et avec lesquelles il avait eu commerce d'amour, c'est-à-dire de galanterie, n'étaient guère capables en effet de ces scrupules, de ces longues défenses, de ces résistances à outrance. Et on le voit bien à la façon dont il persifle, en homme qui n'a pas le moindre idéal dans l'esprit et surtout dans le cœur, et qui n'eût trouvé bon à jouer pour lui ni le personnage du mari digne d'une confidence comme celle de Mme de Clèves, ni le personnage de l'amant qui l'écoute sans en abuser. Mais c'est assez et trop insister sur une critique qui n'a rien de littéraire, qui n'est que la chicane frivole d'un fat et d'un blasé pour lequel évidemment LA PRINCESSE DE CLÈVES ne fut pas écrite, non plus que pour le scepticisme cynique d'un Bayle.

Mme de Sévigné, qui avait certainement goûté LA PRINCESSE DE CLÈVES et pleuré aux bons endroits, mais qui poussait parfois la complaisance jusqu'à la faiblesse, aime mieux avoir l'air d'approuver Bussy que de courir avec lui le risque d'une controverse. D'ailleurs, elle aussi avait plus d'esprit que de goût, et son idolâtrie pour sa fille absorbait en elle la source de tendresse de façon à la laisser, pour tout le reste,

des consultations de mode. C'était un agent univer-
sel. »

    Mais le chef-d'œuvre de la politique et de la diplo-
matie de Mme de La Fayette, celui qui achève de la
peindre, c'est la lettre où, tout en déclinant, par des
motifs supérieurs à l'amour-propre, comme le sont le
plus souvent les alarmes de l'intérêt, la maternité de
LA PRINCESSE DE CLÈVES, elle l'affirme en quelque sorte
par ses réticences mêmes, par la coquetterie avec laquelle
elle se dérobe et s'offre à la fois à l'hommage, et par le
plaisir raffiné avec lequel elle profite de l'incognito
pour se louer elle-même de la façon qui lui convient le
mieux, et se donner ainsi d'un côté, à la faveur d'un
désaveu, la satisfaction qu'elle se retranche de l'autre
par ce désaveu même. Cette lettre précieuse où Mme
de La Fayette nous indique sous le masque, tout en
niant d'avoir droit à l'éloge, de quelle façon elle ai-
merait à être louée, et dans quelle mesure l'opinion du
public s'accorderait avec la sienne si elle avait voix
au chapitre, appartient au récit de la vie littéraire de
Mme de la Fayette, dont nous a détourné un moment
l'histoire de ses succès politiques et diplomatiques. Nous
la citerons en son lieu comme elle le mérite, mais nous
ne pouvions nous empêcher de la signaler ici, car elle
ajoute à notre bonne fortune de posséder sur LA PRIN-
CESSE DE CLÈVES l'opinion de Bussy et de Mme de
Sévigné celle tout à fait précieuse de posséder l'avis
de Mme de La Fayette elle-même.

V

C'est le 18 mars 1678, deux jours après la mise en vente chez Barbin, qui est exactement du 16 mars 1678, que LA PRINCESSE DE CLÈVES *fait son entrée dans la correspondance de Mme de Sévigné, écrivant à son cousin Bussy :*

Cette grande héritière tant souhaitée (Mlle de Seignelay) est morte à dix-huit ans. La princesse de Clèves n'a guère vécu plus longtemps ; elle ne sera pas sitôt oubliée. C'est un petit livre que Barbin nous a donné depuis deux jours qui me paroît une des plus charmantes choses que j'aie jamais lues. Je crois que notre chanoinesse (fille de Bussy) vous l'enverra bientôt. Je vous en demanderai votre avis quand vous l'aurez lu avec l'aimable veuve (Mme de Coligny, fille de Bussy).

Certes Bussy était un homme d'esprit. Mais Mme de Sévigné s'adressait mal quand elle le consultait, car il était loin d'être un homme de goût, d'un sens critique bien sûr et d'une sensibilité bien délicate. Ce pamphlétaire galant, à âme de courtisan, qui passa la seconde partie de sa vie à solliciter humblement et assez platement, il faut le dire, le pardon du roi offensé, ce fanfaron d'indépendance qui ne sut point dignement supporter la disgrâce qu'il avait étourdiment encourue, et fit si pauvre mine dans sa retraite tour à tour frondeuse et suppliante, n'était pas l'homme qu'il fallait pour comprendre les beaux et nobles sentiments dont LA PRINCESSE DE CLÈVES était la glorification. Tout nous porte à penser qu'il n'en aimait guère l'auteur, qui ne pouvait l'estimer.

Aussi est-ce par curiosité plus que par confiance, et avec une naïveté qui avait sa malice, que Mme de Sévigné sollicitait l'avis d'un homme brave et galant à n'en pas douter, mais dont la galanterie n'était rien moins que romanesque et dont le courage n'eut jamais rien d'héroïque. Nous aurions été surpris et même affligé qu'un tel homme eût admiré LA PRINCESSE DE CLÈVES. Nous n'avons pas cette déception, que la vanité et la jalousie de l'auteur de L'HISTOIRE AMOUREUSE DES GAULES nous ont épargnée, car Bussy, trop enflé de son mérite pour flairer le piège que lui tend sa malicieuse cousine, prend son rôle au sérieux et apprécie LA PRINCESSE DE CLÈVES avec une sévérité outrecuidante et impertinente dont Mme de Sévigné ne dut pas être sans rire un peu à part elle.

L'incident est curieux et caractéristique. C'est pourquoi nous le raconterons avec quelque détail, parce qu'il nous montre au vif l'impression produite par LA PRINCESSE DE CLÈVES sur la société du temps et la nature de ce succès, qui ne fut pas sans être disputé, comme il arrive toujours aux œuvres de valeur qui divisent le public en deux camps adverses, les uns admirant sans réserve, les autres mêlant à leurs éloges les critiques les plus vives, et, il faut le dire, les plus inattendues, puisqu'ils reprochaient surtout à un roman ce qu'il avait précisément et légitimement de romanesque.

Le 22 mars 1678, Bussy répondait aux questions de Mme de Sévigné :

La chanoinesse Rabutin ne m'a rien mandé de *la Princesse de Clèves* ; mais cet hiver un de mes amis m'écrivit que M. de La Rochefoucauld et Mme de La Fayette nous alloient donner quelque chose de fort joli, et je vois bien que c'est *la Princesse de Clèves* dont il vouloit parler ; je mande qu'on me l'envoie, et je vous dirai mon avis quand je l'aurai lue avec autant de désintéressement que si je n'en connoissois pas les auteurs.

L'ami auquel Bussy faisait allusion était une amie, Mme de Scudéry, qui lui avait écrit, le 8 décembre 1677, d'un ton assez gaillard :

M. de La Rochefoucauld et Mme de La Fayette ont fait un roman des galanteries de la cour de Henri second, qu'on dit être admirablement bien écrit. Ils ne sont pas en âge de faire autre chose ensemble.

Cependant Bussy ne se pressait pas de faire connaître son avis sur LA PRINCESSE DE CLÈVES *à Mme de Sévigné, qui lui répète, le 20 juin 1878, sa question : « Que dites-vous de* LA PRINCESSE DE CLÈVES *? »*

Voici enfin la réponse de Bussy, en date du 29 juin 1678 :

Mais j'oubliois de vous dire que j'ai enfin lu *la Princesse de Clèves* avec un esprit d'équité, et point du tout prévenu du bien et du mal qu'on en a écrit. J'ai trouvé la première partie admirable ; la seconde ne m'a pas paru de même. Dans le premier volume, hormis quelques mots trop souvent répétés, qui sont pourtant en petit nombre, tout est agréable, tout est naturel. Dans le second, l'aveu de Mme de Clèves à son mari est extravagant, et ne se peut dire que

fût agréable à la galante princesse pour qu'il ne le fût point à la jalouse Mademoiselle, qui fit tout pour l'empêcher, et y parvint à force d'éclats et par la menace d'un scandale. Mme de La Fayette, qui avait essayé d'emporter la nomination par Mme de Montespan, fut battue, et ne le pardonna pas à Mademoiselle, qui ne lui pardonna pas d'avoir prétendu triompher.

Mais que de revanches, que de dédommagements à cet échec, dans le succès de ses démarches relatives aux dépenses nécessaires au mariage du fils de Madame Royale, Victor-Amédée II, avec Mademoiselle d'Orléans, fille du premier lit de Monsieur, frère de Louis XIV (mars-avril 1684); mais surtout dans le succès, dont plus d'un diplomate avisé se mordit les lèvres, de la lutte inégale et pourtant triomphante, engagée par la duchesse et son alliée contre les soupçons, les représailles, de la rancune filiale !

C'est Mme de La Fayette, « ce petit furet, écrivait un des ambassadeurs de Victor-Amédée, qui va guettant et parlant à toute la France pour soutenir Madame Royale et tout ce qu'elle a fait », qui mène à bien toutes les affaires ardues, qui pacifie toutes les querelles intestines survenues tantôt à propos des gardes que l'on ôtait à Madame Royale, tantôt au sujet d'un voyage auquel elle n'avait pas été priée. C'est grâce à Mme de La Fayette que Madame Royale, privée par la majorité de Victor-Amédée des avantages de la tutelle et de la régence, demeura invulnérable pour la haine d'un fils, même armé du pouvoir souverain, et, malgré ses fautes, inviolable sinon à Turin, du moins à Versailles et à Paris, pour les malignités de l'opinion. Elle avait su, peut-être encore soufflée en cela par Mme de La Fayette, mettre de son côté, en sa faveur, la raison d'État et la raison patriotique même, puisqu'elle était demeurée le chef du parti français en Savoie, et pouvait attribuer ses disgrâces à son dévouement à la cause du roi de France, naturellement peu sympathique aux Piémontais.

C'est à ce moment (de 1685 à 1690) que la mission intime de Mme de La Fayette prend des proportions inattendues, et que, tout en n'ayant d'autre but apparent que de défendre les intérêts de Madame Royale, elle seconde habilement la politique de Louvois, avec lequel elle a des rapports suivis, et contrecarre celle de Victor-Amédée au point de neutraliser ou de débaucher les ambassadeurs ordinaires de Savoie et de réduire le duc à employer des envoyés secrets pour rechercher la vérité, qu'il n'apprend plus par les autres.

« On n'aurait pas une idée complète, ajoute le premier et sagace commentateur de la correspondance exhumée par M. Perrero, de ce que fut Mme de La Fayette au service de Madame Royale, si l'on ne mentionnait les fonctions de maîtresse de la garde-robe, qu'elle remplissait régulièrement parmi tant d'autres, et où elle ne déployait pas moins de talent que dans le maniement des affaires d'État. Robes, gants, parfums, éventails, il n'était rien qui ne fût choisi, commandé, expédié par elle. Dans sa correspondance remplie des matières les plus hautes elle donnait encore place à

*réduite, en matière de sentiment, au nécessaire. Et, si
la critique de Bussy lui sembla au fond un peu outrecuidante, sans qu'elle osât assez le lui dire, on peut
penser qu'elle ne laissa pas d'approuver les réserves plus
justes, plus polies, de la critique de M. de Valincour,
attribuée au P. Bouhours, et qui ne contestait rien
d'ailleurs du charme et du succès d'un ouvrage trouvé
en somme, dès lors, le plus exquis des romans connus,
lu quatre fois de suite, avec un plaisir toujours nouveau, par Fontenelle, et bientôt mis à la scène par
Boursault.*

*Mais achevons, sous le bénéfice des considérations
qui précèdent, nos extraits de la curieuse correspondance échangée entre Bussy et Mme de Sévigné. Après
avoir fait attendre son avis, le premier est impatient
de connaître l'accueil qu'il aura reçu :*

J'attends votre sentiment sur le jugement que j'ai fait de
la *Princesse de Clèves*. Si nous nous mêlions, vous et moi,
de composer ou de corriger une petite histoire, je suis
assuré que nous ferions penser et dire aux principaux personnages des choses plus naturelles que n'en pensent et
disent ceux de la *Princesse de Clèves*. (23 juillet 1678.)

Mme de Sévigné répond enfin à Bussy, le 27 juillet :

Votre critique de la *Princesse de Clèves* est admirable,
mon cousin. Je m'y reconnois, et j'y aurois même ajouté
deux ou trois petites bagatelles qui vous ont assurément
échappé. Je reconnois la justesse de votre esprit, et la solitude ne vous ôte rien de toutes les lumières naturelles ou
acquises dont vous aviez fait une si bonne provision. Vous
êtes en bonne compagnie quand vous êtes avec vous, et
quand notre jolie femme s'en mêle, cela ne gâte rien. J'ai

été fort aise de savoir votre avis, et encore plus de ce qu'il se rencontre justement comme le mien : l'amour-propre est content de ces heureuses rencontres.

Nous passons avec le dédain qu'elles méritent sur la suite de ces lettres relatives à LA PRINCESSE DE CLÈVES, *où le duo devient trio par l'intervention de Corbinelli, bel esprit de ruelle, demandant gravement à Bussy « si le style de l'ouvrage lui sembleroit bon pour l'histoire », et ne tarde pas à redevenir duo par l'effacement de* Mme *de Sévigné, dont le billet d'approbation, plus complaisant que sincère, accordé à Bussy, doit être rangé dans la classe illusoire des billets à La Châtre.*

Laissons le pédant de cabinet et le fat de salon se congratuler réciproquement et chercher à savoir, sans y parvenir, si la fameuse critique est du P. Bouhours, ou, en cas de négative, de qui elle peut être, et arrivons à la véritable bonne fortune de notre sujet, c'est-à-dire à la lettre, jusqu'à ce jour inédite, où Mme *de La Fayette elle-même profite de son masque de transparent incognito pour donner son avis sur son propre ouvrage, et, avec un égal mépris des éloges maladroits et des injustes critiques, se loue elle-même, pour être sûre d'avoir été au moins une fois louée selon son goût.*

Cette lettre, du 13 avril 1678, *adressée au secrétaire de la duchesse de Savoie, Lescheraine, est la première et non la moins curieuse de celles qu'a révélées M. Perrero :*

Vous m'offenserez de soupçonner seulement que vos

lettres par elles-mêmes et séparées de Mme R... ne me soient pas très agréables. Je vous supplie de ne vous laisser jamais attaquer d'une si méchante pensée et d'être persuadé que votre commerce me fait un extrême plaisir Un petit livre qui a couru il y a quinze ans, et où il plut au public de me donner part, a fait qu'on m'en donne encore à *la Princesse de Clèves*. Mais je vous assure que je n'y en ai aucune, et que M. de La Rochefoucauld, à qui on l'a voulu donner aussi, y en a aussi peu que moi ; il en fait tant de serments qu'il est impossible de ne le pas croire, surtout pour une chose qui peut être avouée sans honte. Pour moi, je suis flattée que l'on me soupçonne, et je crois que j'avouerois le livre si j'étois assurée que l'auteur ne vint jamais me le redemander. Je le trouve très agréable, bien écrit, sans être extrêmement châtié, plein de choses d'une délicatesse admirable, et qu'il faut même relire plus d'une fois ; et surtout ce que j'y trouve, c'est une parfaite imitation du monde de la cour et de la manière dont on y vit ; il n'y a rien de romanesque et de grimpé ; aussi n'est-ce pas un roman ; c'est proprement des *Mémoires*, et c'étoit, à ce que l'on m'a dit, le titre du livre, mais on l'a changé. Voilà, Monsieur, mon jugement sur *Madame de Clèves* ; je vous demande aussi le vôtre, car on est partagé sur ce livre-là à se manger : les uns en condamnent ce que les autres en admirent ; ainsi, quoi que vous disiez, ne craignez point d'être seul de votre parti.

Pour nous, nous sommes parfaitement de l'avis de Mme de La Fayette, et nous souscrivons sans réserve à l'éloge encore discret qu'elle fait de son ouvrage. Nous y trouvons avec elle un modèle exquis de la langue et des mœurs de cet amour dont le grand siècle avait conçu l'idéal, et, à ce point de vue, un document essentiel pour l'histoire morale et sociale de son temps.

Nous y soulignons avec curiosité les traits, em-

pruntés à la tradition acceptée à la cour de Louis XIV,
de la figure alors encore vaguement connue et aujourd'hui si minutieusement fouillée des François Ier
et des Henri II, des Catherine de Médicis, des Marie
Stuart, des Diane de Poitiers. Nous y voyons poindre,
par un discret et unique détail (la rangée de saules
sous laquelle le duc de Nemours promène son agitation), l'aube de ce sentiment de la nature qui, un
siècle et demi plus tard, tiendra une si grande place
dans le roman. Du temps de Mme de La Fayette, le
théâtre préféré du roman était le palais et le salon.
Mais, si les descriptions et les tableaux, les détails de
visage et de costume, sont à peu près exclus à ce moment des œuvres d'imagination et de sentiment, par
quelles subtiles et délicates analyses de la passion ne
sont-ils pas remplacés ! Jamais le cœur humain, dans
ses parties les plus nobles, n'a été étudié d'un œil
plus sagace, et jamais plus habile et plus légère main
n'a touché à ses mystères.

LA PRINCESSE DE CLÈVES, c'est l'éternelle et toujours nouvelle histoire d'un amour contrarié par le
devoir, avec cette variante originale et profonde : des
scrupules de fierté, de raison et d'expérience font
avorter, dans un renoncement volontaire dont un
sourd désespoir abrège le supplice, le dénouement
légitime, alors que rien ne s'y oppose plus que le
doute, qui a succédé à l'illusion. N'est-ce pas là
aussi le roman de la vie de Mme de La Fayette elle-
même, roman des années d'automne, auquel pré-
side le désabusement des romans des années de prin-

temps, ou l'on préfère les pâles mais sûres délices de l'amitié aux vagues et décevantes voluptés de l'amour? Cette liaison de mutuel attrait, cimentée par l'habitude, où l'union intime de deux esprits qui n'avaient rien à se cacher se parait des tendresses, tempérées par la raison, de deux cœurs qui n'avaient rien à se refuser, et où la douceur des souvenirs et des regrets partagés faisait oublier la perte des illusions et des espérances, allait être brisée par la mort. Il ne nous reste plus, pour considérer l'auteur de LA PRINCESSE DE CLÈVES et la correspondante de la duchesse de Savoie sous l'aspect le plus favorable, et lui faire nos adieux au moment où elle mérite le mieux nos regrets, qu'à assister, avec Mme de Sévigné pour témoin, à cette séparation cruelle, suivie d'une si noble et si fidèle viduité, qui languira quinze ans encore, sans admettre à son deuil d'autres consolations que celles de la famille et de l'amitié.

VI

A la fin de l'année 1679, la santé de M. de La Rochefoucauld et celle de Mme de La Fayette, qui souvent donnaient de l'inquiétude à leurs amis, avaient subi de nouvelles atteintes, menaçantes surtout pour le premier, et la mort du cardinal de Retz, à laquelle assistaient Mme de La Fayette et Mme de Sévigné (lettre du 25 août 1679), devait bientôt leur paraître un avertissement de Dieu, qui se disposait à

retirer du théâtre du monde un autre héros, qui, ce-
lui-là, leur était encore plus cher, de la tragi-comédie
de la Fronde.

Dès le 15 mars de l'année suivante (1680), nous
trouvons une lettre qui nous associe aux appréhen-
sions de tous les amis de M. de La Rochefoucauld,
en proie à une crise suprême de cette maladie de la
goutte qui le rongeait depuis des années :

Je crains bien que nous ne perdions cette fois M. de La
Rochefoucauld. Sa fièvre a continué. Il reçut hier Notre-
Seigneur. Mais son état est une chose digne d'admiration ;
il est fort bien disposé pour sa conscience, voilà qui est
fait ; du reste, c'est la maladie et la mort de son voisin
dont il est question. Il n'en est pas effleuré, il n'en est pas
troublé ; il entend plaider devant lui la cause des médecins,
du frère Ange et de l'Anglois, d'une tête libre, sans daigner
quasi dire son avis ; je reviens à ce vers :

Trop au-dessous de lui pour y prêter l'esprit.

Il ne voyoit point hier matin Mme de La Fayette, parce
qu'elle pleuroit, et qu'il recevoit Notre-Seigneur. Il envoya
savoir à midi de ses nouvelles. Coyez-moi, ma fille, ce n'est
pas inutilement qu'il a fait des réflexions toute sa vie ; il
s'est approché de telle sorte de ses derniers moments qu'ils
n'ont rien de nouveau ni d'étranger pour lui.

Dans ces tristes circonstances, Mme de La Fayette
trouva Mme de Sévigné d'un dévouement égal à sa
douleur, et elle put partager le poids de son affliction
avec une amie capable de la comprendre :

Je suis quasi toujours chez Mme de La Fayette, qui con-
noîtroit mal les délices de l'amitié et les tendresses du cœur
si elle n'étoit aussi affligée qu'elle est.

Dans la nuit du 16 au 17 mars, un dernier accès de goutte remontée étouffe et emporte M. de La Rochefoucauld, qui rend l'âme entre les mains de M. de Condom, c'est-à-dire de Bossuet.

Mme de Sévigné, en donnant à sa fille cette triste nouvelle, ajoute avec une raison attendrie :

M. de Marsillac, le fils préféré de La Rochefoucauld, est dans une affliction qui ne se peut représenter ; mais il retrouvera le roi et la cour ; toute sa famille se retrouvera en sa place ; mais où Mme de La Fayette retrouvera-t-elle un tel ami, une telle société, une pareille douceur, un agrément, une confiance, une considération pour elle et pour son fils ? Elle est infirme, elle est toujours dans sa chambre, elle ne court point les rues ; M. de La Rochefoucauld étoit sédentaire aussi ; cet état les rendoit nécessaires l'un à l'autre ; rien ne pouvoit être comparé à la confiance et aux charmes de leur amitié. Ma fille, songez-y, vous trouverez qu'il est impossible de faire une perte plus sensible et dont le temps puisse moins consoler...

Le 20 mars, Mme de Sévigné écrit, le cœur toujours serré :

Il est enfin mercredi... La petite santé de Mme de La Fayette soutient mal une telle douleur ; elle en a la fièvre, et il ne sera pas au pouvoir du temps de lui ôter l'ennui de cette privation ; sa vie est tournée d'une manière qu'elle le trouvera toujours à dire. Vous devez me dire tout au moins quelque chose pour elle dans ce que vous m'écrivez.

Plus Mme de Sévigné entre par la pensée et par le cœur dans l'évaluation de ce que coûte à Mme de La Fayette une de ces pertes dont on ne mesure l'étendue qu'en les souffrant et dont chaque jour creuse la profondeur, plus elle plaint son amie et s'apitoie sur elle.

« Pour Mme de La Fayette, le temps, qui est si bon aux autres, augmente sa tristesse. » (22 mars 1680.)

« Mme de La Fayette est tombée des nues, écrit-elle quatre jours après ; elle s'aperçoit à tous les moments de la perte qu'elle a faite ; tout se consolera, hormis elle. M. de Marsillac, à présent M. de La Rochefoucauld, est déjà retourné à son devoir. Le roi l'envoya quérir ; il n'y a point de douleur qu'il ne console ; la sienne a été au delà des bornes, et le moyen de courir le cerf avec une affliction violente ? »

Mme de Sévigné, le 27 mars, étant allée à la cour pour être présentée à la Dauphine, y rencontra M. le Duc, et ils échangèrent, à propos de M. de La Rochefoucauld, leurs souvenirs et leurs regrets :

M. le Duc me parla beaucoup de M. de La Rochefoucauld, et les larmes lui en vinrent encore aux yeux. Il y eut une scène bien vive entre lui et Mme de La Fayette, le soir que ce pauvre homme étoit à l'agonie ; je n'ai jamais tant vu de larmes et jamais une douleur plus tendre et plus vraie ; il étoit impossible de ne pas être comme eux ; ils disoient des choses à fendre le cœur ; jamais je n'oublierai cette soirée... M. de Marsillac n'a pas encore osé voir Mme de La Fayette. Quand les autres de la famille la sont venus voir, ç'a été un renouvellement étrange. M. le Duc me parloit donc tristement là-dessus.

Il est intéressant, pour l'appréciation de la liaison si étroite que la mort venait de trancher, de répéter, malgré leur inévitable monotonie, les détails que fournissent les lettres suivantes :

Mercredi 3 avril 1680.

La pauvre Mme de La Fayette ne sait plus que faire d'elle-même ; la perte de M. de La Rochefoucauld fait un si terrible vide dans sa vie qu'elle en comprend mieux le prix d'un si agréable commerce ; tout le monde se consolera, hormis elle, parce qu'elle n'a plus d'occupation, et que tous les autres reprennent leur place.

5 avril 1680.

J'ai fait vos complimens à Mme de La Fayette. Ce n'est plus la même personne. Je ne crois pas qu'elle puisse jamais ôter de son cœur le sentiment d'une telle perte ; je l'ai sentie et par moi et par elle.

Dans une lettre du même jour à M. de Guitaut, Mme de Sévigné complète, en y ajoutant de nouveaux traits, le tableau de cette âme inconsolable et de cette vie brisée :

M. de La Rochefoucauld est mort, comme vous le savez. Cette perte est fort regrettée ; j'ai une amie qui ne peut jamais s'en consoler ; vous l'avez aimé ; vous pouvez imaginer quelle douceur et quel agrément pour un commerce rempli de toute l'amitié et de toute la confiance possible entre deux personnes dont le mérite n'est pas commun ; ajoutez-y la circonstance de leur mauvaise santé qui les rendoit comme nécessaires l'un à l'autre, et qui leur donnoit un loisir de goûter leurs bonnes qualités qui ne se rencontre point dans les autres liaisons. Il me paroit qu'à la cour on n'a point le loisir de s'aimer ; le tourbillon qui est si violent pour tous étoit paisible pour eux et donnoit un grand espace au plaisir d'un commerce si délicieux. Je crois que nulle passion ne peut surpasser la force d'une telle liaison ; il étoit impossible d'avoir été si souvent avec lui sans l'aimer beaucoup, de sorte que je l'ai regretté et par rapport à moi et par rapport à cette pauvre Mme de La Fayette, qui seroit décriée sur l'amitié et sur la reconnoissance si elle étoit moins affligée qu'elle ne l'est.

h

Encore de nouveaux détails le 12 avril 1680 :

Je vis hier Mme de La Fayette au sortir de cette triste
cérémonie ; je la trouvai tout en larmes ; elle avoit trouvé
sous sa main de l'écriture de ce pauvre homme qui l'avoit
surprise et affligée. Je venois de quitter Mlles de La Rochefoucauld aux Carmélites ; elles y avoient pleuré aussi leur
père ; l'aînée surtout a figuré avec M. de Marsillac ; c'étoit
donc à l'oraison funèbre de Mme de Longueville que ces
filles pleuroient M. de La Rochefoucauld. Ils sont morts
dans la même année ; il y avoit bien à rêver sur ces deux
noms. Je ne crois pas, en vérité, que Mme de La Fayette se
console ; je lui suis moins bonne qu'une autre, car nous
ne pouvons nous empêcher de parler de ce pauvre homme,
et cela tue ; tous ceux qui lui étoient bons avec lui perdent
leur prix auprès d'elle... Sa santé est toute renversée ; elle
est changée au dernier point.

Et c'est toujours ainsi que Mme de Sévigné parlera
désormais de son amie, dont le deuil de cœur ne cessa
plus. Pour se distraire, elle faisait faire une augmentation nouvelle à son appartement, qu'elle poussait
jusque sur son jardin (19 avril 1680). Et, par une
réaction dont le contraste n'étonnera pas les esprits ha-
bitués à l'étude de la douleur morale, à mesure qu'elle
cherchait à agrandir son appartement et à se donner
physiquement un horizon plus large et une respiration
plus facile, elle restreignait systématiquement l'horizon,
elle raccourcissait le souffle de son intelligence. Re-
connaissant la vanité de toutes les choses de l'esprit,
elle s'efforçait de ne plus penser, de se réduire à la
vie végétative ; elle cherchait le repos dans l'anéan-
tissement :

Mme de La Fayette avoue franchement qu'elle ne songe

qu'à se rendre bête, et ôter de son esprit autant de pensées que l'on tâche ordinairement d'y en mettre ; elle ne dispute point que son esprit ne lui fasse du mal, ainsi que toute sorte d'application ; elle s'excuse de tout ; je vous souhaiterois sur cela comme elle. (18 mai 1680.)

C'est en vain que les succès de son fils flattent son affection maternelle. Elle va remercier le roi, « qui lui fait merveille », du régiment de La Fère qu'il vient d'accorder au jeune et brillant officier. Malgré un accueil qui eût été délicieux pour une âme de courtisan, elle « ne peut durer à Versailles », et revient coucher à Paris. « Son cœur est blessé, dit Mme de Sévigné, au delà de ce que je croyois. » Elle ne sent plus rien que sa douleur. Ce n'est pas elle qui pourrait se consoler par l'égoïsme philosophique de Mme de Grignan : « On serre les files, il n'y paroît plus. »

A cela, le 9 juin 1680, Mme de Sévigné répond à la trop raisonnable femme qui a réduit au strict nécessaire sa dépense de sensibilité :

La pauvre Mme de La Fayette me mande l'état de son âme.

Rien ne peut réparer les biens que j'ai perdus.

Elle me dit ce vers que j'ai pensé mille fois pour elle ; elle est plus touchée qu'elle-même ne le croyoit, étant occupée de sa tante et de ses enfants ; mais ces soins ont fait place à la véritable tristesse de son cœur ; elle est seule dans le monde, elle me regrette fort, à ce qu'elle dit. J'aurois fait mon devoir assurément dans cette occasion unique de sa vie. Ne l'enviez pas. J'ai retrouvé ici des lettres de ce pauvre homme ; elles m'ont touchée. Cette pauvre femme ne peu serrer la file de manière à remplir cette place. Elle a tout jours une très méchante santé, cela contribue à la tristesse. Ses deux enfants sont hors de Paris; Langlade, moi, tous ses restes d'amis, à Fontainebleau. Mme de Coulanges s'en va; elle est tombée des nues.

En juillet, M. de Marsillac va dire adieu à Mme de La Fayette. « Ils se mirent à pleurer, dit Mme de Sévigné, comme le premier jour. Il n'y a rien de faux à ces deux personnes. »

Dès la fin de juin, Mme de Coulanges l'avait menée chez une aimable dévote, Mme de La Sablière, retirée aux Incurables, et cette visite fut sans doute son premier pas dans le chemin, qu'elle devait suivre plus lentement que Mme de La Sablière, de la dévotion et de la soumission entière à la volonté de Dieu, que plus tard M. Du Guet lui inspira non sans peine. La rigueur de la piété janséniste offusquait, malgré tout, la vive et fière intelligence de Mme de La Fayette, effarouchait la tendresse et la délicatesse de son cœur. Elle eut toujours plutôt les langueurs que les ardeurs de la conversion. Mais, si jusqu'au bout elle put paraître tiède à son inflexible directeur, et trop profane dans le sacré, elle garda jusqu'au bout la chaleur de son dévouement, et fut toujours, suivant un mot de Montesquieu qu'elle était digne de trouver, « amoureuse de l'amitié ».

La suite de la correspondance de Mme de Sévigné, qu'il convient désormais d'analyser plus que de citer, nous la montre associée intimement à toutes les sollicitudes et à toutes les ambitions de Mme de Sévigné et de Mme de Grignan, épousant leurs intérêts, confi-

dente et avocat du fils prodigue, s'occupant avec une impérieuse tendresse de la santé de sa mère, la gourmandant de ses négligences, s'essayant à une amitié nouvelle avec Mme de Schomberg qui excite un moment les ombrages des anciennes, mais leur demeurant toujours sincèrement et effectivement fidèle. La mort de Langlade, la mort de son médecin, de son confesseur et de son ami Valan, éclaircit le cercle de ses entours. Elle ne s'en attache qu'avec plus de force « aux restes de ses amis », et leur consacre les agréments d'une conversation où les Pompone, les Courtin, les Barillon, les Lauzun, les d'Estrées, les Villars, font leur partie avec plaisir, et l'appui d'un crédit qui ne baisse point, étant fondé sur son mérite et sur la considération dont elle profite pour ses amis plus que pour elle. « Jamais une personne, sans sortir de sa place, n'a tant fait de bonnes affaires », dit d'elle Mme de Sévigné.

Mme de Sévigné est toujours frappée de cette influence, de ce crédit de Mme de La Fayette ; elle y insiste souvent, en citant chaque fois des traits nouveaux ; elle les signale à sa fille, trop peu soucieuse à son gré de cet art de se ménager des appuis, qui consiste surtout dans celui de les mériter, et lui en propose l'exemple, avec une nuance de regret, sinon de reproche :

Voyez comme Mme de La Fayette se trouve riche en amis de tous côtés et de toutes conditions ; elle a cent bras, elle atteint partout. Ses enfants savent bien qu'en dire et la remercient tous les jours de s'être formé un esprit si liant ;

c'est une obligation qu'elle a à M. de La Rochefoucauld dont sa famille s'est bien trouvée. (26 février 1690.)

Le dernier chef-d'œuvre de cette habileté, de cette prévoyance, et de cette influence si honorable pour elle, si utile aux siens, c'est le mariage de son fils, que Mme de La Fayette conclut en septembre 1689, et après lequel elle assure à Mme de Coulanges qu'elle s'affranchira de tout souci humain, et qu'à son exemple elle tâchera aussi de « se mettre dans la bonne voie », c'est-à-dire de ne songer qu'à son salut.

Voici en quels termes Mme de Sévigné annonce la conclusion de ce mariage du comte de La Fayette avec Mlle de Marillac :

A propos de sublime, M. de Marillac ne fait point mal, ce me semble. La Fayette est joli, exempt de toute mauvaise qualité; il a un bon nom, il est dans le chemin de la guerre, et il a tous les amis de sa mère qui sont à l'infini; le mérite de cette mère est distingué; elle donne tout son bien et l'abbé le sien. Il aura un jour 30,000 livres de rentes, il ne doit point une pistole. Ce n'est point une manière de parler. Qui trouvez-vous qui vaille mieux quand on ne veut pas de conseiller? La demoiselle a 200,000 francs, bien des nourritures. Mme de La Fayette pouvoit-elle espérer moins? Répondez-moi un peu, car je ne dis rien que de vrai. M. de Lamoignon est dépositaire des articles qui furent signés il y a quatre jours entre M. de Lamoignon, M. le lieutenant civil et Mme de Lavardin, qui a fait le mariage. (25 septembre 1689.)

Nous arrivons, à cette date de septembre et octobre 1689, à un petit épisode des relations de Mme de Sévigné et de Mme de La Fayette que nous ne saurions passer sous silence, parce qu'il nous donne la mesure et le caractère de ces relations, nous permet d'en apprécier l'intimité et nous offre un témoignage décisif de l'autorité qu'y avait conquise Mme de La Fayette, de l'énergie de son dévouement et de la décision pratique qu'elle apportait dans les affaires qui pouvaient intéresser ses amis, trouvant toujours le meilleur avis à donner, le meilleur parti à prendre, et cela au moment même où il semblait que le soin de sa santé altérée et le souci de ses propres affaires comportaient et excusaient une passagère défaillance de son zèle et de sa clairvoyance habituels. Voici donc de quel ton impérieux, familier et affectueux, Mme de La Fayette enjoignait, par sa lettre du 8 octobre, à son amie, de quitter la Bretagne et de venir prendre ses quartiers d'hiver à Paris :

Il est question, ma belle, qu'il ne faut point que vous passiez l'hiver en Bretagne, à quelque prix que ce soit ; vous êtes vieille, les Rochers sont pleins de bois, les catarrhes et les fluxions vous accableront. Vous vous ennuierez, votre esprit deviendra triste et baissera : tout cela est sûr, et les choses du monde ne sont rien en comparaison de tout ce que je vous dis. Ne me parlez point d'argent ni de dettes ; je vous ferme la bouche sur tout. M. de Sévigné vous donne son équipage. Vous venez à Malicorne, vous y trouvez les chevaux et la calèche de M. de Chaulnes : vous voilà à Paris ; vous allez descendre à l'hôtel de Chaulnes : votre maison n'est pas prête, vous n'avez point de chevaux, c'est en attendant ; à votre loisir, vous vous remettez chez vous. Venons au fait : vous payez une pension à M. de Sévigné, vous avez ici un ménage ; mettez le tout ensemble, cela fait de l'argent, car votre louage de maison va toujours. Vous direz : « Mais je dois et je payerai avec le temps. » Comptez que vous trouverez ici mille écus dont vous payez ce qui vous

presse, qu'on vous les prête sans intérêt, et que vous les
rembourserez petit à petit, comme vous voudrez. Ne demandez point d'où ils viennent ni de qui c'est, on ne vous le
dira pas ; mais ce sont gens qui sont bien assurés qu'ils ne
les perdront pas. Point de raisonnements là-dessus, point
de paroles ni de lettres perdues ; il faut venir ou renoncer
à mon amitié, à celle de Mme de Chaulnes et à celle de
Mme de Lavardin ; nous ne voulons point d'une amie qui
veut vieillir et mourir par sa faute ; il y a de la misère et
de la pauvreté à votre conduite. Il faut venir dès qu'il fera
beau.

*Mme de Sévigné sentit comme elle le devait la générosité et la délicatesse d'un tel procédé ; mais elle
fut un moment offusquée, et Mme de Grignan le
demeura encore davantage, de ce service offert avec
une brusquerie et une franchise plus viriles que féminines. Elle remercia avec une sincère gratitude, mais
ne se soumit pas à cette injonction affectueuse, et dans
cette lettre, écrite « du ton d'un arrêt du conseil d'en
haut », elle ne put s'empêcher de trouver un peu trop
crue cette qualification de vieille qu'une femme n'entend jamais impassiblement sonner à son oreille, surtout de la part d'une amie qui n'est sa cadette que de
cinq ans. Elle écrivait le 30 novembre à sa fille, qui
n'avait pas digéré non plus l'épithète :*

Vous avez donc été frappée du mot de Mme de La Fayette
mêlé avec tant d'amitié. Quoique je ne me laisse pas oublier
cette vérité, j'avoue que j'en suis toute étonnée, car je ne
me sens aucune décadence encore qui m'en fasse souvenir.

*Enfin, le 12 décembre 1689, a lieu le mariage
qui achève l'œuvre maternelle de Mme de La Fayette,*

relâche les derniers liens, l'affranchit des derniers soucis et la dégage des dernières responsabilités de son devoir domestique. Elle jouit sans élan de ce suprême triomphe de son activité fatiguée, qui lui permet du moins de se consacrer plus librement au soin de sa santé, au perpétuel miracle de sa conservation, de se recueillir dans cet isolement mélancolique, dans cette retraite discrètement animée par quelques amitiés choisies et fidèles, de trouver quelque charme à cette pâle douceur du soir de la vie qui en précède la nuit.

Cette retraite et ce mauvais état de sa santé l'exposent à des accidents et à des ennuis domestiques qui inquiètent et affligent ses amis, sans trop atteindre cette âme déjà tant et tant de fois blessée, désormais résignée à tout et détachée de tout, excepté de l'amitié.

Mᵐᵉ de Sévigné écrivait à ce sujet, le 29 janvier 1690 :

Vous êtes bien sage, ma fille, d'être demeurée à Grignan, c'est cela qui s'appelle avoir consulté son conseil de conscience. Ceux qui ont volé Mᵐᵉ de La Fayette n'ont pas consulté la leur. On a pris à ma pauvre amie, encore au lit les après-dînées et languissante, cinq cents écus en louis d'or qui étaient dans un petit cabinet où personne n'entre que ses deux filles, son valet de chambre et son laquais. Elle n'en peut soupçonner aucun ; ils ont tous été interrogés ; point de nouvelles, et elle demeure au milieu de ces quatre personnes : c'est ce qui fait son plus grand embarras, car la perte de cet argent ne lui fera pas une grande incommodité ; ses enfants sont en état de le remplacer bien vite. Mais de se trouver servie par quelqu'un qui a pris si familièrement une telle somme, cela trouble une personne déjà accablée par tant de maux. (29 janvier 1690.)

Ces maux sans cesse renouvelés, Mme de La Fayette les supportait en esprit de résignation, sinon de pénitence. Elle écrivait, le 20 septembre 1690, à Mme de Sévigné, en son nom et au nom de ce corps des veuves (Mme de Chaulnes, Mme de Lavardin, Mme de La Fayette) dont Mme de Sévigné prenait volontiers les conseils, pour approuver pleinement son voyage en Provence, et elle ajoutait, avec cette douceur de tristesse si pénétrante qui était son ton habituel : « Je suis dans des vapeurs les plus tristes et les plus cruelles où l'on puisse être ; il n'y a qu'à souffrir quand c'est la volonté de Dieu. »

Peu de temps après, une grande douleur, une grande perte, frappa à la fois Mme de La Fayette et Mme de Sévigné. C'est par des séparations successives que la Providence nous prépare à petits coups aux suprêmes et plus déchirants adieux. Nos deux amies perdirent (car c'était perdre une telle femme que de ne plus la garder que privée de son intelligence) Mme de Lavardin, tombée en enfance à la suite d'une attaque d'apoplexie, pour ne mourir que trois ans après. Mme de Sévigné écrivait à ce propos à Bussy, le 10 avril 1691 :

A propos de mère et de fils, savez-vous, mon cher cousin, que je suis depuis dix à douze jours dans une tristesse dont vous seul êtes capable de me tirer pendant que je vous écris ? C'est de la maladie extrême de Mme de Lavardin, la douairière, mon intime et mon ancienne amie ; cette femme d'un si bon et si solide esprit, cette illustre veuve qui nous avoit toutes rassemblées sous son aile, cette personne d'un si grand mérite, est tombée tout d'un coup dans une espèce d'apoplexie ; elle est assoupie, elle est paralytique... Je ne pouvois faire dans l'amitié une plus grande perte ; je la sens très vivement... Mme la duchesse de Chaulnes en est très affligée, Mme de La Fayette encore plus.

Pendant le mois de septembre 1691, Mme de La Fayette écrit trois fois à Mme de Sévigné, et nous extrayons de ses lettres quelques passages caractéristiques :

Ma santé est un peu meilleure qu'elle n'a été, c'est-à-dire que j'ai un peu moins de vapeurs ; je ne me connois point d'autre mal ; ne vous inquiétez point de ma santé ; mes maux ne sont pas dangereux, et, quand ils le deviendroient, ce ne seroit que par une grande langueur et par un grand desséchement, ce qui n'est pas l'affaire d'un jour. Ainsi, ma belle, soyez en repos sur la vie de votre pauvre amie ; vous aurez le loisir d'être préparée à tout ce qui arrivera, si ce n'est à des accidents imprévus, à quoi sont sujettes toutes les mortelles, et moi plus qu'une autre, parce que je suis plus mortelle qu'une autre ; une personne en santé me paroît un prodige. (19 septembre.)

Mme de Sévigné ayant exprimé l'idée de faire le voyage de Paris, ne fût-ce qu'à cause d'elle, son amie se montre touchée profondément de cette intention, et repousse une si fatigante marque de dévouement :

Venir à Paris pour l'amour de moi, ma chère amie ! La seule pensée m'en fait peur. Dieu me garde de vous déranger ainsi ! Et, quoique je souhaite ardemment le plaisir de vous voir, je l'achèterois trop cher si c'étoit à vos dépens. Je vous mandai il y a huit jours la vérité de mon état ; j'étois parfaitement bien, et j'ai été comme par miracle quinze jours sans vapeurs, c'est-à-dire guérie de tous maux. Je ne suis plus si bien depuis trois ou quatre jours, et c'est la seule vue d'une lettre cachetée que je n'ai point ouverte qui m'a ému mes vapeurs. Je ressemble comme deux gouttes d'eau à une femme ensorcelée ; mais l'après-dinée je suis assez comme une autre personne. Je vous écrivis, il y a un mois ou deux, que c'étoit ma méchante heure, et c'est à présent la bonne ; j'espère que mon mal, après avoir tourné et changé, me quittera peut-être ; mais je demeurerai toujours une très sotte femme, et vous ne sauriez croire comme je suis étonnée de l'être. Je n'avois point été nourrie dans l'opinion que je le pusse devenir. (26 septembre 1691.)

Enfin, le mercredi 10 octobre, encore mêmes nouvelles du délabrement intermittent, devenant permanent, de sa santé ; même ton pénétrant de tristesse et de pressentiment résigné :

J'ai eu des vapeurs cruelles, qui me durent encore, et qui me durent comme un point de fièvre qui m'afflige. En un mot, je suis folle, quoique je sois assurément une femme assez sage... Mon Dieu ! ma chère amie, que je serai aise de vous voir ! Vraiment, je pleurerai bien ; tout me fait fondre en larmes...

*Nous avons cité, au début de cette étude, la dernière lettre connue de M*me *de La Fayette à M*me *de Sévigné, à la date du 24 janvier 1692, terminée par une profession de foi et d'affection qui semble un dernier adieu.*

*M*me *de La Fayette, comme une lampe qui a épuisé son huile, s'éteignit, âgée de cinquante-huit ans à peine, à une date qu'il est impossible de déterminer avec précision, — dernier trait qui ne dépare pas* *l'attrait mélancolique de cette discrète et mystérieuse figure, — mais qui doit être placée du 23 au 26 mai 1692. Le 3 juin, Mme de Sévigné répondait aux compliments de condoléance de Mme de Guitaut :*

Vous saviez tout le mérite de Mme de La Fayette ou par vous, ou par moi, ou par mes amis ; sur cela vous n'en pouvez trop croire ; elle étoit digne d'être de vos amies, et je me trouvois trop heureuse d'être aimée d'elle depuis un temps très considérable ; jamais nous n'avions eu le moindre nuage dans notre amitié. La longue habitude ne m'avoit point accoutumée à son mérite ; ce goût étoit toujours vif et nouveau ; je lui rendois beaucoup de soins par le mouvement de mon cœur, sans que ce à quoi la bienséance ou l'amitié nous engage y eût aucune part ; j'étois assurée aussi que je faisois sa plus tendre consolation, et depuis quarante ans c'étoit la même chose : cette date est violente, mais elle fonde bien aussi la vérité de notre liaison. Ses infirmités depuis deux ans étoient devenues extrêmes. Je la défendois toujours, car on disoit qu'elle étoit folle de ne point vouloir sortir ; elle avoit une tristesse mortelle : quelle folie encore ! N'est-elle pas la plus heureuse femme du monde ? Elle en convenoit aussi ; mais je disois à ces personnes si précipitées dans leurs jugements : « Mme de La Fayette n'est pas folle », et je m'en tenois là. Hélas ! Madame, la pauvre femme n'est présentement que trop justifiée ; il a fallu qu'elle soit morte pour faire voir qu'elle avoit raison et de ne point sortir et d'être triste : elle avoit un rein tout consommé et une pierre dedans, et l'autre pullulant (purulent?). On ne sort guère en cet état. Elle avoit deux polypes dans le cœur et la pointe du cœur flétrie. N'étoit-ce pas assez pour avoir ces désolations dont elle se plaignoit... ? Voilà l'état de cette pauvre femme, qui disoit : « On trouvera un jour... » tout ce qu'on a trouvé. Ainsi, Madame, elle a eu raison pendant sa vie, elle a eu raison après sa mort, et jamais elle n'a été sans cette divine raison qui étoit sa qualité principale. Sa mort a été causée par le plus gros de ces corps étran-

gers qu'elle avoit dans le cœur, et qui a interrompu la
circulation, et frappé en même temps tous les nerfs, de
sorte qu'elle n'a eu aucune connoissance pendant les quatre
jours qu'elle a été malade. Mlle Perrier, qui est une personne admirable, ne l'a quittée ni jour ni nuit, avec une
charité dont je l'aimerai toute ma vie ; elle vous pourra
dire que tout cela s'est passé comme je vous le dis, et que,
pour notre consolation, Dieu lui a fait une grâce toute particulière, et qui marque une vraie prédestination : c'est
qu'elle se confessa le jour de la petite Fête-Dieu, avec une
exactitude et un sentiment qui ne pouvoit venir que de lui,
et reçut Notre-Seigneur de la même manière. Ainsi, ma chère
Madame, nous regardons cette communion, qu'elle avoit
accoutumé de faire à la Pentecôte, comme une miséricorde
de Dieu qui nous vouloit consoler de ce qu'elle n'a pas été
en état de recevoir le viatique.

*Le 17 juillet, Mme de Sévigné écrivait encore à
Mme de Guitaut, insistant, par un redoublement de
souvenir et de regret, sur les qualités de l'amie perdue :*

Je m'en fie bien à votre cœur, Madame, pour avoir
compris mes sentiments sur le sujet de Mme de La Fayette ;
vous veniez de perdre une aimable nièce, mais ce n'étoit
point une amitié de toute votre vie et un commerce conti-
nuel et toujours agréable. Je suis dans l'état d'une vie très
fade, comme vous le dites, n'étant plus animée par le commerce d'une amitié qui en faisoit quasi toute l'occupation.
Si Dieu vouloit bien remplir ce vide, en vérité je lui en
serois très obligée...

*Le vide ne fut pas rempli ; au contraire, il s'aug-
menta par suite de nouvelles pertes, de nouvelles
douleurs, qui, pendant les trois années qu'elle survécut à son amie de jeunesse et de tous les temps,*

ajoutèrent encore à la douleur d'une telle séparation et en ravivèrent la blessure.

Le 27 août 1694, Mme de Coulanges écrivait à Mme de Sévigné :

Je vous fais mes compliments, quoique un peu tard, sur la mort de M. de La Fayette. Sa pauvre mère n'avait songé qu'à remettre ce nom et cette maison à la cour et dans le monde, et le voilà sur la tête d'une petite-fille. On dit que le testament de M. de La Fayette, fait par les soins et du vivant de madame sa mère, a consolé sa femme et M. de Marillac, qui étoient fort affligés avant que d'avoir vu ce testament, lequel est très désavantageux pour la veuve.

Ainsi s'écroulait cet édifice de prévoyance, d'habileté, de légitime ambition maternelle, qui avait été l'œuvre et le chef-d'œuvre, car il était arrivé triomphalement au faîte, couronné par l'orgueil et l'espoir d'un beau mariage, de la vie domestique et intime de Mme de La Fayette. Son nom, dont elle était justement fière, tombait en quenouille deux ans après sa mort, pour ne recevoir collatéralement qu'à la fin du XVIIIe siècle une nouvelle et suprême illustration militaire et politique. De toutes ses œuvres, celle sur laquelle elle comptait le moins peut-être, un rouleau de papier contenant quelques pages délicates et charmantes, a survécu et survivra à tous les naufrages et lui assure l'admiration de la postérité. Mais elle serait encore sûre d'être immortelle quand bien même elle n'aurait d'autres titres à l'être que ces lettres qui lui constituent la plus enviable des histoires et des oraisons funèbres. Quel honneur vaudrait celui d'avoir

été dénigrée et peu regrettée seulement par un Gour-
ville, louée et pleurée, plus encore pour les vertus de
son cœur que pour les qualités de son esprit, et pour
ses actions que pour ses ouvrages, par une amie
comme Mᵐᵉ de Sévigné ?

M. DE LESCURE.

LA PRINCESSE

DE CLÈVES

PREMIÈRE PARTIE

A magnificence et la galanterie n'ont
jamais paru en France avec tant d'éclat
que dans les dernières années du règne
de Henri second. Ce prince étoit galant, bien fait et amoureux : quoique sa passion
pour Diane de Poitiers, duchesse de Valentinois,
eût commencé il y avoit plus de vingt ans, elle
n'en étoit pas moins violente et il n'en donnoit
pas des témoignages moins éclatans.

Comme il réussissoit admirablement dans tous
les exercices du corps, il en faisoit une de ses plus

I

grandes occupations : c'étoient tous les jours des parties de chasse et de paume, des ballets, des courses de bague, ou de semblables divertissemens ; les couleurs et les chiffres de Mme de Valentinois paroissoient partout, et elle paroissoit elle-même avec tous les ajustemens que pouvoit avoir Mlle de La Marck, sa petite-fille, qui étoit alors à marier.

La présence de la reine autorisoit la sienne. Cette princesse étoit belle, quoiqu'elle eût passé la première jeunesse ; elle aimoit la grandeur, la magnificence et les plaisirs. Le roi l'avoit épousée lorsqu'il étoit encore duc d'Orléans et qu'il avoit pour aîné le dauphin, qui mourut à Tournon, prince que sa naissance et ses grandes qualités destinoient à remplir dignement la place du roi François Ier, son père.

L'humeur ambitieuse de la reine lui faisoit trouver une grande douceur à régner : il sembloit qu'elle souffrît sans peine l'attachement du roi pour la duchesse de Valentinois, et elle n'en témoignoit aucune jalousie ; mais elle avoit une si profonde dissimulation qu'il étoit difficile de juger de ses sentimens ; et la politique l'obligeoit d'approcher cette duchesse de sa personne, afin d'en approcher aussi le roi. Ce prince aimoit le commerce des femmes, même de celles dont il n'étoit pas amoureux : il demeuroit tous les jours chez la reine à l'heure du cercle, où tout ce qu'il y avoit de plus beau et de mieux fait de l'un et de l'autre sexe ne manquoit pas de se trouver.

Jamais cour n'a eu tant de belles personnes et d'hommes admirablement bien faits; et il sembloit que la nature eût pris plaisir à placer ce qu'elle donne de plus beau dans les plus grandes princesses et dans les plus grands princes. Mme Élisabeth de France, qui fut depuis reine d'Espagne, commençoit à faire paroître un esprit surprenant et cette incomparable beauté qui lui a été si funeste. Marie Stuart, reine d'Écosse, qui venoit d'épouser M. le dauphin, et qu'on appeloit la reine dauphine, étoit une personne parfaite pour l'esprit et pour le corps : elle avoit été élevée à la cour de France; elle en avoit pris toute la politesse, et elle étoit née avec tant de dispositions pour toutes les belles choses que, malgré sa grande jeunesse, elle les aimoit et s'y connoissoit mieux que personne. La reine, sa belle-mère, et Madame, sœur du roi, aimoient aussi les vers, la comédie et la musique : le goût que le roi François Ier avoit eu pour la poésie et pour les lettres régnoit encore en France; et le roi, son fils, aimant les exercices du corps, tous les plaisirs étoient à la cour. Mais ce qui rendoit cette cour belle et majestueuse étoit le nombre infini de princes et de grands seigneurs d'un mérite extraordinaire. Ceux que je vais nommer étoient, en des manières différentes, l'ornement et l'admiration de leur siècle.

Le roi de Navarre attiroit le respect de tout le monde par la grandeur de son rang et par celle qui paroissoit en sa personne. Il excelloit dans la

guerre, et le duc de Guise lui donnoit une émulation qui l'avoit porté plusieurs fois à quitter sa
place de général pour aller combattre auprès de
lui, comme un simple soldat, dans les lieux les plus
périlleux. Il est vrai aussi que ce duc avoit donné
des marques d'une valeur si admirable et avoit eu
de si heureux succès qu'il n'y avoit point de grand
capitaine qui ne dût le regarder avec envie. Sa
valeur étoit soutenue de toutes les autres grandes
qualités : il avoit un esprit vaste et profond, une
âme noble et élevée et une égale capacité pour la
guerre et pour les affaires. Le cardinal de Lorraine, son frère, étoit né avec une ambition dé-
mesurée, avec un esprit vif et une éloquence admirable, et il avoit acquis une science profonde,
dont il se servoit pour se rendre considérable en
défendant la religion catholique qui commençoit
d'être attaquée. Le chevalier de Guise, que l'on
appela depuis le grand prieur, étoit un prince aimé
de tout le monde, bien fait, plein d'esprit, plein
d'adresse, et d'une valeur célèbre par toute l'Europe.
Le prince de Condé, dans un petit corps peu favorisé
de la nature, avoit une âme grande et hautaine,
et un esprit qui le rendoit aimable aux yeux
même des plus belles femmes. Le duc de Nevers,
dont la vie étoit glorieuse par la guerre et par les
grands emplois qu'il avoit eus, quoique dans un
âge un peu avancé, faisoit les délices de la cour.
Il avoit trois fils parfaitement bien faits : le second,
qu'on appeloit le prince de Clèves, étoit digne de

soutenir la gloire de son nom; il étoit brave et magnifique, et il avoit une prudence qui ne se trouve guère avec la jeunesse. Le vidame de Chartres, descendu de cette ancienne maison de Vendôme dont les princes du sang n'ont point dédaigné de porter le nom, étoit également distingué dans la guerre et dans la galanterie. Il étoit beau, de bonne mine, vaillant, hardi, libéral : toutes ces bonnes qualités étoient vives et éclatantes; enfin, il étoit seul digne d'être comparé au duc de Nemours, si quelqu'un lui eût pu être comparable; mais ce prince étoit un chef-d'œuvre de la nature; ce qu'il avoit de moins admirable étoit d'être l'homme du monde le mieux fait et le plus beau. Ce qui le mettoit au-dessus des autres étoit une valeur incomparable, et un agrément dans son esprit, dans son visage et dans ses actions, que l'on n'a jamais vu qu'à lui seul : il avoit un enjouement qui plaisoit également aux hommes et aux femmes, une adresse extraordinaire dans tous ses exercices, une manière de s'habiller qui étoit toujours suivie de tout le monde, sans pouvoir être imitée, et, enfin, un air dans toute sa personne qui faisoit qu'on ne pouvoit regarder que lui dans tous les lieux où il paroissoit. Il n'y avoit aucune dame, dans la cour, dont la gloire n'eût été flattée de le voir attaché à elle; peu de celles à qui il s'étoit attaché se pouvoient vanter de lui avoir résisté; et même plusieurs à qui il n'avoit point témoigné de passion n'avoient pas laissé d'en

avoir pour lui. Il avoit tant de douceur et tant de
disposition à la galanterie qu'il ne pouvoit refuser
quelques soins à celles qui tâchoient de lui plaire :
ainsi il avoit plusieurs maîtresses; mais il étoit difficile de deviner celle qu'il aimoit véritablement. Il
alloit souvent chez la reine dauphine : la beauté
de cette princesse, sa douceur, le soin qu'elle
avoit de plaire à tout le monde et l'estime particulière qu'elle témoignoit à ce prince, avoient
souvent donné lieu de croire qu'il levoit les yeux
jusqu'à elle. MM. de Guise, dont elle étoit nièce,
avoient beaucoup augmenté leur crédit et leur
considération par son mariage; leur ambition les
faisoit aspirer à s'égaler aux princes du sang et à
partager le pouvoir du connétable de Montmorency. Le roi se reposoit sur lui de la plus grande
partie du gouvernement des affaires, et traitoit le
duc de Guise et le maréchal de Saint-André
comme ses favoris; mais ceux que la faveur ou les
affaires approchoient de sa personne ne s'y pouvoient maintenir qu'en se soumettant à la
duchesse de Valentinois; et, quoiqu'elle n'eût
plus de jeunèsse ni de beauté, elle le gouvernoit
avec un empire si absolu que l'on peut dire qu'elle
étoit maîtresse de sa personne et de l'État.

Le roi avoit toujours aimé le connétable, et,
sitôt qu'il avoit commencé à régner, il l'avoit rap-
pelé de l'exil où le roi François Ier l'avoit envoyé.
La cour étoit partagée entre MM. de Guise et le
connétable, qui étoit soutenu des princes du sang.

L'un et l'autre parti avoit toujours songé à gagner la duchesse de Valentinois. Le duc d'Aumale, frère du duc de Guise, avoit épousé une de ses filles; le connétable aspiroit à la même alliance. Il ne se contentoit pas d'avoir marié son fils aîné avec Mme Diane, fille du roi et d'une dame de Piémont qui se fit religieuse aussitôt qu'elle fut accouchée. Ce mariage avoit eu beaucoup d'obstacles, par les promesses que M. de Montmorency avoit faites à Mlle de Piennes, une des filles d'honneur de la reine; et, bien que le roi les eût surmontés avec une patience et une bonté extrêmes, ce connétable ne se trouvoit pas encore assez appuyé, s'il ne s'assuroit de Mme de Valentinois et s'il ne la séparoit de MM. de Guise, dont la grandeur commençoit à donner de l'inquiétude à cette duchesse. Elle avoit retardé autant qu'elle avoit pu le mariage du dauphin avec la reine d'Écosse : la beauté et l'esprit capable et avancé de cette jeune reine, et l'élévation que ce mariage donnoit à MM. de Guise, lui étoient insupportables. Elle haïssoit particulièrement le cardinal de Lorraine; il lui avoit parlé avec aigreur et même avec mépris. Elle voyoit qu'il prenoit des liaisons avec la reine; de sorte que le connétable la trouva disposée à s'unir avec lui et à entrer dans son alliance par le mariage de Mlle de La Marck, sa petite-fille, avec M. d'Anville, son second fils, qui succéda depuis à sa charge sous le règne de Charles IX. Le connétable ne crut pas trouver d'obstacles dans l'esprit de M. d'Anville pour un mariage, comme il en avoit trouvé dans l'esprit de M. de Montmorency; mais, quoique les raisons lui en fussent cachées, les difficultés n'en furent guère moindres. M. d'Anville étoit éperdument amoureux de la reine dauphine, et, quelque peu d'espérance qu'il eût dans cette passion, il ne pouvoit se résoudre à prendre un engagement qui partageroit ses soins. Le maréchal de Saint-André étoit le seul dans la cour qui n'eût point pris de parti : il étoit un des favoris, et sa faveur ne tenoit qu'à sa personne; le roi l'avoit aimé dès le temps qu'il étoit dauphin, et depuis il l'avoit fait maréchal de France, dans un âge où l'on n'a pas encore accoutumé de prétendre aux moindres dignités. Sa faveur lui donnoit un éclat qu'il soutenoit par son mérite et par l'agrément de sa personne, par une grande délicatesse pour sa table et pour ses meubles, et par la plus grande magnificence qu'on eût jamais vue en un particulier. La libéralité du roi fournissoit à cette dépense : ce prince alloit jusqu'à la prodigalité pour ceux qu'il aimoit. Il n'avoit pas toutes les grandes qualités; mais il en avoit plusieurs, et surtout celle d'aimer la guerre et de l'entendre : aussi avoit-il eu d'heureux succès, et, si on en excepte la bataille de Saint-Quentin, son règne n'avoit été qu'une suite de victoires. Il avoit gagné, en personne, la bataille de Renti; le Piémont avoit été conquis; les Anglois avoient été chassés de France, et

l'empereur Charles-Quint avoit vu finir sa bonne
fortune devant la ville de Metz, qu'il avoit as-
siégée inutilement avec toutes les forces de l'Empire et de l'Espagne. Néanmoins, comme le
malheur de Saint-Quentin avoit diminué l'espérance de nos conquêtes, et que, depuis, la fortune
avoit semblé se partager entre les deux rois, ils se
trouvèrent insensiblement disposés à la paix.

La duchesse douairière de Lorraine avoit commencé à en faire des propositions dans le temps
du mariage de M. le dauphin ; il y avoit toujours
eu depuis quelque négociation secrète. Enfin,
Cercamp, dans le pays d'Artois, fut choisi pour le
lieu où l'on devoit s'assembler. Le cardinal de
Lorraine, le connétable de Montmorency et le
maréchal de Saint-André s'y trouvèrent pour le
roi; le duc d'Albe et le prince d'Orange, pour
Philippe II ; et le duc et la duchesse de Lorraine
furent les médiateurs. Les principaux articles
étoient le mariage de Mme Élisabeth de France
avec don Carlos, infant d'Espagne, et celui de
Madame, sœur du roi, avec M. de Savoie.

Le roi demeura cependant sur la frontière, et il y
reçut la nouvelle de la mort de Marie, reine d'Angleterre. Il envoya le comte de Randan à Élisabeth pour
la complimenter sur son avènement à la couronne ;
elle le reçut avec joie : ses droits étoient si mal
établis qu'il lui étoit avantageux de se voir re-
connue par le roi. Ce comte la trouva instruite
des intérêts de la cour de France et du mérite de

ceux qui la composoient; mais surtout il la trouva
si remplie de la réputation du duc de Nemours,
elle lui parla tant de fois de ce prince, et avec tant
d'empressement, que, quand M. de Randan fut
revenu et qu'il rendit compte au roi de son
voyage, il lui dit qu'il n'y avoit rien que M. de
Nemours ne pût prétendre auprès de cette princesse, et qu'il ne doutoit point qu'elle ne fût capable de l'épouser. Le roi en parla à ce prince dès
le soir même; il lui fit conter par M. de Randan
toutes ses conversations avec Élisabeth, et lui con-
seilla de tenter cette grande fortune. M. de Nemours crut d'abord que le roi ne lui parloit pas
sérieusement; mais, comme il vit le contraire :
« Au moins, Sire, lui dit-il, si je m'embarque dans
une entreprise chimérique par le conseil et pour
le service de Votre Majesté, je la supplie de
me garder le secret jusqu'à ce que le succès me
justifie envers le public, et de vouloir bien ne pas
me faire paroître rempli d'une assez grande vanité
pour prétendre qu'une reine qui ne m'a jamais
vu me veuille épouser par amour. Le roi lui promit de ne parler qu'au connétable de ce dessein,
et il jugea même le secret nécessaire pour le succès. M. de Randan conseilloit à M. de Nemours
d'aller en Angleterre sur le simple prétexte de
voyager; mais ce prince ne put s'y résoudre. Il
envoya Lignerolle, qui étoit un jeune homme
d'esprit, son favori, pour voir les sentimens de la
reine et pour tâcher de commencer quelque liai-

son. En attendant l'événement de ce voyage, il alla voir le duc de Savoie, qui étoit alors à Bruxelles avec le roi d'Espagne. La mort de Marie d'Angleterre apporta de grands obstacles à la paix; l'assemblée se rompit à la fin de novembre, et le roi revint à Paris.

Il parut alors une beauté à la cour qui attira les yeux de tout le monde, et l'on doit croire que c'étoit une beauté parfaite, puisqu'elle donna de l'admiration dans un lieu où l'on étoit si accoutumé à voir de belles personnes. Elle étoit de la même maison que le vidame de Chartres, et une des plus grandes héritières de France. Son père étoit mort jeune et l'avoit laissée sous la conduite de Mme de Chartres, sa femme, dont le bien, la vertu et le mérite étoient extraordinaires. Après avoir perdu son mari, elle avoit passé plusieurs années sans revenir à la cour. Pendant cette absence, elle avoit donné ses soins à l'éducation de sa fille; mais elle ne travailla pas seulement à cultiver son esprit et sa beauté, elle songea aussi à lui donner de la vertu et à la lui rendre aimable. La plupart des mères s'imaginent qu'il suffit de ne parler jamais de galanterie devant les jeunes personnes pour les en éloigner. Mme de Chartres avoit une opinion opposée : elle faisoit souvent à sa fille des peintures de l'amour; elle lui montroit ce qu'il a d'agréable pour la persuader plus aisément sur ce qu'elle lui en apprenoit de dangereux; elle lui contoit le peu de sincérité des hommes, leurs tromperies et leur infidélité, les malheurs domestiques où plongent les engagemens; et elle lui faisoit voir, d'un autre côté, quelle tranquillité suivoit la vie d'une honnête femme, et combien la vertu donnoit d'éclat et d'élévation à une personne qui avoit de la beauté et de la naissance; mais elle lui faisoit voir aussi combien il étoit difficile de conserver cette vertu que par une extrême défiance de soi-même et par un grand soin de s'attacher à ce qui seul peut faire le bonheur d'une femme, qui est d'aimer son mari et d'en être aimée.

Cette héritière étoit alors un des grands partis qu'il y eût en France, et, quoiqu'elle fût dans une extrême jeunesse, l'on avoit déjà proposé plusieurs mariages. Mme de Chartres, qui étoit extrêmement glorieuse, ne trouvoit presque rien digne de sa fille : la voyant dans la seizième année, elle voulut la mener à la cour. Lorsqu'elle arriva, le vidame alla au-devant d'elle : il fut surpris de la grande beauté de Mlle de Chartres, et il en fut surpris avec raison. La blancheur de son teint et ses cheveux blonds lui donnoient un éclat que l'on n'a jamais vu qu'à elle ; tous ses traits étoient réguliers, et son visage et sa personne étoient pleins de grâces et de charmes.

Le lendemain qu'elle fut arrivée, elle alla pour assortir des pierreries chez un Italien qui en trafiquoit par tout le monde. Cet homme étoit venu de Florence avec la reine, et s'étoit tellement enrichi dans son trafic que sa maison paroissoit plutôt celle d'un grand seigneur que d'un marchand. Comme elle y étoit, le prince de Clèves y arriva. Il fut tellement surpris de sa beauté qu'il ne put cacher sa surprise ; et Mlle de Chartres ne put s'empêcher de rougir en voyant l'étonnement qu'elle lui avoit donné : elle se remit néanmoins, sans témoigner d'autre attention aux actions de ce prince que celle que la civilité lui devoit donner pour un homme tel qu'il paroissoit. M. de Clèves la regardoit avec admiration, et il ne pouvoit comprendre qui étoit cette belle personne qu'il ne connoissoit point. Il voyoit bien, par son air et par tout ce qui étoit à sa suite, qu'elle devoit être d'une grande qualité. Sa jeunesse lui faisoit croire que c'étoit une fille ; mais, ne lui voyant point de mère, et l'Italien, qui ne la connoissoit point, l'appelant madame, il ne savoit que penser, et il la regardoit toujours avec étonnement. Il s'aperçut que ses regards l'embarrassoient, contre l'ordinaire des jeunes personnes qui voient toujours avec plaisir l'effet de leur beauté ; il lui parut même qu'il étoit cause qu'elle avoit de l'impatience de s'en aller, et en effet elle sortit assez promptement. M. de Clèves se consola de la perdre de vue dans l'espérance de savoir qui elle étoit ; mais il fut bien surpris quand il sut qu'on ne la connoissoit point ; il demeura si touché de sa beauté, et de l'air modeste qu'il avoit remarqué dans ses actions, qu'on peut dire qu'il conçut pour elle, dès ce moment, une passion et une estime extraordinaires : il alla le soir chez Madame, sœur du roi.

Cette princesse étoit dans une grande considération par le crédit qu'elle avoit sur le roi son frère, et ce crédit étoit si grand que le roi en faisant la paix, consentoit à rendre le Piémont pour lui faire épouser le duc de Savoie. Quoiqu'elle eût désiré toute sa vie de se marier, elle n'avoit jamais voulu épouser qu'un souverain, et elle avoit refusé, pour cette raison, le roi de Navarre lorsqu'il étoit duc de Vendôme, et avoit toujours souhaité M. de Savoie ; elle avoit conservé de l'inclination pour lui depuis qu'elle l'avoit vu à Nice, à l'entrevue du roi François Ier et du pape Paul III. Comme elle avoit beaucoup d'esprit et un grand discernement pour les belles choses, elle attiroit tous les honnêtes gens, et il y avoit de certaines heures où toute la cour étoit chez elle.

M. de Clèves y vint comme à l'ordinaire : il étoit si rempli de l'esprit et de la beauté de Mlle de Chartres qu'il ne pouvoit parler d'autre chose. Il conta tout haut son aventure, et ne pouvoit se lasser de donner des louanges à cette personne qu'il avoit vue et qu'il ne connoissoit point. Madame lui dit qu'il n'y avoit point de personne comme celle qu'il dépeignoit, et que, s'il y en avoit quelqu'une, elle seroit connue de tout le monde. Mme de Dampierre, qui étoit sa dame d'honneur et amie de Mme de Chartres, entendant cette conversation, s'approcha de cette princesse et lui dit tout bas que c'étoit sans doute Mlle de Chartres que M. de Clèves avoit vue. Madame se retourna vers lui, et lui dit que, s'il vouloit revenir chez elle le lendemain, elle lui feroit voir cette beauté dont il étoit si touché. Mlle de Chartres parut en effet le jour suivant ; elle fut reçue des reines avec tous les agrémens qu'on peut s'imaginer, et avec une telle admiration de tout le monde qu'elle n'entendoit autour d'elle que des louanges. Elle les recevoit avec une modestie si noble qu'il ne sembloit pas qu'elle les entendît, ou du moins qu'elle en fût touchée. Elle alla ensuite chez Madame, sœur du roi. Cette princesse, après avoir loué sa beauté, lui conta l'étonnement qu'elle avoit donné à M. de Clèves. Ce prince entra un moment après : « Venez, lui dit-elle, voyez si je ne vous tiens pas ma parole et si, en vous montrant Mlle de Chartres, je ne vous fais pas voir cette beauté que vous cherchiez : remerciez-moi au moins de lui avoir appris l'admiration que vous aviez déjà pour elle. »

M. de Clèves sentit de la joie de voir que cette personne qu'il avoit trouvée si aimable étoit d'une qualité proportionnée à sa beauté : il s'approcha d'elle, et il la supplia de se souvenir qu'il avoit été le premier à l'admirer et que, sans la connoître, il avoit eu pour elle tous les sentimens de respect et d'estime qui lui étoient dus.

Le chevalier de Guise et lui, qui étoient amis,

sortirent ensemble de chez Madame. Ils louèrent
d'abord Mlle de Chartres sans se contraindre. Ils
trouvèrent enfin qu'ils la louoient trop, et ils ces-
sèrent l'un et l'autre de dire ce qu'ils en pensoient;
mais ils furent contraints d'en parler les jours suivans partout où ils se rencontrèrent. Cette nouvelle beauté fut longtemps le sujet de toutes les
conversations. La reine lui donna de grandes louanges, et eut pour elle une considération extraordinaire; la reine dauphine en fit une de ses favorites, et pria Mme de Chartres de la mener souvent
chez elle. Mesdames, filles du roi, l'envoyèrent
chercher pour être de tous leurs divertissemens.
Enfin elle étoit aimée et admirée de toute la
cour, excepté de Mme de Valentinois. Ce n'est
pas que cette beauté lui donnât de l'ombrage; une
trop longue expérience lui avoit appris qu'elle
n'avoit rien à craindre auprès du roi; mais elle
avoit tant de haine pour le vidame de Chartres,
qu'elle avoit souhaité d'attacher à elle par le mariage d'une de ses filles et qui s'étoit attaché à la
reine, qu'elle ne pouvoit regarder favorablement
une personne qui portoit son nom, et pour qui il
faisoit paroître une grande amitié.

Le prince de Clèves devint passionnément amoureux de Mlle de Chartres, et souhaitoit ardemment
de l'épouser; mais il craignoit que l'orgueil de
Mme de Chartres ne fût blessé de donner sa fille à
un homme qui n'étoit pas l'aîné de sa maison.
Cependant, cette maison étoit si grande, et le

comte d'Eu, qui en étoit l'aîné, venoit d'épouser
une personne si proche de la maison royale, que
c'étoit plutôt la timidité que donne l'amour que de
véritables raisons, qui causoient les craintes de
M. de Clèves. Il avoit un grand nombre de rivaux :
le chevalier de Guise lui paroissoit le plus redoutable par sa naissance, par son mérite et par l'éclat
que la faveur donnoit à sa maison. Ce prince
étoit devenu amoureux de Mlle de Chartres le premier jour qu'il l'avoit vue; il s'étoit aperçu de la
passion de M. de Clèves, comme M. de Clèves
s'étoit aperçu de la sienne. Quoiqu'ils fussent amis,
l'éloignement que donnent les mêmes prétentions
ne leur avoit pas permis de s'expliquer ensemble;
et leur amitié s'étoit refroidie sans qu'ils eussent eu
la force de s'éclaircir. L'aventure qui étoit arrivée
à M. de Clèves, d'avoir vu le premier Mlle de
Chartres, lui paroissoit un heureux présage et
sembloit lui donner quelque avantage sur ses rivaux; mais il prévoyoit de grands obstacles par le
duc de Nevers, son père. Ce duc avoit d'étroites
liaisons avec la duchesse de Valentinois : elle étoit
ennemie du vidame, et cette raison étoit suffisante
pour empêcher le duc de Nevers de consentir que
son fils pensât à sa nièce.

Mme de Chartres, qui avoit eu tant d'application pour inspirer la vertu à sa fille, ne discontinua
pas de prendre les mêmes soins dans un lieu où ils
étoient si nécessaires, et où il y avoit tant d'exemples si dangereux. L'ambition et la galanterie

étoient l'âme de cette cour et occupoient également les hommes et les femmes. Il y avoit tant d'intérêts et tant de cabales différentes, et les dames y avoient tant de part, que l'amour étoit toujours mêlé aux affaires et les affaires à l'amour. Personne n'étoit tranquille, ni indifférent; on songeoit à s'élever, à plaire, à servir, ou à nuire; on ne connoissoit ni l'ennui ni l'oisiveté, et on étoit toujours occupé des plaisirs ou des intrigues. Les dames avoient des attachemens particuliers pour la reine, pour la reine dauphine, pour la reine de Navarre, pour Madame, sœur du roi, ou pour la duchesse de Valentinois. Les inclinations, les raisons de bienséance ou le rapport d'humeur faisoient ces différens attachemens. Celles qui avoient passé la première jeunesse, et qui faisoient profession d'une vertu plus austère, étoient attachées à la reine. Celles qui étoient plus jeunes, et qui cherchoient la joie et la galanterie, faisoient leur cour à la reine dauphine. La reine de Navarre avoit ses favorites; elle étoit jeune, et elle avoit du pouvoir sur le roi son mari : il étoit joint au connétable, et avoit par là beaucoup de crédit. Madame, sœur du roi, conservoit encore de la beauté et attiroit plusieurs dames auprès d'elle. La duchesse de Valentinois avoit toutes celles qu'elle daignoit regarder; mais peu de femmes lui étoient agréables, et, excepté quelques-unes qui avoient sa familiarité et sa confiance et dont l'humeur avoit du rapport avec la sienne, elle n'en recevoit chez elle que les jours où elle prenoit plaisir à avoir une cour comme celle de la reine.

Toutes ces différentes cabales avoient de l'émulation et de l'envie les unes contre les autres; les dames qui les composoient avoient aussi de la jalousie entre elles, ou pour la faveur, ou pour les amans; les intérêts de grandeur et d'élévation se trouvoient souvent joints à ces autres intérêts moins importans, mais qui n'étoient pas moins sensibles. Ainsi il y avoit une sorte d'agitation sans désordre dans cette cour, qui la rendoit très agréable, mais aussi très dangereuse pour une jeune personne. Mme de Chartres voyoit ce péril, et ne songeoit qu'aux moyens d'en garantir sa fille. Elle la pria, non pas comme sa mère, mais comme son amie, de lui faire confidence de toutes les galanteries qu'on lui diroit, et elle lui promit de lui aider à se conduire dans des choses où l'on étoit souvent embarrassé quand on étoit jeune.

Le chevalier de Guise fit tellement paroître les sentimens et les desseins qu'il avoit pour Mlle de Chartres qu'ils ne furent ignorés de personne. Il ne voyoit néanmoins que de l'impossibilité dans ce qu'il désiroit : il savoit bien qu'il n'étoit point un parti qui convînt à Mlle de Chartres, par le peu de biens qu'il avoit pour soutenir son rang; et il savoit bien aussi que ses frères n'approuveroient pas qu'il se mariât, par la crainte de l'abaissement que les mariages des cadets apportent d'ordinaire dans les grandes maisons. Le cardinal de Lorraine lui fit bientôt voir qu'il ne se trompoit pas : il condamna l'attachement qu'il témoignoit pour Mlle de Chartres avec une chaleur extraordinaire; mais il ne lui en dit pas les véritables raisons. Ce cardinal avoit une haine pour le vidame, qui étoit secrète alors et qui éclata depuis. Il eût plutôt consenti à voir son frère entrer dans toute autre alliance que dans celle de ce vidame; et il déclara si publiquement combien il en étoit éloigné que Mme de Chartres en fut sensiblement offensée. Elle prit de grands soins de faire voir que le cardinal de Lorraine n'avoit rien à craindre, et qu'elle ne songeoit pas à ce mariage. Le vidame prit la même conduite, et sentit encore plus que Mme de Chartres celle du cardinal de Lorraine, parce qu'il en savoit mieux la cause.

Le prince de Clèves n'avoit pas donné des marques moins publiques de sa passion qu'avoit fait le chevalier de Guise. Le duc de Nevers apprit ce attachement avec chagrin; il crut néanmoins qu'il n'avoit qu'à parler à son fils pour le faire changer de conduite; mais il fut bien surpris de trouver en lui le dessein formé d'épouser Mlle de Chartres. Il blâma ce dessein; il s'emporta, et cacha si peu son emportement que le sujet s'en répandit bientôt à la cour, et alla jusqu'à Mme de Chartres. Elle n'avoit pas mis en doute que M. de Nevers ne regardât le mariage de sa fille comme un avantage pour son fils; elle fut bien étonnée que la maison de Clèves et celle de Guise craignissent son alliance, au lieu de la souhaiter. Le dépit qu'elle eut lui fit penser à trouver un parti pour sa fille, qui la mît au-dessus de ceux qui se croyoient au-dessus d'elle. Après avoir tout examiné, elle s'arrêta au prince dauphin, fils du duc de Montpensier. Il étoit lors à marier, et c'étoit ce qu'il y avoit de plus grand à la cour. Comme Mme de Chartres avoit beaucoup d'esprit, qu'elle étoit aidée du vidame qui étoit dans une grande considération, et qu'en effet sa fille étoit un parti considérable, elle agit avec tant d'adresse et tant de succès que M. de Montpensier parut souhaiter ce mariage, et il sembloit qu'il ne s'y pouvoit trouver de difficultés.

Le vidame, qui savoit l'attachement de M. d'Anville pour la reine dauphine, crut néanmoins qu'il falloit employer le pouvoir que cette princesse avoit sur lui pour l'engager à servir Mlle de Chartres auprès du roi, et auprès du prince de Montpensier dont il étoit ami intime. Il en parla à cette reine, et elle entra avec joie dans une affaire où il s'agissoit de l'élévation d'une personne qu'elle aimoit beaucoup ; elle le témoigna au vidame, et l'assura que, quoiqu'elle sût bien qu'elle feroit une chose désagréable au cardinal de Lorraine, son oncle, elle passeroit avec joie par-dessus cette considération, parce qu'elle avoit sujet de se plaindre de lui, et qu'il prenoit tous les jours les intérêts de la reine contre les siens propres.

Les personnes galantes sont toujours bien aises qu'un prétexte leur donne lieu de parler à ceux qui les aiment. Sitôt que le vidame eut quitté madame la dauphine, elle ordonna à Châtelart, qui étoit favori de M. d'Anville et qui savoit la passion qu'il avoit pour elle, de lui aller dire, de sa part, de se trouver le soir chez la reine. Châtelart reçut cette commission avec beaucoup de joie et de respect. Ce gentilhomme étoit d'une bonne maison de Dauphiné; mais son mérite et son esprit le mettoient au-dessus de sa naissance. Il étoit reçu et bien traité de tout ce qu'il y avoit de grands seigneurs à la cour, et la faveur de la maison de Montmorency l'avoit particulièrement attaché à M. d'Anville; il étoit bien fait de sa personne, adroit à toutes sortes d'exercices; il chantoit agréablement, il faisoit des vers, et avoit un esprit galant et passionné qui plut si fort à M. d'Anville qu'il le fit confident de l'amour qu'il avoit pour la reine dauphine. Cette confidence l'approchoit de cette princesse, et ce fut en la voyant souvent qu'il prit le commencement de cette malheureuse passion qui lui ôta la raison, et qui lui coûta enfin la vie.

M. d'Anville ne manqua pas d'être le soir chez la reine; il se trouva heureux que madame la dauphine l'eût choisi pour travailler à une chose qu'elle désiroit, et il lui promit d'obéir exactement à ses ordres; mais Mme de Valentinois, ayant été avertie du dessein de ce mariage, l'avoit traversé avec

tant de soin, et avoit tellement prévenu le roi,
que, lorsque M. d'Anville lui en parla, il lui fit
paroître qu'il ne l'approuvoit pas, et lui ordonna
même de le dire au prince de Montpensier. L'on
peut juger ce que sentit Mme de Chartres par la
rupture d'une chose qu'elle avoit tant désirée, dont
le mauvais succès donnoit un si grand avantage à
ses ennemis, et faisoit un si grand tort à sa fille.

La reine dauphine témoigna à Mlle de Chartres,
avec beaucoup d'amitié, le déplaisir qu'elle avoit
de lui avoir été inutile : « Vous voyez, lui dit-elle,
que j'ai un médiocre pouvoir ; je suis si haïe de la
reine et de la duchesse de Valentinois qu'il est difficile que, par elles ou par ceux qui sont dans
leur dépendance, elles ne traversent toujours toutes
les choses que je désire ; cependant, ajouta-t-elle,
je n'ai jamais pensé qu'à leur plaire : aussi elles
ne me haïssent qu'à cause de la reine ma mère,
qui leur a donné autrefois de l'inquiétude et de la
jalousie. Le roi en avoit été amoureux avant qu'il
le fût de Mme de Valentinois ; et, dans les premières
années de son mariage, qu'il n'avoit point encore
d'enfans, quoiqu'il aimât cette duchesse, il parut
quasi résolu de se démarier pour épouser la reine
ma mère. Mme de Valentinois, qui craignoit une
femme qu'il avoit déjà aimée, et dont la beauté et
l'esprit pouvoient diminuer sa faveur, s'unit au
connétable, qui ne souhaitoit pas aussi que le roi
épousât une sœur de MM. de Guise : ils mirent
le feu roi dans leurs sentimens, et, quoiqu'il haït

mortellement la duchesse de Valentinois, comme
il aimoit la reine, il travailla avec eux pour empêcher le roi de se démarier; mais, pour lui ôter
absolument la pensée d'épouser la reine ma mère,
ils firent son mariage avec le roi d'Écosse, qui
étoit veuf de Mme Magdeleine, sœur du roi, et ils
le firent parce qu'il étoit le plus prêt à conclure,
et manquèrent aux engagemens qu'on avoit avec
le roi d'Angleterre qui la souhaitoit ardemment.
Il s'en fallut peu même que ce manquement ne fît
une rupture entre les deux rois. Henri VIII ne
pouvoit se consoler de n'avoir pas épousé la reine
ma mère; et, quelque autre princesse françoise
qu'on lui proposât, il disoit toujours qu'elle ne
remplaceroit jamais celle qu'on lui avoit ôtée. Il
est vrai aussi que la reine ma mère étoit une parfaite beauté, et que c'est une chose remarquable
que, veuve d'un duc de Longueville, trois rois
aient souhaité de l'épouser : son malheur l'a
donnée au moindre, et l'a mise dans un royaume
où elle ne trouve que des peines. On dit que je
lui ressemble : je crains de lui ressembler aussi par
sa malheureuse destinée, et, quelque bonheur qui
semble se préparer pour moi, je ne saurois croire
que j'en jouisse. »

    Mlle de Chartres dit à la reine que ces tristes
pressentimens étoient si mal fondés qu'elle ne les
conserveroit pas longtemps, et qu'elle ne devoit
point douter que son bonheur ne répondît aux
apparences.

Personne n'osoit plus penser à Mlle de Chartres, par la crainte de déplaire au roi, ou par la pensée de ne pas réussir auprès d'une personne qui avoit espéré un prince du sang. {M. de Clèves ne fut retenu par aucune de ces considérations. La mort du duc de Nevers, son père, qui arriva alors, le mit dans une entière liberté de suivre son inclination, et, sitôt que le temps de la bienséance du deuil fut passé, il ne songea plus qu'aux moyens d'épouser Mlle de Chartres. Il se trouvoit heureux d'en faire la proposition dans un temps où ce qui s'étoit passé avoit éloigné les autres partis, et où il étoit quasi assuré qu'on ne la lui refuseroit pas. Ce qui troubloit sa joie étoit la crainte de ne lui être pas agréable, et il eût préféré le bonheur de lui plaire à la certitude de l'épouser sans en être aimé.

Le chevalier de Guise lui avoit donné quelque sorte de jalousie; mais, comme elle étoit plutôt fondée sur le mérite de ce prince que sur aucune des actions de Mlle de Chartres, il songea seulement à tâcher de découvrir s'il étoit assez heureux pour qu'elle approuvât la pensée qu'il avoit pour elle : il ne la voyoit que chez les reines, ou aux assemblées; il étoit difficile d'avoir une conversation particulière. Il en trouva pourtant les moyens, et il lui parla de son dessein et de sa passion avec tout le respect imaginable; il la pressa de lui faire connoître quels étoient les sentimens qu'elle avoit pour lui, et il lui dit que ceux qu'il avoit pour elle

4

étoient d'une nature qui le rendroient éternellement
malheureux si elle n'obéissoit que par devoir aux
volontés de madame sa mère.

Comme Mlle de Chartres avoit le cœur très
noble et très bien fait, elle fut véritablement tou-
·chée de reconnoissance du procédé du prince de
Clèves. Cette reconnoissance donna à ses réponses
et à ses paroles un certain air de douceur qui suffi-
soit pour donner de l'espérance à un homme aussi
éperdument amoureux que l'étoit ce prince; de
sorte qu'il se flatta d'une partie de ce qu'il souhaitoit.

Elle rendit compte à sa mère de cette conversation, et Mme de Chartres lui dit qu'il y avoit tant
de grandeur et de bonnes qualités dans M. de
Clèves, et qu'il faisoit paroître tant de sagesse pour
son âge, que, si elle sentoit son inclination portée
à l'épouser, elle y consentiroit avec joie. Mlle de
Chartres répondit qu'elle lui remarquoit les mêmes
bonnes qualités, qu'elle l'épouseroit même avec
moins de répugnance qu'un autre, mais qu'elle
n'avoit aucune inclination particulière pour sa personne.

Dès le lendemain, ce prince fit parler à Mme de
Chartres; elle reçut la proposition qu'on lui faisoit, et elle ne craignit point de donner à sa fille
un mari qu'elle ne pût aimer en lui donnant le
prince de Clèves. Les articles furent conclus; on
parla au roi, et ce mariage fut su de tout le
monde.

M. de Clèves se trouvoit heureux, sans être néanmoins entièrement content. Il voyoit avec beaucoup de peine que les sentimens de Mlle de Chartres ne passoient pas ceux de l'estime et de la reconnoissance, et il ne pouvoit se flatter qu'elle en cachât de plus obligeans, puisque l'état où ils étoient lui permettoit de les faire paroître sans choquer son extrême modestie. Il ne se passoit guère de jours qu'il ne lui en fît ses plaintes. « Est-il possible, lui disoit-il, que je puisse n'être pas heureux en vous épousant ? Cependant il est vrai que je ne le suis pas. Vous n'avez pour moi qu'une sorte de bonté qui ne me peut satisfaire ; vous n'avez ni impatience, ni inquiétude, ni chagrin ; vous n'êtes pas plus touchée de ma passion que vous le seriez d'un attachement qui ne seroit fondé que sur les avantages de votre fortune, et non pas sur les charmes de votre personne. — Il y a de l'injustice à vous plaindre, lui répondit-elle ; je ne sais ce que vous pouvez souhaiter au delà de ce que je fais, et il me semble que la bienséance ne permet pas que j'en fasse davantage. — Il est vrai, lui répliqua-t-il, que vous me donnez de certaines apparences dont je serois content s'il y avoit quelque chose au delà ; mais, au lieu que la bienséance vous retienne, c'est elle seule qui vous fait faire ce que vous faites. Je ne touche ni votre inclination ni votre cœur, et ma présence ne vous donne ni de plaisir ni de trouble. — Vous ne sauriez douter, reprit-elle, que je n'aie de la joie

de vous voir, et je rougis si souvent en vous voyant
que vous ne sauriez douter aussi que votre vue ne
me donne du trouble. — Je ne me trompe pas à
votre rougeur, répondit-il ; c'est un sentiment de
modestie, et non pas un mouvement de votre cœur,
et je n'en tire que l'avantage que j'en dois tirer. »

Mlle de Chartres ne savoit que répondre, et ces
distinctions étoient au-dessus de ses connoissances.
M. de Clèves ne voyoit que trop combien elle
étoit éloignée d'avoir pour lui des sentimens qui le
pouvoient satisfaire, puisqu'il lui paroissoit même
qu'elle ne les entendoit pas.

Le chevalier de Guise revint d'un voyage peu
de jours avant les noces. Il avoit vu tant d'obstacles
insurmontables au dessein qu'il avoit eu d'épouser
Mlle de Chartres qu'il n'avoit pu se flatter d'y
réussir ; et néanmoins il fut sensiblement affligé de
la voir devenir la femme d'un autre : cette douleur
n'éteignit pas sa passion, et il ne demeura pas
moins amoureux. Mlle de Chartres n'avoit pas
ignoré les sentimens que ce prince avoit eus pour
elle. Il lui fit connoître, à son retour, qu'elle étoit
cause de l'extrême tristesse qui paroissoit sur son
visage ; et il avoit tant de mérite et tant d'agrémens qu'il étoit difficile de le rendre malheureux
sans en avoir quelque pitié. Aussi ne se pouvoit-
elle défendre d'en avoir ; mais cette pitié ne la
conduisoit pas à d'autres sentimens ; elle contoit à
sa mère la peine que lui donnoit l'affection de ce
prince.

Mme de Chartres admiroit la sincérité de sa fille, et elle l'admiroit avec raison, car jamais personne n'en a eu une si grande et si naturelle ; mais elle n'admiroit pas moins que son cœur ne fût point touché, et d'autant plus qu'elle voyoit bien que le prince de Clèves ne l'avoit pas touchée, non plus que les autres. Cela fut cause qu'elle prit de grands soins de l'attacher à son mari, et de lui faire comprendre ce qu'elle devoit à l'inclination qu'il avoit eue pour elle avant que de la connoître, et à la passion qu'il lui avoit témoignée en la préférant à tous les autres partis dans un temps où personne n'osoit plus penser à elle.

Ce mariage s'acheva : la cérémonie s'en fit au Louvre ; et le soir le roi et les reines vinrent souper chez Mme de Chartres, avec toute la cour, où ils furent reçus avec une magnificence admirable. Le chevalier de Guise n'osa se distinguer des autres et ne pas assister à cette cérémonie ; mais il y fut si peu maître de sa tristesse qu'il étoit aisé de la remarquer.

M. de Clèves ne trouva pas que Mlle de Chartres eût changé de sentimens en changeant de nom. La qualité de mari lui donna de plus grands privilèges ; mais elle ne lui donna pas une autre place dans le cœur de sa femme. Cela fit aussi que, pour être son mari, il ne laissa pas d'être son amant, parce qu'il avoit toujours quelque chose à souhaiter au delà de sa possession, et, quoiqu'elle vécût parfaitement bien avec lui, il n'étoit pas en-

tièrement heureux. Il conservoit pour elle une passion violente et inquiète qui troubloit sa joie : la
jalousie n'avoit point de part à ce trouble; jamais
mari n'a été si loin d'en prendre, et jamais femme
n'a été si loin d'en donner. Elle étoit néanmoins
exposée au milieu de la cour; elle alloit tous les
jours chez les reines et chez Madame. Tout ce
qu'il y avoit d'hommes jeunes et galans la voyoient
chez elle et chez le duc de Nevers, son beau-
frère, dont la maison étoit ouverte à tout le
monde; mais elle avoit un air qui inspiroit un si
grand respect, et qui paroissoit si éloigné de la
galanterie, que le maréchal de Saint-André, quoique audacieux et soutenu de la faveur du roi, étoit
touché de sa beauté, sans oser le lui faire paroître
que par des soins et des devoirs. Plusieurs autres
étoient dans le même état; et Mme de Chartres
joignoit à la sagesse de sa fille une conduite si
exacte pour toutes les bienséances qu'elle achevoit
de la faire paroître une personne où l'on ne pouvoit atteindre.

La duchesse de Lorraine, en travaillant à la
paix, avoit aussi travaillé pour le mariage du duc
de Lorraine, son fils; il avoit été conclu avec
Mme Claude de France, seconde fille du roi. Les
noces en furent résolues pour le mois de février.

Cependant le duc de Nemours étoit demeuré à
Bruxelles, entièrement rempli et occupé de ses
desseins pour l'Angleterre. Il en recevoit ou y
envoyoit continuellement des courriers : ses espé-

rances augmentoient tous les jours; et, enfin, Lignerolles lui manda qu'il étoit temps que sa présence vînt achever ce qui étoit si bien commencé.
Il reçut cette nouvelle avec toute la joie que peut
avoir un jeune homme ambitieux, qui se voit
porté au trône par sa seule réputation. Son esprit
s'étoit insensiblement accoutumé à la grandeur de
cette fortune, et, au lieu qu'il l'avoit rejetée d'a-
bord comme une chose où il ne pouvoit parvenir,
les difficultés s'étoient effacées de son imagination,
et il ne voyoit plus d'obstacles.

Il envoya en diligence à Paris donner tous les
ordres nécessaires pour faire un équipage magnifique, afin de paroître en Angleterre avec un éclat
proportionné au dessein qui l'y conduisoit, et il se
hâta lui-même de venir à la cour pour assister au
mariage de M. de Lorraine.

Il arriva à la veille des fiançailles, et, dès le
même soir qu'il fut arrivé, il alla rendre compte
au roi de l'état de son dessein, et recevoir ses
ordres et ses conseils pour ce qui lui restoit à
faire. Il alla ensuite chez les reines. Mme de
Clèves n'y étoit pas, de sorte qu'elle ne le vit
point, et ne sut pas même qu'il fût arrivé. Elle
avoit ouï parler de ce prince à tout le monde
comme de ce qu'il y avoit de mieux fait et de plus
agréable à la cour; et surtout madame la dauphine
le lui avoit dépeint d'une sorte, et lui en avoit
parlé tant de fois, qu'elle lui avoit donné de la
curiosité, et même de l'impatience de le voir.

Elle passa tout le jour des fiançailles chez elle à se parer, pour se trouver le soir au bal et au festin royal qui se faisoient au Louvre. Lorsqu'elle arriva, l'on admira sa beauté et sa parure : le bal commença ; et, comme elle dansoit avec M. de Guise, il se fit un assez grand bruit vers la porte de la salle, comme de quelqu'un qui entroit et à qui on faisoit place. Mme de Clèves acheva de danser, et, pendant qu'elle cherchoit des yeux quelqu'un qu'elle avoit dessein de prendre, le roi lui cria de prendre celui qui arrivoit. Elle se tourna, et vit un homme qu'elle crut d'abord ne pouvoir être que M. de Nemours, qui passoit par-dessus quelques sièges pour arriver où l'on dansoit. Ce prince étoit fait d'une sorte qu'il étoit difficile de n'être pas surpris de le voir quand on ne l'avoit jamais vu, surtout ce soir-là, où le soin qu'il avoit pris de se parer augmentoit encore l'air brillant qui étoit dans sa personne ; mais il étoit difficile aussi de voir Mme de Clèves pour la première fois sans avoir un grand étonnement.

M. de Nemours fut tellement surpris de sa beauté que, lorsqu'il fut proche d'elle et qu'elle lui fit la révérence, il ne put s'empêcher de donner des marques de son admiration. Quand ils commencèrent à danser, il s'éleva dans la salle un murmure de louanges. Le roi et les reines se souvinrent qu'ils ne s'étoient jamais vus, et trouvèrent quelque chose de singulier de les voir danser ensemble sans se connoître. Ils les appelèrent

quand ils eurent fini, sans leur donner le loisir de
parler à personne, et leur demandèrent s'ils n'a-
voient pas bien envie de savoir qui ils étoient, et
s'ils ne s'en doutoient point. « Pour moi, Madame,
dit M. de Nemours, je n'ai pas d'incertitude;
mais, comme Mme de Clèves n'a pas les mêmes
raisons pour deviner qui je suis que celles que j'ai
pour la reconnoître, je voudrois bien que Votre
Majesté eût la bonté de lui apprendre mon nom.
— Je crois, dit madame la dauphine, qu'elle le
sait aussi bien que vous savez le sien. — Je vous
assure, Madame, reprit Mme de Clèves, qui paroissoit un peu embarrassée, que je ne devine pas
si bien que vous pensez. — Vous devinez fort
bien, répondit madame la dauphine; et il y a même
quelque chose d'obligeant pour M. de Nemours
à ne vouloir pas avouer que vous le connoissez sans
jamais l'avoir vu. » La reine les interrompit pour
faire continuer le bal : M. de Nemours prit la
reine dauphine. Cette princesse étoit d'une parfaite
beauté, et avoit paru telle aux yeux de M. de
Nemours avant qu'il allât en Flandre; mais de
tout le soir il ne put admirer que Mme de Clèves.

Le chevalier de Guise, qui l'adoroit toujours,
étoit à ses pieds, et ce qui se venoit de passer lui
avoit donné une douleur sensible. Il le prit comme
un présage que la fortune destinoit M. de Nemours à être amoureux de Mme de Clèves; et,
soit qu'en effet il eût paru quelque trouble sur son
visage, ou que la jalousie fît voir au chevalier de

Guise au delà de la vérité, il crut qu'elle avoit été touchée de la vue de ce prince, et il ne put s'empêcher de lui dire que M. de Nemours étoit bien heureux de commencer à être connu d'elle par une aventure qui avoit quelque chose de galant et d'extraordinaire.

Mme de Clèves revint chez elle l'esprit si rempli de ce qui s'étoit passé au bal que, quoiqu'il fût fort tard, elle alla dans la chambre de sa mère pour lui en rendre compte; et elle lui loua M. de Nemours avec un certain air qui donna à Mme de Chartres la même pensée qu'avoit eue le chevalier de Guise.

Le lendemain, la cérémonie des noces se fit; Mme de Clèves y vit le duc de Nemours avec une mine et une grâce si admirables qu'elle en fut encore plus surprise.

Les jours suivans, elle le vit chez la reine dauphine; elle le vit jouer à la paume avec le roi; elle le vit courre la bague; elle l'entendit parler; mais elle le vit toujours surpasser de si loin tous les autres, et se rendre tellement maître de la conversation dans tous les lieux où il étoit, par l'air de sa personne et par l'agrément de son esprit, qu'il fit en peu de temps une grande impression dans son cœur.

Il est vrai aussi que, comme M. de Nemours sentoit pour elle une inclination violente, qui lui donnoit cette douceur et cet enjouement qu'inspirent les premiers désirs de plaire, il étoit encore plus aimable qu'il n'avoit accoutumé de l'être ; de sorte que, se voyant souvent et se voyant l'un et l'autre ce qu'il y avoit de plus parfait à la cour, il étoit difficile qu'ils ne se plussent infiniment.

La duchesse de Valentinois étoit de toutes les parties de plaisir, et le roi avoit pour elle la même vivacité et les mêmes soins que dans les commencemens de sa passion. Mme de Clèves, qui étoit dans cet âge où l'on ne croit pas qu'une femme puisse être aimée quand elle a passé vingt-cinq ans, regardoit avec un extrême étonnement l'attachement que le roi avoit pour cette duchesse, qui étoit grand'mère, et qui venoit de marier sa petite-fille. Elle en parloit souvent à Mme de Chartres. « Est-il possible, Madame, lui disoit-elle, qu'il y ait si longtemps que le roi en soit amoureux ? Comment s'est-il pu attacher à une personne qui étoit beaucoup plus âgée que lui, qui avoit été maîtresse de son père, et qui l'est encore de beaucoup d'autres, à ce que j'ai ouï dire ? — Il est vrai, répondit-elle, que ce n'est ni le mérite, ni la fidélité de Mme de Valentinois qui a fait naître la passion du roi, ni qui l'a conservée, et c'est aussi en quoi il n'est pas excusable : car, si cette femme avoit eu de la jeunesse et de la beauté jointes à sa naissance, qu'elle eût eu le mérite de n'avoir jamais rien aimé, qu'elle eût aimé le roi avec une fidélité exacte, qu'elle l'eût aimé par rapport à sa seule personne, sans intérêt de grandeur ni de fortune, et sans se servir de son pouvoir que pour des

choses honnêtes ou agréables au roi même, il faut
avouer qu'on auroit eu de la peine à s'empêcher
de louer ce prince du grand attachement qu'il a
pour elle. Si je ne craignois, continua Mme de
Chartres, que vous disiez de moi ce que l'on dit
de toutes les femmes de mon âge, qu'elles aiment
à conter les histoires de leur temps, je vous ap-
prendrois le commencement de la passion du roi
pour cette duchesse, et plusieurs choses de la cour
du feu roi, qui ont même beaucoup de rapport
avec celles qui se passent encore présentement.
— Bien loin de vous accuser, reprit Mme de
Clèves, de redire les histoires passées, je me plains,
Madame, que vous ne m'ayez pas instruite des
présentes, et que vous ne m'ayez point appris les
divers intérêts et les diverses liaisons de la cour.
Je les ignore si entièrement que je croyois, il y a
peu de jours, que M. le connétable étoit fort bien
avec la reine. — Vous aviez une opinion bien opposée à la vérité, répondit Mme de Chartres. La
reine hait M. le connétable, et, si elle a jamais
quelque pouvoir, il ne s'en apercevra que trop.
Elle sait qu'il a dit plusieurs fois au roi que, de
tous ses enfans, il n'y avoit que les naturels qui
lui ressemblassent. — Je n'eusse jamais soupçonné
cette haine, interrompit Mme de Clèves, après
avoir vu le soin que la reine avoit d'écrire à M. le
connétable pendant sa prison, la joie qu'elle a témoignée à son retour, et comme elle l'appelle
toujours mon compère, aussi bien que le roi. —

Si vous jugez sur les apparences en ce lieu-ci, répondit Mme de Chartres, vous serez souvent trompée : ce qui paroît n'est presque jamais la vérité.

« Mais, pour revenir à Mme de Valentinois, vous savez qu'elle s'appelle Diane de Poitiers : sa maison est très illustre, elle vient des anciens ducs d'Aquitaine; son aïeule étoit fille naturelle de Louis XI, et enfin il n'y a rien que de grand dans sa naissance. Saint-Vallier, son père, se trouva embarrassé dans l'affaire du connétable de Bourbon, dont vous avez ouï parler. Il fut condamné à avoir la tête tranchée, et conduit sur l'échafaud. Sa fille, dont la beauté étoit admirable, et qui avoit déjà plu au feu roi, fit si bien (je ne sais par quels moyens) qu'elle obtint la vie de son père. On lui porta sa grâce comme il n'attendoit que le coup de la mort; mais la peur l'avoit tellement saisi qu'il n'avoit plus de connoissance, et il mourut peu de jours après. Sa fille parut à la cour comme la maîtresse du roi. Le voyage d'Italie et la prison de ce prince interrompirent cette passion ; lorsqu'il revint d'Espagne et que madame la régente alla au-devant de lui à Bayonne, elle mena toutes ses filles, parmi lesquelles étoit Mlle de Pisseleu, qui a été depuis la duchesse d'Étampes. Le roi en devint amoureux. Elle étoit inférieure en naissance, en esprit et en beauté à Mme de Valentinois, et elle n'avoit au-dessus d'elle que l'avantage de la grande jeunesse. Je lui ai ouï dire plusieurs fois qu'elle étoit née le jour

que Diane de Poitiers avoit été mariée. La haine
le lui faisoit dire, et non pas la vérité : car je suis
bien trompée si la duchesse de Valentinois n'é-
pousa M. de Brézé, grand sénéchal de Normandie,
dans le même temps que le roi devint amoureux
de Mme d'Étampes. Jamais il n'y a eu une si
grande haine que l'a été celle de ces deux femmes.
La duchesse de Valentinois ne pouvoit pardonner
à Mme d'Étampes de lui avoir ôté le titre de maîtresse du roi. Mme d'Étampes avoit une jalousie
violente contre Mme de Valentinois, parce que le
roi conservoit un commerce avec elle. Ce prince
n'avoit pas une fidélité exacte pour ses maîtresses ;
il y en avoit toujours une qui avoit le titre et les
honneurs ; mais les dames que l'on appeloit de la
petite bande le partageoient tour à tour. La perte
du dauphin, son fils, qui mourut à Tournon, et
que l'on crut empoisonné, lui donna une sensible
affliction. Il n'avoit pas la même tendresse ni le
même goût pour son second fils, qui règne présentement ; il ne lui trouvoit pas assez de hardiesse,
ni assez de vivacité. Il s'en plaignit un jour à
Mme de Valentinois, et elle lui dit qu'elle vouloit
le faire devenir amoureux d'elle pour le rendre
plus vif et plus agréable. Elle y réussit, comme vous
le voyez ; il y a plus de vingt ans que cette passion dure, sans qu'elle ait été altérée ni par le
temps ni par les obstacles.

« Le feu roi s'y opposa d'abord ; et, soit qu'il
eût encore assez d'amour pour Mme de Valenti-

nois pour avoir de la jalousie, ou qu'il fût poussé
par la duchesse d'Étampes, qui étoit au désespoir
que M. le dauphin fût attaché à son ennemie, il
est certain qu'il vit cette passion avec une colère
et un chagrin dont il donnoit tous les jours des
marques. Son fils ne craignit ni sa colère ni sa
haine, et rien ne put l'obliger à diminuer son attachement ni à le cacher, il fallut que le roi s'accou-
tumât à le souffrir. Aussi cette opposition à ses
volontés l'éloigna encore de lui, et l'attacha davantage au duc d'Orléans, son troisième fils. C'é-
toit un prince bien fait, beau, plein de feu et
d'ambition, d'une jeunesse fougueuse, qui avoit
besoin d'être modéré, mais qui eût fait aussi un
prince d'une grande élévation, si l'âge eût mûri
son esprit.

« Le rang d'aîné qu'avoit le dauphin, et la faveur
du roi qu'avoit le duc d'Orléans, faisoient entre eux
une sorte d'émulation qui alloit jusqu'à la haine.
Cette émulation avoit commencé dès leur enfance,
et s'étoit toujours conservée. Lorsque l'Empereur
passa en France, il donna une préférence entière
au duc d'Orléans sur M. le dauphin, qui la res-
sentit si vivement que, comme cet Empereur étoit
à Chantilly, il voulut obliger M. le connétable à
l'arrêter sans attendre le commandement du roi.
M. le connétable ne le voulut pas; le roi le blâma
dans la suite de n'avoir pas suivi le conseil de son
fils, et, lorsqu'il l'éloigna de la cour, cette raison
y eut beaucoup de part.

« La division des deux frères donna la pensée à
la duchesse d'Étampes de s'appuyer de M. le duc
d'Orléans pour la soutenir auprès du roi contre
Mme de Valentinois. Elle y réussit : ce prince,
sans être amoureux d'elle, n'entra guère moins
dans ses intérêts que le dauphin étoit dans ceux
de Mme de Valentinois. Cela fit deux cabales dans
la cour, telles que vous pouvez vous les imaginer ;
mais ces intrigues ne se bornèrent pas seulement à
des démêlés de femmes.

« L'Empereur, qui avoit conservé de l'amitié
pour le duc d'Orléans, avoit offert plusieurs fois
de lui remettre le duché de Milan. Dans les propositions qui se firent depuis pour la paix, il faisoit espérer de lui donner les dix-sept provinces
et de lui faire épouser sa fille. M. le dauphin ne
souhaitoit ni la paix, ni ce mariage. Il se servit de
M. le connétable, qu'il a toujours aimé, pour
faire voir au roi de quelle importance il étoit de
ne pas donner à son successeur un frère aussi puissant que le seroit un duc d'Orléans avec l'alliance
de l'Empereur et les dix-sept provinces. M. le
connétable entra d'autant mieux dans les sentimens de M. le dauphin qu'il s'opposoit par là à
ceux de Mme d'Étampes, qui étoit son ennemie
déclarée, et qui souhaitoit ardemment l'élévation
de M. le duc d'Orléans.

« M. le dauphin commandoit alors l'armée du
roi en Champagne, et avoit réduit celle de l'Empereur en une telle extrémité qu'elle eût péri en-

tièrement, si la duchesse d'Étampes, craignant que
de trop grands avantages ne nous fissent refuser
la paix et l'alliance de l'Empereur pour M. le duc
d'Orléans, n'eût fait secrètement avertir les ennemis de surprendre Épernay et Château-Thierry,
qui étoient pleins de vivres. Ils le firent, et sauvè-
rent par ce moyen toute leur armée.

« Cette duchesse ne jouit pas longtemps du
succès de sa trahison. Peu après, M. le duc d'Orléans mourut à Farmoutier d'une espèce de maladie
contagieuse. Il aimoit une des plus belles femmes
de la cour, et en étoit aimé. Je ne vous la nom-
merai pas, parce qu'elle a vécu depuis avec tant
de sagesse, et qu'elle a même caché avec tant de
soin la passion qu'elle avoit pour ce prince,
qu'elle a mérité que l'on conserve sa réputation.
Le hasard fit qu'elle reçut la nouvelle de la mort
de son mari le même jour qu'elle apprit celle de
M. d'Orléans, de sorte qu'elle eut ce prétexte
pour cacher sa véritable affliction sans avoir la
peine de se contraindre.

« Le roi ne survécut guère au prince son fils ;
il mourut deux ans après. Il recommanda à M. le
dauphin de se servir du cardinal de Tournon et
de l'amiral d'Annebauld, et ne parla point de M. le
connétable, qui étoit pour lors relégué à Chantilly. Ce fut néanmoins la première chose que fit
le roi, son fils, de le rappeler et de lui donner le
gouvernement des affaires.

« Mme d'Étampes fut chassée, et reçut tous les

mauvais traitemens qu'elle pouvoit attendre d'une
ennemie toute-puissante : la duchesse de Valentinois se vengea alors pleinement et de cette duchesse et de tous ceux qui lui avoient déplu. Son
pouvoir parut plus absolu sur l'esprit du roi qu'il
ne paroissoit encore pendant qu'il étoit dauphin.
Depuis douze ans que ce prince règne, elle est
maîtresse absolue de toutes choses; elle dispose
des charges et des affaires; elle a fait chasser le
cardinal de Tournon, le chancelier Olivier et Vil-
leroy. Ceux qui ont voulu éclairer le roi sur sa
conduite ont péri dans cette entreprise. Le comte
de Taix, grand maître de l'artillerie, qui ne l'aimoit pas, ne put s'empêcher de parler de ses galanteries, et surtout de celles du comte de Brissac,
dont le roi avoit déjà eu beaucoup de jalousie;
néanmoins elle fit si bien que le comte de Taix
fut disgracié; on lui ôta sa charge; et, ce qui est
presque incroyable, elle la fit donner au comte de
Brissac, et l'a fait ensuite maréchal de France. La
jalousie du roi augmenta néanmoins d'une telle
sorte qu'il ne put souffrir que ce maréchal demeurât à la cour; mais la jalousie, qui est aigre et
violente en tous les autres, est douce et modérée
en lui par l'extrême respect qu'il a pour sa maîtresse; en sorte qu'il n'osa éloigner son rival que
sur le prétexte de lui donner le gouvernement de
Piémont. Il y a passé plusieurs années : il revint,
l'hiver dernier, sur le prétexte de demander des
troupes et d'autres choses nécessaires pour l'armée

qu'il commande. Le désir de revoir Mme de Valentinois, et la crainte d'en être oublié, avoit peut-être beaucoup de part à ce voyage. Le roi le reçut avec une grande froideur. MM. de Guise, qui ne l'aiment pas, mais qui n'osent le témoigner à cause de Mme de Valentinois, se servirent de M. le vidame, qui est son ennemi déclaré, pour empêcher qu'il n'obtînt aucune des choses qu'il étoit venu demander. Il n'étoit pas difficile de lui nuire : le roi le haïssoit, et sa présence lui donnoit de l'inquiétude; de sorte qu'il fut contraint de s'en retourner, sans remporter aucun fruit de son voyage que d'avoir peut-être rallumé dans le cœur de Mme de Valentinois des sentimens que l'absence commençoit d'éteindre. Le roi a bien eu d'autres sujets de jalousie; mais, ou il ne les a pas connus, ou il n'a osé s'en plaindre.

« Je ne sais, ma fille, ajouta Mme de Chartres, si vous ne trouverez point que je vous ai plus appris de choses que vous n'aviez envie d'en savoir. — Je suis très éloignée, Madame, de faire cette plainte, répondit Mme de Clèves, et, sans la peur de vous importuner, je vous demanderois encore plusieurs circonstances que j'ignore. »

La passion de M. de Nemours pour Mme de Clèves fut d'abord si violente qu'elle lui ôta le goût et même le souvenir de toutes les personnes qu'il avoit aimées et avec qui il avoit conservé des commerces pendant son absence. Il ne prit pas seulement le soin de chercher des prétextes pour rompre avec elles; il ne put se donner la patience d'écouter leurs plaintes et de répondre à leurs reproches. Madame la dauphine, pour qui il avoit eu des sentimens assez passionnés, ne put tenir dans son cœur contre Mᵐᵉ de Clèves. Son impatience pour le voyage d'Angleterre commença même à se ralentir, et il ne pressa plus avec tant d'ardeur les choses qui étoient nécessaires pour son départ. Il alloit souvent chez la reine dauphine, parce que Mᵐᵉ de Clèves y alloit souvent, et il n'étoit pas fâché de laisser imaginer ce que l'on avoit cru de ses sentimens pour cette reine. Mᵐᵉ de Clèves lui paroissoit d'un si grand prix qu'il se résolut de manquer plutôt à lui donner des marques de sa passion que de hasarder de la faire connoître au public. Il n'en parla pas même au vidame de Chartres, qui étoit son ami intime et pour qui il n'avoit rien de caché. Il prit une conduite si sage et s'observa avec tant de soin, que personne ne le soupçonna d'être amoureux de Mᵐᵉ de Clèves, que le chevalier de Guise; et elle auroit eu peine à s'en apercevoir elle-même, si l'inclination qu'elle avoit pour lui ne lui eût donné une attention particulière pour ses actions, qui ne lui permit pas d'en douter.

Elle ne se trouva pas la même disposition à dire à sa mère ce qu'elle pensoit des sentimens de ce prince qu'elle avoit eue à lui parler de ses autres amans; sans avoir un dessein formé de le lui cacher, elle ne lui en parla point. Mais Mᵐᵉ de Chartres ne le voyoit que trop, aussi bien que le penchant que sa fille avoit pour lui. Cette connoissance lui donna une douleur sensible; elle jugeoit bien le péril où étoit cette jeune personne, d'être aimée d'un homme fait comme M. de Nemours, pour qui elle avoit de l'inclination. Elle fut entièrement confirmée dans les soupçons qu'elle avoit de cette inclination par une chose qui arriva peu de jours après.

Le maréchal de Saint-André, qui cherchoit toutes les occasions de faire voir sa magnificence, supplia le roi, sur le prétexte de lui montrer sa maison qui ne venoit que d'être achevée, de lui vouloir faire l'honneur d'y aller souper avec les reines. Ce maréchal étoit bien aise aussi de faire paroître aux yeux de Mme de Clèves cette dépense éclatante qui alloit jusqu'à la profusion.

Quelques jours avant celui qui avoit été choisi pour ce souper, le roi dauphin, dont la santé étoit assez mauvaise, s'étoit trouvé mal, et n'avoit vu personne. La reine sa femme avoit passé tout le jour auprès de lui. Sur le soir, comme il se portoit mieux, il fit entrer toutes les personnes de qualité qui étoient dans son antichambre. La reine dauphine s'en alla chez elle; elle y trouva Mme de Clèves et quelques autres dames qui étoient les plus dans sa familiarité.

Comme il étoit déjà assez tard et qu'elle n'étoit point habillée, elle n'alla pas chez la reine; elle fit dire qu'on ne la voyoit point, et fit apporter ses pierreries afin d'en choisir pour le bal du maréchal de Saint-André, et pour en donner à Mme de Clèves, à qui elle en avoit promis. Comme elles étoient dans cette occupation, le prince de Condé arriva. Sa qualité lui rendoit toutes les entrées libres. La reine dauphine lui dit qu'il venoit sans doute de chez le roi son mari, et lui demanda ce que l'on y faisoit. « L'on dispute contre M. de Nemours, Madame, répondit-il; et il défend avec tant de chaleur la cause qu'il soutient qu'il faut que ce soit la sienne. Je crois qu'il a quelque maîtresse qui lui donne de l'inquiétude, quand elle est au bal, tant il trouve que c'est une chose fâcheuse pour un amant que d'y voir la personne qu'il aime.

— Comment ! reprit madame la dauphine, M. de Nemours ne veut pas que sa maîtresse aille au bal ! J'avois bien cru que les maris pouvoient souhaiter que leurs femmes n'y allassent pas; mais, pour les amans, je n'avois jamais pensé qu'ils pussent être de ce sentiment. — M. de Nemours trouve, répliqua le prince de Condé, que le bal est ce qu'il y a de plus insupportable pour les amans, soit qu'ils soient aimés, ou qu'ils ne le soient pas. Il dit que, s'ils sont aimés, ils ont le chagrin de l'être moins pendant plusieurs jours; qu'il n'y a point de femme que le soin de sa parure n'empêche de songer à son amant; qu'elles en sont entièrement occupées; que ce soin de se parer est pour tout le monde, aussi bien que pour celui qu'elles aiment;

que, lorsqu'elles sont au bal, elles veulent plaire à tous ceux qui les regardent ; que, quand elles sont contentes de leur beauté, elles en ont une joie dont leur amant ne fait pas la plus grande partie. Il dit aussi que, quand on n'est point aimé, on souffre encore davantage de voir sa maîtresse dans une assemblée ; que plus elle est admirée du public, plus on se trouve malheureux de n'en être point aimé ; que l'on craint toujours que sa beauté ne fasse naître quelque amour plus heureux que le sien ; enfin, il trouve qu'il n'y a point de souffrance pareille à celle de voir sa maîtresse au bal, si ce n'est de savoir qu'elle y est, et de n'y être pas. »

Mme de Clèves ne faisoit pas semblant d'entendre ce que disoit le prince de Condé ; mais elle l'écoutoit avec attention. Elle jugeoit aisément quelle part elle avoit à l'opinion que soutenoit M. de Nemours, et surtout à ce qu'il disoit du chagrin de n'être pas au bal où étoit sa maîtresse, parce qu'il ne devoit pas être à celui du maréchal de Saint-André et que le roi l'envoyoit au-devant du duc de Ferrare.

La reine dauphine rioit avec le prince de Condé, et n'approuvoit pas l'opinion de M. de Nemours. « Il n'y a qu'une occasion, Madame, lui dit ce prince, où M. de Nemours consente que sa maîtresse aille au bal, c'est lorsque c'est lui qui le donne, et il dit que, l'année passée qu'il en donna un à Votre Majesté, il trouva que sa maîtresse lui

faisoit une faveur d'y venir, quoiqu'elle ne semblât
que vous y suivre; que c'est toujours faire une
grâce à un amant que d'aller prendre sa part à
un plaisir qu'il donne; que c'est aussi une chose
agréable pour l'amant, que sa maîtresse le voie le
maître d'un lieu où est toute la cour, et qu'elle le
voie se bien acquitter d'en faire les honneurs. —
M. de Nemours avoit raison, dit la reine dauphine
en souriant, d'approuver que sa maîtresse allât
au bal. Il y avoit alors un si grand nombre de femmes à qui il donnoit cette qualité que, si elles
n'y fussent point venues, il y auroit eu peu de
monde.

Sitôt que le prince de Condé avoit commencé à
conter les sentimens de M. de Nemours sur le bal,
Mme de Clèves avoit senti une grande envie de ne
point aller à celui du maréchal de Saint-André.
Elle entra aisément dans l'opinion qu'il ne falloit
pas aller chez un homme dont on étoit aimée, et
elle fut bien aise d'avoir une raison de sévérité
pour faire une chose qui étoit une faveur pour
M de Nemours; elle emporta néanmoins la parure que lui avoit donnée la reine dauphine; mais
le soir, lorsqu'elle la montra à sa mère, elle lui dit
qu'elle n'avoit pas dessein de s'en servir; que le
maréchal de Saint-André prenoit tant de soin de
faire voir qu'il étoit attaché à elle qu'elle ne doutoit point qu'il ne voulût aussi faire croire qu'elle
auroit part au divertissement qu'il devoit donner
au roi, et que, sous prétexte de faire l'honneur de

chez lui, il lui rendroit des soins dont peut-être elle seroit embarrassée.

Mme de Chartres combattit quelque temps l'opinion de sa fille, comme la trouvant particulière ; mais, voyant qu'elle s'y opiniâtroit, elle s'y rendit, et lui dit qu'il falloit donc qu'elle fît la malade pour avoir un prétexte de n'y pas aller, parce que les raisons qui l'en empêchoient ne seroient pas approuvées, et qu'il falloit même empêcher qu'on ne les soupçonnât. Mme de Clèves consentit volontiers à passer quelques jours chez elle, pour ne point aller dans un lieu où M. de Nemours ne devoit pas être ; et il partit sans avoir le plaisir de savoir qu'elle n'iroit pas.

Il revint le lendemain du bal, il sut qu'elle ne s'y étoit pas trouvée ; mais, comme il ne savoit pas que l'on eût redit devant elle la conversation de chez le roi dauphin, il étoit bien éloigné de croire qu'il fût assez heureux pour l'avoir empêchée d'y aller.

Le lendemain, comme il étoit chez la reine et qu'il parloit à madame la dauphine, Mme de Chartres et Mme de Clèves y vinrent et s'approchèrent de cette princesse. Mme de Clèves étoit un peu négligée, comme une personne qui s'étoit trouvée mal ; mais son visage ne répondoit pas à son habillement. « Vous voilà si belle, lui dit madame la dauphine, que je ne saurois croire que vous ayez été malade. Je pense que M. le prince de Condé, en vous contant l'avis de M. de Ne-

mours sur le bal, vous a persuadée que vous feriez
une faveur au maréchal de Saint-André d'aller
chez lui, et que c'est ce qui vous a empêchée d'y
venir. » Mᵐᵉ de Clèves rougit de ce que madame
la dauphine devinoit si juste, et de ce qu'elle disoit
devant M. de Nemours ce qu'elle avoit deviné.

Mᵐᵉ de Chartres vit dans ce moment pourquoi
sa fille n'avoit pas voulu aller au bal, et, pour
empêcher que M. de Nemours ne le jugeât aussi
bien qu'elle, elle prit la parole avec un air qui
sembloit être appuyé sur la vérité. « Je vous assure,
Madame, dit-elle à madame la dauphine, que
Votre Majesté fait plus d'honneur à ma fille qu'elle
n'en mérite. Elle étoit véritablement malade ; mais
je crois que, si je ne l'en eusse empêchée, elle
n'eût pas laissé de vous suivre et de se montrer
aussi changée qu'elle étoit, pour avoir le plaisir
de voir tout ce qu'il y a eu d'extraordinaire au
divertissement d'hier au soir. » Madame la dauphine crut ce que disoit Mᵐᵉ de Chartres ; M. de
Nemours fut bien fâché d'y trouver de l'apparence :
néanmoins la rougeur de Mᵐᵉ de Clèves lui fit
soupçonner que ce que madame la dauphine avoit
dit n'étoit pas entièrement éloigné de la vérité.
Mᵐᵉ de Clèves avoit d'abord été fâchée que
M. de Nemours eût eu lieu de croire que c'étoit lui
qui l'avoit empêchée d'aller chez le maréchal de
Saint-André ; mais ensuite elle sentit quelque
espèce de chagrin que sa mère lui en eût entièrement ôté l'opinion.

Quoique l'assemblée de Cercamp eût été rompue, les négociations pour la paix avoient toujours continué, et les choses s'y disposèrent d'une telle sorte que, sur la fin de février, on se rassembla à Cateau-Cambresis. Les mêmes députés y retournèrent ; et l'absence du maréchal de Saint-André défit M. de Nemours du rival qui lui étoit le plus redoutable, tant par l'attention qu'il avoit à observer ceux qui approchoient Mme de Clèves que par le progrès qu'il pouvoit faire auprès d'elle.

Mme de Chartres n'avoit pas voulu laisser voir à sa fille qu'elle connoissoit ses sentimens pour ce prince, de peur de se rendre suspecte sur les choses qu'elle avoit envie de lui dire. Elle se mit un jour à parler de lui ; elle lui en dit du bien, et y mêla beaucoup de louanges empoisonnées sur la sagesse qu'il avoit d'être incapable de devenir amoureux, et sur ce qu'il ne se faisoit qu'un plaisir, et non pas un attachement sérieux, du commerce des femmes. « Ce n'est pas, ajouta-t-elle, qu'on ne l'ait soupçonné d'avoir une grande passion pour la reine dauphine ; je vois même qu'il y va très souvent, et je vous conseille d'éviter, autant que vous pourrez, de lui parler, et surtout en particulier, parce que, madame la dauphine vous traitant comme elle fait, on diroit bientôt que vous êtes leur confidente, et vous savez combien cette réputation est désagréable. Je suis d'avis, si ce bruit continue, que vous alliez un peu moins chez madame la dauphine, afin de ne vous pas trouver mêlée dans des aventures de galanterie. »

Mᵐᵉ de Clèves n'avoit jamais ouï parler de M. de Nemours et de madame la dauphine : elle fut si surprise de ce que lui dit sa mère, et elle crut si bien voir combien elle s'étoit trompée dans tout ce qu'elle avoit pensé des sentimens de ce prince, qu'elle en changea de visage. Mᵐᵉ de Chartres s'en aperçut; il vint du monde dans ce moment, Mᵐᵉ de Clèves s'en alla chez elle et s'enferma dans son cabinet.

L'on ne peut exprimer la douleur qu'elle sentit de connoître, par ce que lui venoit de dire sa mère, l'intérêt qu'elle prenoit à M. de Nemours : elle n'avoit encore osé se l'avouer à elle-même. Elle vit alors que les sentimens qu'elle avoit pour lui étoient ceux que M. de Clèves lui avoit tant demandés; elle trouva combien il étoit honteux de les avoir pour un autre que pour un mari qui les méritoit. Elle se sentit blessée et embarrassée de la crainte que M. de Nemours ne la voulût faire servir de prétexte à madame la dauphine, et cette pensée la détermina à conter à Mᵐᵉ de Chartres ce qu'elle ne lui avoit point encore dit.

Elle alla le lendemain matin dans sa chambre pour exécuter ce qu'elle avoit résolu; mais elle trouva que Mᵐᵉ de Chartres avoit un peu de fièvre, de sorte qu'elle ne voulut pas lui parler. Ce mal paroissoit néanmoins si peu de chose que Mᵐᵉ de Clèves ne laissa pas d'aller l'après-dînée chez madame la dauphine : elle étoit dans son cabinet avec deux ou trois dames qui étoient le plus avant dans sa familiarité. « Nous parlions de M. de Nemours, lui dit cette reine en la voyant, et nous admirions combien il est changé depuis son retour de Bruxelles : devant que d'y aller, il avoit un nombre infini de maîtresses, et c'étoit même un défaut en lui, car il ménageoit également celles qui avoient du mérite et celles qui n'en avoient pas ; depuis qu'il est revenu, il ne connoît ni les unes ni les autres ; il n'y a jamais eu un si grand changement ; je trouve même qu'il y en a dans son humeur, et qu'il est moins gai que de coutume. »

Mme de Clèves ne répondit rien, et elle pensoit avec honte qu'elle auroit pris tout ce que l'on disoit du changement de ce prince pour des marques de sa passion si elle n'avoit point été détrompée. Elle se sentoit quelque aigreur contre madame la dauphine de lui voir chercher des raisons et s'étonner d'une chose dont apparemment elle savoit mieux la vérité que personne. Elle ne put s'empêcher de lui en témoigner quelque chose ; et, comme les autres dames s'éloignèrent, elle s'approcha d'elle et lui dit tout bas : « Est-ce aussi pour moi, Madame, que vous venez de parler? et voudriez-vous me cacher que vous fussiez celle qui a fait changer de conduite à M. de Nemours? — Vous êtes injuste, lui dit madame la dauphine ; vous savez que je n'ai rien de caché pour vous. Il est vrai que M. de Nemours, devant que d'aller à Bruxelles, a eu, je crois, intention de me laisser entendre qu'il ne me haïssoit pas ; mais, depuis qu'il est revenu, il ne m'a pas même paru qu'il se souvînt des choses qu'il avoit faites ; et j'avoue que j'ai de la curiosité de savoir ce qui l'a fait changer. Il sera bien difficile que je ne le démêle, ajouta-t-elle : le vidame de Chartres, qui est son ami intime, est amoureux d'une personne sur qui j'ai quelque pouvoir, et je saurai par ce moyen ce qui a fait ce changement. » Madame la dauphine parla d'un air qui persuada Mme de Clèves, et elle se trouva, malgré elle, dans un état plus calme et plus doux que celui où elle étoit auparavant.

Lorsqu'elle revint chez sa mère, elle sut qu'elle étoit beaucoup plus mal qu'elle ne l'avoit laissée. La fièvre lui avoit redoublé, et, les jours suivans, elle augmenta de telle sorte qu'il parut que ce seroit une maladie considérable. Mme de Clèves étoit dans une affliction extrême, elle ne sortoit point de la chambre de sa mère ; M. de Clèves y passoit aussi presque tous les jours, et par l'intérêt qu'il prenoit à Mme de Chartres, et pour empêcher sa femme de s'abandonner à la tristesse, mais pour avoir aussi le plaisir de la voir : sa passion n'étoit point diminuée.

M. de Nemours, qui avoit toujours eu beaucoup d'amitié pour lui, n'avoit pas cessé de lui en témoigner depuis son retour de Bruxelles. Pendant la maladie de Mme de Chartres, ce prince trouva le moyen de voir plusieurs fois Mme de Clèves, en faisant semblant de chercher son mari, ou de le venir prendre pour le mener promener. Il le cherchoit même à des heures où il savoit bien qu'il n'y étoit pas, et, sous le prétexte de l'attendre, il demeuroit dans l'antichambre de Mme de Chartres, où il y avoit toujours plusieurs personnes de qualité. Mme de Clèves y venoit souvent, et, pour être affligée, elle n'en paroissoit pas moins belle à M. de Nemours. Il lui faisoit voir combien il prenoit d'intéiêt à son affliction, et il lui en parloit avec un air si doux et si soumis qu'il la persuadoit aisément que ce n'étoit pas de madame la dauphine dont il étoit amoureux.

Elle ne pouvoit s'empêcher d'être troublée de sa vue, et d'avoir pourtant du plaisir à le voir; mais, quand elle ne le voyoit plus, et qu'elle pensoit que ce charme qu'elle trouvoit dans sa vue étoit le commencement des passions, il s'en falloit peu qu'elle ne crût le haïr par la douleur que lui donnoit cette pensée.

Mme de Chartres empira si considérablement que l'on commença à désespérer de sa vie; elle reçut ce que les médecins lui dirent du péril où elle étoit avec un courage digne de sa vertu et de sa piété. Après qu'ils furent sortis, elle fit retirer tout le monde et appeler Mme de Clèves.

« Il faut nous quitter, ma fille, lui dit-elle en lui tendant la main; le péril où je vous laisse et

le besoin que vous avez de moi augmentent le
déplaisir que j'ai de vous quitter. Vous avez de
l'inclination pour M. de Nemours; je ne vous demande point de me l'avouer : je ne suis plus en
état de me servir de votre sincérité pour vous
conduire. Il y a déjà longtemps que je me suis
aperçue de cette inclination; mais je ne vous en ai
pas voulu parler d'abord, de peur de vous en faire
apercevoir vous-même. Vous ne la connoissez que
trop présentement; vous êtes sur le bord du pré-
cipice : il faut de grands efforts et de grandes
violences pour vous retenir. Songez à ce que vous
devez à votre mari; songez à ce que vous vous
devez à vous-même, et pensez que vous allez perdre
cette réputation que vous vous êtes acquise, et
que je vous ai tant souhaitée. Ayez de la force et
du courage, ma fille; retirez-vous de la cour;
obligez votre mari de vous emmener; ne craignez
point de prendre des partis trop rudes et trop
difficiles : quelque affreux qu'ils vous paroissent
d'abord, ils seront plus doux dans les suites que
les malheurs d'une galanterie. Si d'autres raisons
que celles de la vertu et de votre devoir vous pouvoient obliger à ce que je souhaite, je vous dirois
que, si quelque chose étoit capable de troubler le
bonheur que j'espère en sortant de ce monde,
ce seroit de vous voir tomber comme les autres
femmes; mais, si ce malheur vous doit arriver, je
reçois la mort avec joie pour n'en être pas le témoin. »

Mme de Clèves fondoit en larmes sur la main de sa mère, qu'elle tenoit serrée entre les siennes, et Mme de Chartres, se sentant touchée elle-même : « Adieu, ma fille, lui dit-elle ; finissons une conversation qui nous attendrit trop l'une et l'autre, et souvenez-vous, si vous pouvez, de tout ce que je viens de vous dire. »

Elle se tourna de l'autre côté en achevant ces paroles, et commanda à sa fille d'appeler ses femmes, sans vouloir l'écouter ni parler davantage. Mme de Clèves sortit de la chambre de sa mère en l'état que l'on peut s'imaginer, et Mme de Chartres ne songea plus qu'à se préparer à la mort. Elle vécut encore deux jours, pendant lesquels elle ne voulut plus revoir sa fille, qui étoit la seule chose à quoi elle se sentoit attachée.

Mme de Clèves étoit dans une affliction extrême; son mari ne la quittoit point, et, sitôt que Mme de Chartres fut expirée, il l'emmena à la campagne, pour l'éloigner d'un lieu qui ne faisoit qu'aigrir sa douleur. On n'en a jamais vu de pareille : quoique la tendresse et la reconnoissance y eussent la plus grande part, le besoin qu'elle sentoit qu'elle avoit de sa mère pour se défendre contre M. de Nemours ne laissoit pas d'y en avoir beaucoup. Elle se trouvoit malheureuse d'être abandonnée à elle-même, dans un temps où elle étoit si peu maîtresse de ses sentimens, et où elle eût tant souhaité d'avoir quelqu'un qui pût la plaindre et lui donner de la force. La manière dont M. de Clèves

en usoit pour elle lui faisoit souhaiter plus fortement que jamais de ne manquer à rien de ce
qu'elle lui devoit. Elle lui témoignoit aussi plus
d'amitié et plus de tendresse qu'elle n'avoit encore
fait ; elle ne vouloit point qu'il la quittât, et il lui
sembloit qu'à force de s'attacher à lui il la défen-
doit contre M. de Nemours.

Ce prince vint voir M. de Clèves à la campagne ;
il fit ce qu'il put pour rendre aussi une visite à
Mme de Clèves ; mais elle ne le voulut point recevoir, et, sentant bien qu'elle ne pouvoit s'empêcher
de le trouver aimable, elle avoit fait une forte résolution de s'empêcher de le voir et d'en éviter
toutes les occasions qui dépendroient d'elle.

M. de Clèves vint à Paris pour faire sa cour, et
promit à sa femme de s'en retourner le lendemain ;
il ne revint néanmoins que le jour d'après. « Je vous
attendis tout hier, lui dit Mme de Clèves lorsqu'il
arriva, et je vous dois faire des reproches de n'être
pas venu, comme vous me l'aviez promis. Vous
savez que, si je pouvois sentir une nouvelle
affliction en l'état où je suis, ce seroit la mort de
Mme de Tournon, que j'ai apprise ce matin ; j'en
aurois été touchée quand je ne l'aurois point connue : c'est toujours une chose digne de pitié,
qu'une femme jeune et belle comme celle-là soit
morte en deux jours ; mais de plus, c'étoit une des
personnes du monde qui me plaisoient davantage,
et qui paroissoient avoir autant de sagesse et de
mérite.

— Je fus très fâché de ne pas revenir hier, répondit M. de Clèves ; mais j'étois si nécessaire à la consolation d'un malheureux qu'il m'étoit impossible de le quitter. Pour Mme de Tournon, je ne vous conseille pas d'en être affligée, si vous la regrettez comme une femme pleine de sagesse et digne de votre estime. — Vous m'étonnez, reprit Mme de Clèves, et je vous ai ouï dire plusieurs fois qu'il n'y avoit point de femme à la cour que vous estimassiez davantage. — Il est vrai, répondit-il ; mais les femmes sont incompréhensibles, et, quand je les vois toutes, je me trouve si heureux de vous avoir que je ne saurois assez admirer mon bonheur. — Vous m'estimez plus que je ne vaux, répliqua Mme de Clèves en soupirant, et il n'est pas encore temps de me trouver digne de vous. Apprenez-moi, je vous en supplie, ce qui vous a détrompé de Mme de Tournon. — Il y a longtemps que je le suis, répliqua-t-il, et que je sais qu'elle aimoit le comte de Sancerre, à qui elle donnoit des espérances de l'épouser. — Je ne saurois croire, interrompit Mme de Clèves, que Mme de Tournon, après cet éloignement si extraordinaire qu'elle a témoigné pour le mariage depuis qu'elle est veuve, et après les déclarations publiques qu'elle a faites de ne se remarier jamais, ait donné des espérances à Sancerre. — Si elle n'en eût donné qu'à lui, répliqua M. de Clèves, il ne faudroit pas s'étonner ; mais ce qu'il y a de surprenant, c'est qu'elle en donnoit aussi à Estouteville dans le même temps ; et je vais vous apprendre toute cette histoire. »

SECONDE PARTIE

VOUS savez l'amitié qu'il y a entre Sancerre et moi ; néanmoins il devint amoureux de Mme de Tournon, il y a environ deux ans, et me le cacha avec beaucoup de soin, aussi bien qu'à tout le reste du monde ; j'étois bien éloigné de le soupçonner. Mme de Tournon paroissoit encore inconsolable de la mort de son mari, et vivoit dans une retraite austère. La sœur de Sancerre étoit quasi la seule personne qu'elle vît, et c'étoit chez elle qu'il en étoit devenu amoureux.

« Un soir qu'il devoit y avoir une comédie au Louvre et que l'on n'attendoit plus que le roi et Mme de Valentinois pour commencer, l'on vint dire qu'elle s'étoit trouvée mal, et que le roi ne viendroit pas. On jugea aisément que le mal de cette duchesse étoit quelque démêlé avec le roi : nous savions les jalousies qu'il avoit eues du maréchal de Brissac pendant qu'il avoit été à la cour ; mais il étoit retourné en Piémont depuis quelques jours, et nous ne pouvions imaginer le sujet de cette brouillerie.

« Comme j'en parlois avec Sancerre, M. d'Anville arriva dans la salle, et me dit tout bas que le roi étoit dans une affliction et dans une colère qui faisoient pitié ; qu'en un raccommodement qui s'étoit fait entre lui et Mme de Valentinois, il y avoit quelques jours, sur des démêlés qu'ils avoient eus pour le maréchal de Brissac, le roi lui avoit donné une bague, et l'avoit priée de la porter; que, pendant qu'elle s'habilloit pour venir à la comédie, il avoit remarqué qu'elle n'avoit point cette bague, et lui en avoit demandé la raison; qu'elle avoit paru étonnée de ne la pas avoir, qu'elle l'avoit demandée à ses femmes, lesquelles, par malheur, ou faute d'être bien instruites, avoient répondu qu'il y avoit quatre ou cinq jours qu'elles ne l'avoient vue.

« Ce temps est précisément celui du départ du maréchal de Brissac, continua M. d'Anville; le roi n'a point douté qu'elle ne lui ait donné la bague en lui disant adieu. Cette pensée a réveillé si vivement toute cette jalousie, qui n'étoit pas encore bien éteinte, qu'il s'est emporté, contre son ordinaire, et lui a fait mille reproches. Il vient de rentrer chez lui très affligé; mais je ne sais s'il l'est davantage de l'opinion que Mme de Valentinois a sacrifié sa bague, que de la crainte de lui avoir déplu par sa colère. »

« Sitôt que M. d'Anville eut achevé de me conter cette nouvelle, je me rapprochai de Sancerre pour la lui apprendre ; je la lui dis comme un secret que l'on venoit de me confier, et dont je lui défendois de parler.

« Le lendemain matin, j'allai d'assez bonne heure chez ma belle-sœur : je trouvai Mme de Tournon au chevet de son lit ; elle n'aimoit pas Mme de Valentinois, et elle savoit bien que ma belle-sœur n'avoit pas sujet de s'en louer. Sancerre avoit été chez elle au sortir de la comédie. Il lui avoit appris la brouillerie du roi avec cette duchesse, et Mme de Tournon étoit venue la conter à ma belle-sœur sans savoir ou sans faire réflexion que c'étoit moi qui l'avois apprise à son amant.

« Sitôt que je m'approchai de ma belle-sœur, elle dit à Mme de Tournon que l'on pouvoit me confier ce qu'elle venoit de lui dire, et, sans attendre la permission de Mme de Tournon, elle me conta mot pour mot tout ce que j'avois dit à Sancerre le soir précédent. Vous pouvez juger comme j'en fus étonné. Je regardai Mme de Tournon : elle me parut embarrassée. Son embarras me donna du soupçon ; je n'avois dit la chose qu'à Sancerre ; il m'avoit quitté au sortir de la comédie sans m'en dire la raison ; je me souvins de lui avoir ouï extrêmement louer Mme de Tournon. Toutes ces choses m'ouvrirent les yeux, et je n'eus pas de peine à démêler qu'il avoit une galanterie avec elle, et qu'il l'avoit vue depuis qu'il m'avoit quitté.

« Je fus si piqué de voir qu'il me cachoit cette
aventure que je dis plusieurs choses qui firent
connoître à Mme de Tournon l'imprudence qu'elle
avoit faite ; je la remis à son carrosse, et je l'assu-
rai, en la quittant, que j'enviois le bonheur de celui
qui lui avoit appris la brouillerie du roi et de
Mme de Valentinois.

« Je m'en allai à l'heure même trouver Sancerre ;
je lui fis des reproches, et je lui dis que je savois
sa passion pour Mme de Tournon, sans lui dire
comment je l'avois découverte : il fut contraint de
me l'avouer. Je lui contai ensuite ce qui me l'avoit
apprise, et il m'apprit aussi le détail de leur aventure ; il me dit que, quoiqu'il fût cadet de sa maison, et très éloigné de pouvoir prétendre à un
aussi bon parti, que néanmoins elle étoit résolue de
l'épouser. L'on ne peut être plus surpris que je le
fus. Je dis à Sancerre de presser la conclusion de
son mariage, et qu'il n'y avoit rien qu'il ne dût
craindre d'une femme qui avoit l'artifice de soutenir aux yeux du public un personnage si éloigné
de la vérité. Il me répondit qu'elle avoit été véritablement affligée ; mais que l'inclination qu'elle avoit
eue pour lui avoit surmonté cette affliction, et
qu'elle n'avoit pu laisser paroître tout d'un coup
un si grand changement. Il me dit encore plusieurs autres raisons pour l'excuser, qui me firent
voir à quel point il en étoit amoureux ; il m'assura
qu'il la feroit consentir que je susse la passion qu'il
avoit pour elle, puisque aussi bien c'étoit elle-

même qui me l'avoit apprise. Il l'y obligea en effet, quoique avec beaucoup de peine, et je fus ensuite très avant dans leur confidence.

« Je n'ai jamais vu une femme avoir une conduite si honnête et si agréable à l'égard de son amant ; néanmoins j'étois toujours choqué de son affectation à paroître encore affligée. Sancerre étoit si amoureux, et si content de la manière dont elle en usoit pour lui, qu'il n'osoit quasi la presser de conclure leur mariage, de peur qu'elle ne crût qu'il le souhaitoit plutôt par intérêt que par une véritable passion. Il lui en parla toutefois, et elle lui parut résolue à l'épouser ; elle commença même à quitter cette retraite où elle vivoit et à se remettre dans le monde : elle venoit chez ma belle-sœur à des heures où une partie de la cour s'y trouvoit. Sancerre n'y venoit que rarement ; mais ceux qui y étoient tous les soirs, et qui l'y voyoient souvent, la trouvoient très aimable.

« Peu de temps après qu'elle eut commencé à quitter la solitude, Sancerre crut voir quelque refroidissement dans la passion qu'elle avoit pour lui. Il m'en parla plusieurs fois sans que je fisse aucun fondement sur ses plaintes ; mais à la fin, comme il me dit qu'au lieu d'achever leur mariage elle sembloit l'éloigner, je commençai à croire qu'il n'avoit pas de tort d'avoir de l'inquiétude : je lui répondis que, quand la passion de Mme de Tournon diminueroit après avoir duré deux ans, il ne faudroit pas s'en étonner ; que, quand même, sans être di-

9

minuée, elle ne seroit pas assez forte pour l'obliger
à l'épouser, qu'il ne devroit pas s'en plaindre ; que
ce mariage, à l'égard du public, lui feroit un extrême tort, non seulement parce qu'il n'étoit pas
un assez bon parti pour elle, mais par le préjudice
qu'il apporteroit à sa réputation ; qu'ainsi tout ce
qu'il pouvoit souhaiter étoit qu'elle ne le trompât
point, et qu'elle ne lui donnât pas de fausses espérances. Je lui dis encore que, si elle n'avoit pas la
force de l'épouser, ou qu'elle lui avouât qu'elle en
aimoit quelque autre, il ne falloit point qu'il s'em-
portât, ni qu'il se plaignît ; mais qu'il devoit conserver pour elle de l'estime et de la reconnoissance.

« Je vous donne, lui dis-je, le conseil que je
prendrois pour moi-même : car la sincérité me
touche d'une telle sorte que je crois que, si ma
maîtresse, et même ma femme, m'avouoient que
quelqu'un lui plût, j'en serois affligé sans en être
aigri ; je quitterois le personnage d'amant ou de
mari, pour la conseiller et pour la plaindre. »

Ces paroles firent rougir Mᵐᵉ de Clèves, et elle
y trouva un certain rapport avec l'état où elle
étoit, qui la surprit, et qui lui donna un trouble
dont elle fut longtemps à se remettre.

« Sancerre parla à Mᵐᵉ de Tournon, continua
M. de Clèves : il lui dit tout ce que je lui avois
conseillé ; mais elle le rassura avec tant de
soin te parut si offensée de ses soupçons qu'elle
les lui ôta entièrement. Elle remit néanmoins leur

mariage après un voyage qu'il alloit faire, et qui devoit être assez long; mais elle se conduisit si bien jusqu'à son départ, et en parut si affligée, que je crus, aussi bien que lui, qu'elle l'aimoit véritablement. Il partit il y a environ trois mois; pendant son absence, j'ai peu vu Mme de Tournon; vous m'avez entièrement occupé, et je savois seulement qu'il devoit bientôt revenir.

« Avant-hier, en arrivant à Paris, j'appris qu'elle étoit morte : j'envoyai savoir chez lui si on n'avoit point eu de ses nouvelles; on me manda qu'il étoit arrivé dès la veille, qui étoit précisément le jour de la mort de Mme de Tournon. J'allai le voir à l'heure même, me doutant bien de l'état où je le trouverois; mais son affliction passoit de beaucoup ce que je m'en étois imaginé.

« Je n'ai jamais vu une douleur si profonde et si tendre; dès le moment qu'il me vit, il m'embrassa, fondant en larmes : « Je ne la verrai plus, « me dit-il, je ne la verrai plus, elle est morte! je « n'en étois pas digne; mais je la suivrai bien- « tôt. »

« Après cela il se tut; et puis, de temps en temps, redisant toujours : « Elle est morte, et je ne la verrai plus! » il revenoit aux cris et aux larmes, et demeuroit comme un homme qui n'avoit plus de raison. Il me dit qu'il n'avoit pas reçu souvent de ses lettres pendant son absence, mais qu'il ne s'en étoit pas étonné, parce qu'il la connoissoit et qu'il savoit la peine qu'elle avoit à ha-

sarder de ses lettres. Il ne doutoit point qu'il ne
l'eût épousée à son retour ; il la regardoit comme
la plus aimable et la plus fidèle personne qui eût
jamais été ; il s'en croyoit tendrement aimé, il la
perdoit dans le moment qu'il pensoit s'attacher à
elle pour jamais. Toutes ces pensées le plongeoient
dans une affliction violente, dont il étoit entièrement accablé, et j'avoue que je ne pouvois m'empêcher d'en être touché.

« Je fus néanmoins contraint de le quitter pour
aller chez le roi ; je lui promis que je reviendrois
bientôt. Je revins en effet, et je ne fus jamais si
surpris que de le trouver tout différent de ce que
je l'avois quitté. Il étoit debout dans sa chambre,
avec un visage furieux, marchant et s'arrêtant
comme s'il eût été hors de lui-même. « Venez,
« venez, me dit-il, venez voir l'homme du monde
« le plus désespéré : je suis plus malheureux mille
« fois que je n'étois tantôt, et ce que je viens
« d'apprendre de Mme de Tournon est pire que sa
« mort. »

« Je crus que la douleur le troubloit entièrement, et je ne pouvois m'imaginer qu'il y eût
quelque chose de pire que la mort d'une maîtresse
que l'on aime, et dont on est aimé. Je lui dis que,
tant que son affliction avoit eu des bornes, je
l'avois approuvée, et que j'y étois entré ; mais que
je ne le plaindrois plus s'il s'abandonnoit au désespoir et s'il perdoit la raison. « Je serois trop heu-
« reux de l'avoir perdue, et la vie aussi, s'écria-

« t-il : Mme de Tournon m'étoit infidèle, et j'ap-
« prends son infidélité et sa trahison le lendemain
« que j'ai appris sa mort, dans un temps où mon
« âme est remplie et pénétrée de la plus vive dou-
« leur et de la plus tendre amour que l'on ait
« jamais senties; dans un temps où son idée est
« dans mon cœur comme la plus parfaite chose
« qui ait jamais été, et la plus parfaite à mon
« égard; je trouve que je me suis trompé, et qu'elle
« ne mérite pas que je la pleure; cependant j'ai la
« même affliction de sa mort que si elle m'étoit
« fidèle, et je sens son infidélité comme si elle
« n'étoit point morte. Si j'avois appris son chan-
« gement devant sa mort, la jalousie, la colère, la
« rage, m'auroient rempli, et m'auroient endurci
« en quelque sorte contre la douleur de sa perte;
« mais je suis dans un état où je ne puis ni m'en
« consoler ni la haïr. »

« Vous pouvez juger si je fus surpris de ce que
me disoit Sancerre; je lui demandai comment il
avoit su ce qu'il venoit de me dire. Il me conta
qu'un moment après que j'étois sorti de sa chambre,
Estouteville, qui est son ami intime, mais qui ne
savoit pourtant rien de son amour pour Mme de
Tournon, l'étoit venu voir; que, d'abord qu'il
avoit été assis, il avoit commencé à pleurer, et
qu'il lui avoit dit qu'il lui demandoit pardon de
lui avoir caché ce qu'il lui alloit apprendre; qu'il
le prioit d'avoir pitié de lui; qu'il venoit lui ouvrir
son cœur, et qu'il voyoit l'homme du monde

le plus affligé de la mort de Mme de Tournon.

« Ce nom, me dit Sancerre, m'a tellement sur-
« pris que, quoique mon premier mouvement ait
« été de lui dire que j'en étois plus affligé que lui,
« je n'ai pas eu néanmoins la force de parler. Il a
« continué, et m'a dit qu'il étoit amoureux d'elle
« depuis six mois; qu'il avoit toujours voulu me le
« dire, mais qu'elle le lui avoit défendu expressé-
« ment, et avec tant d'autorité qu'il n'avoit osé lui
« désobéir; qu'il lui avoit plu quasi dans le même
« temps qu'il l'avoit aimée; qu'ils avoient caché
« leur passion à tout le monde; qu'il n'avoit jamais
« été chez elle publiquement; qu'il avoit eu le
« plaisir de la consoler de la mort de son mari, et
« qu'enfin il l'alloit épouser dans le temps qu'elle
« étoit morte, mais que ce mariage, qui étoit un
« effet de passion, auroit paru un effet de devoir
« et d'obéissance; qu'elle avoit gagné son père
« pour se faire commander de l'épouser, afin qu'il
« n'y eût pas un trop grand changement dans sa
« conduite, qui avoit été si éloignée de se rema-
« rier.

« Tant qu'Estouteville m'a parlé, me dit San-
« cerre, j'ai ajouté foi à ses paroles, parce que j'y
« ai trouvé de la vraisemblance, et que le temps
« où il m'a dit qu'il avoit commencé à aimer
« Mme de Tournon est précisément celui où elle
« m'a paru changée; mais, un moment après, je
« l'ai cru un menteur, ou du moins un visionnaire :
« j'ai été prêt à le lui dire; j'ai pensé ensuite à

« vouloir m'éclaircir, je l'ai questionné ; je lui ai
« fait paroître des doutes : enfin j'ai tant fait pour
« m'assurer de mon malheur qu'il m'a demandé si
« je connoissois l'écriture de Mme de Tournon ; il
« a mis sur mon lit quatre de ses lettres et son
« portrait ; mon frère est entré dans ce moment.
« Estouteville avoit le visage si plein de larmes
« qu'il a été contraint de sortir pour ne se pas
« laisser voir ; il m'a dit qu'il reviendroit ce soir
« querir ce qu'il me laissoit ; et moi, je chassai mon
« frère, sur le prétexte de me trouver mal, par
« l'impatience de voir ces lettres que l'on m'avoit
« laissées, et espérant d'y trouver quelque chose
« qui ne me persuaderoit pas tout ce qu'Estoute-
« ville venoit de me dire. Mais, hélas ! que n'y ai-
« je point trouvé ! Quelle tendresse ! quels ser-
« mens ! quelles assurances de l'épouser ! quelles
« lettres ! Jamais elle ne m'en a écrit de semblables.
« Ainsi, ajouta-t-il, j'éprouve à la fois la douleur
« de la mort et celle de l'infidélité ; ce sont deux
« maux que l'on a souvent comparés, mais qui
« n'ont jamais été sentis en même temps par la
« même personne. J'avoue, à ma honte, que je
« sens encore plus sa perte que son changement ;
« je ne puis la trouver assez coupable pour con-
« sentir à sa mort. Si elle vivoit, j'aurois le plaisir
« de lui faire des reproches et de me venger d'elle
« en lui faisant connoître son injustice ; mais je ne
« la verrai plus, reprenoit-il, je ne la verrai plus ;
« ce mal est le plus grand de tous les maux : je

« souhaiterois de lui rendre la vie aux dépens de la
« mienne. Quel souhait! si elle revenoit, elle vi-
« vroit pour Estouteville. Que j'étois heureux hier!
« s'écrioit-il, que j'étois heureux! j'étois l'homme
« du monde le plus affligé, mais mon affliction
« étoit raisonnable, et je trouvois quelque dou-
« ceur à penser que je ne devois jamais me conso-
« ler. Aujourd'hui, tous mes sentimens sont injus-
« tes ; je paye à une passion feinte qu'elle a eue
« pour moi le même tribut de douleur que je
« croyois devoir à une passion véritable. Je ne puis
« ni haïr ni aimer sa mémoire ; je ne puis me con-
« soler ni m'affliger ; du moins, me dit-il en se
« retournant tout d'un coup vers moi, faites, je
« vous en conjure, que je ne voie jamais Estoute-
« ville : son nom seul me fait horreur. Je sais bien
« que je n'ai nul sujet de m'en plaindre ; c'est ma
« faute de lui avoir caché que j'aimois Mme de
« Tournon ; s'il l'eût su, il ne s'y seroit peut-être
« pas attaché, elle ne m'auroit pas été infidèle ; il
« est venu me chercher pour me confier sa douleur ;
« il me fait pitié. Eh! c'est avec raison, s'écrioit-il.
« Il aimoit Mme de Tournon ; il en étoit aimé, et
« il ne la verra jamais ; je sens bien néanmoins que
« je ne saurois m'empêcher de le haïr. Et encore
« une fois je vous conjure de faire en sorte que je
« ne le voie point. »

« Sancerre se remit ensuite à pleurer, à regretter
Mme de Tournon, à lui parler et à lui dire les
choses du monde les plus tendres ; il repassa

ensuite à la haine, aux plaintes, aux reproches et aux imprécations contre elle. Comme je le vis dans un état si violent, je connus bien qu'il me falloit quelque secours pour m'aider à calmer son esprit : j'envoyai querir son frère, que je venois de quitter chez le roi; j'allai lui parler dans l'antichambre, avant qu'il entrât, et je lui contai l'état où étoit Sancerre. Nous donnâmes des ordres pour empêcher qu'il ne vît Estouteville, et nous employâmes une partie de la nuit à tâcher de le rendre capable de raison. Ce matin, je l'ai encore trouvé plus affligé; son frère est demeuré auprès de lui, et je suis revenu auprès de vous.

— L'on ne peut être plus surpris que je suis, dit alors Mme de Clèves, et je croyois Mme de Tournon incapable d'amour et de tromperie. — L'adresse et la dissimulation, reprit M. de Clèves, ne peuvent aller plus loin qu'elle les a portées. Remarquez que, quand Sancerre crut qu'elle étoit changée pour lui, elle l'étoit véritablement, et qu'elle commençoit à aimer Estouteville. Elle disoit à ce dernier qu'il la consoloit de la mort de son mari, et que c'étoit lui qui étoit cause qu'elle quittoit cette grande retraite, et il paroissoit à Sancerre que c'étoit parce que nous avions résolu qu'elle ne témoigneroit plus d'être si affligée. Elle faisoit valoir à Estouteville de cacher leur intelligence, et de paroître obligée à l'épouser par le commandement de son père, comme un effet du soin qu'elle avoit de sa réputation, et c'étoit pour abandonner

Sancerre sans qu'il eût sujet de s'en plaindre. Il faut que je m'en retourne, continua M. de Clèves, pour voir ce malheureux, et je crois qu'il faut que vous reveniez aussi à Paris. Il est temps que vous voyiez le monde, et que vous receviez ce nombre infini de visites dont aussi bien vous ne sauriez vous dispenser. »

Mme de Clèves consentit à son retour, et elle revint le lendemain. Elle se trouva plus tranquille sur M. de Nemours qu'elle n'avoit été; tout ce que lui avoit dit Mme de Chartres en mourant et la douleur de sa mort avoient fait une suspension à ses sentimens, qui lui faisoit croire qu'ils étoient entièrement effacés.

Dès le même soir qu'elle fut arrivée, madame la dauphine la vint voir, et, après lui avoir témoigné la part qu'elle avoit prise à son affliction, elle lui dit que, pour la détourner de ses tristes pensées, elle vouloit l'instruire de tout ce qui s'étoit passé à la cour en son absence; elle lui conta ensuite plusieurs choses particulières. « Mais ce que j'ai le plus d'envie de vous apprendre, ajouta-t-elle, c'est qu'il est certain que M. de Nemours est passionnément amoureux, et que ses amis les plus intimes, non seulement ne sont point dans sa confidence, mais qu'ils ne peuvent deviner qui est la personne qu'il aime. Cependant cet amour est assez fort pour lui faire négliger, ou abandonner, pour mieux dire, les espérances d'une couronne. »

Madame la dauphine conta ensuite tout ce qui

s'étoit passé sur l'Angleterre. « J'ai appris ce que je viens de vous dire, continua-t-elle, de M. d'Anville; et il m'a dit ce matin que le roi envoya querir, hier au soir, M. de Nemours, sur des lettres de Lignerolles, qui demande à revenir, et qui écrit au roi qu'il ne peut plus soutenir auprès de la reine d'Angleterre les retardemens de M. de Nemours; qu'elle commence à s'en offenser, et qu'encore qu'elle n'eût point donné de parole positive, elle en avoit assez dit pour faire hasarder un voyage. Le roi lut cette lettre à M. de Nemours, qui, au lieu de parler sérieusement, comme il avoit fait dans 'les commencemens, ne fit que rire, que badiner, et se moquer des espérances de Lignerolles. Il dit que toute l'Europe condamneroit son imprudence, s'il hasardoit d'aller en Angleterre comme un prétendu mari de la reine, sans être assuré du succès. « Il me semble aussi, « ajouta-t-il, que je prendrois mal mon temps, de « faire ce voyage présentement que le roi d'Es- « pagne fait de si grandes instances pour épouser « cette reine. Ce ne seroit peut-être pas un rival « bien redoutable dans une galanterie, mais je « pense que dans un mariage Votre Majesté ne me « conseilleroit pas de lui disputer quelque chose. « — Je vous le conseillerois en cette occasion, « reprit le roi; mais vous n'auriez rien à lui dis- « puter; je sais qu'il a d'autres pensées; et, quand « il n'en auroit pas, la reine Marie s'est trop mal « trouvée du joug de l'Espagne pour croire que

« sa sœur le veuille reprendre, et qu'elle se laisse
« éblouir à l'éclat de tant de couronnes jointes
« ensemble. — Si elle ne s'en laisse pas éblouir,
« repartit M. de Nemours, il y a apparence
« qu'elle voudra se rendre heureuse par l'amour.
« Elle a aimé le milord Courtenay il y a déjà
« quelques années; il étoit aussi aimé de la reine
« Marie, qui l'auroit épousé du consentement de
« toute l'Angleterre, sans qu'elle connût que la
« jeunesse et la beauté de sa sœur Élisabeth le
« touchoient davantage que l'espérance de régner.
« Votre Majesté sait que les violentes jalousies
« qu'elle en eut la portèrent à les mettre l'un et
« l'autre en prison, à exiler ensuite le milord
« Courtenay, et la déterminèrent enfin à épouser
« le roi d'Espagne. Je crois qu'Élisabeth, qui est
« présentement sur le trône, rappellera bientôt ce
« milord, et qu'elle choisira un homme qu'elle a
« aimé, qui est fort aimable, qui a tant souffert
« pour elle, plutôt qu'un autre qu'elle n'a jamais vu.
« — Je serois de votre avis, repartit le roi, si
« Courtenay vivoit encore; mais j'ai su, depuis
« quelques jours, qu'il est mort à Padoue, où il
« étoit relégué. Je vois bien, ajouta-t-il en quit-
« tant M. de Nemours, qu'il faudroit faire votre
« mariage comme on feroit celui de M. le dau-
« phin, et envoyer épouser la reine d'Angleterre
« par des ambassadeurs. »

« M. d'Anville et M. le Vidame, qui étoient
chez le roi avec M. de Nemours, sont persuadés

que c'est cette même passion dont il est occupé qui le détourne d'un si grand dessein. Le vidame, qui le voit de plus près que personne, a dit à Mme de Martigues que ce prince est tellement changé qu'il ne le reconnoît plus; et ce qui l'étonne davantage, c'est qu'il ne lui voit aucun commerce, ni aucune heure particulière où il se dérobe, en sorte qu'il croit qu'il n'a point d'intelligence avec la personne qu'il aime; et c'est ce qui fait méconnoître M. de Nemours de lui voir aimer une femme qui ne répond point à son amour. »

Quel poison pour Mme de Clèves que le discours de madame la dauphine! Le moyen de ne se pas reconnoître pour cette personne dont on ne savoit point le nom? et le moyen de n'être pas pénétrée de reconnoissance et de tendresse en apprenant, par une voie qui ne lui pouvoit être suspecte, que ce prince, qui touchoit déjà son cœur, cachoit sa passion à tout le monde et négligeoit, pour l'amour d'elle, les espérances d'une couronne! Aussi ne peut-on représenter ce qu'elle sentit et le trouble qui s'éleva dans son âme. Si madame la dauphine l'eût regardée avec attention, elle eût aisément remarqué que les choses qu'elle venoit de dire ne lui étoient pas indifférentes; mais, comme elle n'avoit aucun soupçon de la vérité, elle continua de parler sans y faire de réflexion. « M. d'Anville, ajouta-t-elle, qui, comme je vous viens de dire, m'a appris tout ce détail, m'en croit mieux instruite que lui, et il a une si grande opinion de mes charmes qu'il est persuadé que je suis la seule personne qui puisse faire de si grands changemens en M. de Nemours. »

Ces dernières paroles de madame la dauphine donnèrent une autre sorte de trouble à Mme de Clèves que celui qu'elle avoit eu quelques momens auparavant. « Je serois aisément de l'avis de M. d'Anville, répondit-elle ; et il y a beaucoup d'apparence, Madame, qu'il ne faut pas moins qu'une princesse telle que vous pour faire mépriser la reine d'Angleterre. — Je vous l'avouerois, si je le savois, repartit madame la dauphine, et je le saurois, s'il étoit véritable. Ces sortes de passions n'échappent point à la vue de celles qui les causent : elles s'en aperçoivent les premières. M. de Nemours ne m'a jamais témoigné que de légères complaisances ; mais il y a néanmoins une si grande différence de la manière dont il a vécu avec moi à celle dont il y vit présentement que je puis vous répondre que je ne suis pas la cause de l'indifférence qu'il a pour la couronne d'Angleterre.

« Je m'oublie avec vous, ajouta madame la dauphine, et je ne me souviens pas qu'il faut que j'aille voir Madame. Vous savez que la paix est quasi conclue ; mais vous ne savez pas que le roi d'Espagne n'a voulu passer aucun article qu'à condition d'épouser cette princesse, au lieu du prince don Carlos, son fils. Le roi a eu beaucoup de peine à s'y résoudre ; enfin il y a consenti, et il est allé tantôt annoncer cette nouvelle à Ma-

dame. Je crois qu'elle sera inconsolable ; ce n'est
pas une chose qui puisse plaire d'épouser un
homme de l'âge et de l'humeur du roi d'Espagne,
surtout à elle qui a toute la joie que donne la
première jeunesse jointe à la beauté, et qui s'attendoit d'épouser un jeune prince pour qui elle a
de l'inclination sans l'avoir vu. Je ne sais si le roi
en elle trouvera toute l'obéissance qu'il désire : il
m'a chargée de la voir, parce qu'il sait qu'elle
m'aime, et qu'il croit que j'aurai quelque pouvoir
sur son esprit. Je ferai ensuite une autre visite bien
différente : j'irai me réjouir avec Madame, sœur
du roi. Tout est arrêté pour son mariage avec
M. de Savoie ; et il sera ici dans peu de temps.
Jamais personne de l'âge de cette princesse n'a
eu une joie si entière de se marier. La cour va
être plus belle et plus grosse qu'on ne l'a jamais vue,
et, malgré votre affliction, il faut que vous veniez
nous aider à faire connoître aux étrangers que
nous n'avons pas de médiocres beautés. »

Après ces paroles, madame la dauphine quitta
Mme de Clèves, et, le lendemain, le mariage de
Madame fut su de tout le monde. Les jours suivans, le roi et les reines allèrent voir Mme de
Clèves. M. de Nemours, qui avoit attendu son retour avec une extrême impatience, et qui souhaitoit ardemment de lui pouvoir parler sans témoins,
attendit, pour aller chez elle, l'heure que tout le
monde en sortiroit, et qu'apparemment il ne reviendroit plus personne. Il réussit dans son des-

sein, et il arriva comme les dernières visites en sortoient.

Cette princesse étoit sur son lit ; il faisoit chaud, et la vue de M. de Nemours acheva de lui donner une rougeur qui ne diminuoit pas sa beauté. Il s'assit vis-à-vis d'elle, avec cette crainte et cette timidité que donnent les véritables passions. Il demeura quelque temps sans pouvoir parler. Mme de Clèves n'étoit pas moins interdite, de sorte qu'ils gardèrent assez longtemps le silence.

Enfin M. de Nemours prit la parole, et lui fit des complimens sur son affliction ; Mme de Clèves, étant bien aise de continuer la conversation sur ce sujet, parla assez longtemps de la perte qu'elle avoit faite, et, enfin, elle dit que, quand le temps auroit diminué la violence de sa douleur, il lui en demeureroit toujours une si forte impression que son humeur en seroit changée. « Les grandes afflictions et les passions violentes, repartit M. de Nemours, font de grands changemens dans l'esprit ; et, pour moi, je ne me reconnois pas depuis que je suis revenu de Flandre. Beaucoup de gens ont remarqué ce changement, et même madame la dauphine m'en parloit encore hier. — Il est vrai, repartit Mme de Clèves, qu'elle l'a remarqué, et je crois lui en avoir ouï dire quelque chose. — Je ne suis pas fâché, Madame, répliqua M. de Nemours, qu'elle s'en soit aperçue ; mais je voudrois qu'elle ne fût pas la seule à s'en apercevoir. Il y a des personnes à qui on n'ose donner d'autres

marques de la passion qu'on a pour elles que par
les choses qui ne les regardent point ; et, n'osant
leur faire paroître qu'on les aime, on voudroit du
moins qu'elles vissent que l'on ne veut être aimé
de personne. L'on voudroit qu'elles sussent qu'il
n'y a point de beauté, dans quelque rang qu'elle
pût être, que l'on ne regardât avec indifférence,
et qu'il n'y a point de couronne que l'on voulût
acheter au prix de ne les voir jamais. Les femmes
jugent d'ordinaire de la passion qu'on a pour elles,
continua-t-il, par le soin qu'on prend de leur
plaire et de les chercher ; mais ce n'est pas une
chose difficile, pour peu qu'elles soient aimables ;
ce qui est difficile, c'est de ne pas s'abandonner
au plaisir de les suivre, c'est de les éviter, par la
peur de laisser paroître au public, et quasi à elles-
mêmes, les sentimens que l'on a pour elles ; et ce
qui marque encore mieux un véritable attachement, c'est de devenir entièrement opposé à ce que
l'on étoit, et de n'avoir plus d'ambition, ni de plaisir, après avoir été toute sa vie occupé de l'un et
de l'autre. »

Mme de Clèves entendoit aisément la part qu'elle
avoit à ces paroles. Il lui sembloit qu'elle devoit y
répondre et ne les pas souffrir. Il lui sembloit aussi
qu'elle ne devoit pas les entendre, ni témoigner
qu'elle les prît pour elle ; elle croyoit devoir parler, et croyoit ne devoir rien dire. Le discours de
M. de Nemours lui plaisoit et l'offensoit quasi
également ; elle y voyoit la confirmation de tout ce

que lui avoit fait penser madame la dauphine ; elle
y trouvoit quelque chose de galant et de respec-
tueux, mais aussi quelque chose de hardi et de trop
intelligible.   L'inclination qu'elle avoit pour ce
prince lui donnoit un trouble dont elle n'étoit pas
maîtresse. Les paroles les plus obscures d'un homme
qui plaît donnent plus d'agitation que des déclarations ouvertes d'un homme qui ne plaît pas. Elle
demeuroit donc sans répondre, et M. de Nemours
se fût aperçu de son silence, dont il n'auroit peut-
être pas tiré de mauvais présages, si l'arrivée de
M. de Clèves n'eût fini la conversation et sa visite.

Ce prince venoit conter à sa femme des nouvelles de Sancerre ; mais elle n'avoit pas une
grande curiosité pour la suite de cette aventure.
Elle étoit si occupée de ce qui venoit de se passer
qu'à peine pouvoit-elle cacher la distraction de son
esprit. Quand elle fut en liberté de rêver, elle connut bien qu'elle s'étoit trompée lorsqu'elle avoit
cru n'avoir plus que de l'indifférence pour M. de
Nemours. Ce qu'il lui avoit dit avoit fait toute
l'impression qu'il pouvoit souhaiter, et l'avoit entièrement persuadée de sa passion. Les actions de
ce prince s'accordoient trop bien avec ses paroles
pour laisser quelque doute à cette princesse. Elle
ne se flatta plus de l'espérance de ne le pas aimer ;
elle songea seulement à ne lui en donner jamais aucune marque. C'étoit une entreprise difficile, dont
elle connoissoit déjà les peines ; elle savoit que le

seul moyen d'y réussir étoit d'éviter la présence
de ce prince, et, comme son deuil lui donnoit lieu
d'être plus retirée que de coutume, elle se servit
de ce prétexte pour n'aller plus dans les lieux où
il la pouvoit voir. Elle étoit dans une tristesse profonde; la mort de sa mère en paroissoit la cause,
et l'on n'en cherchoit point d'autre.

M. de Nemours étoit désespéré de ne la voir
presque plus; et, sachant qu'il ne la trouveroit dans
aucune assemblée et dans aucun des divertissemens
où étoit toute la cour, il ne pouvoit se résoudre
d'y paroître; il feignit une passion grande pour la
chasse, et il en faisoit des parties les mêmes jours
qu'il y avoit des assemblées chez les reines. Une
légère maladie lui servit longtemps de prétexte
pour demeurer chez lui, et pour éviter d'aller dans
tous les lieux où il savoit bien que Mme de Clèves
ne seroit pas.

M. de Clèves fut malade à peu près dans le
même temps. Mme de Clèves ne sortit point de
sa chambre pendant son mal; mais, quand il se
porta mieux, qu'il vit du monde, et entre autres
M. de Nemours, qui, sur le prétexte d'être encore
foible, y passoit la plus grande partie du jour, elle
trouva qu'elle n'y pouvoit plus demeurer; elle
n'eut pas néanmoins la force d'en sortir les premières fois qu'il y vint : il y avoit trop longtemps
qu'elle ne l'avoit vu pour se résoudre à ne le
voir pas. Ce prince trouva le moyen de lui faire
entendre par des discours qui ne sembloient que

généraux, mais qu'elle entendoit néanmoins parce qu'ils avoient du rapport à ce qu'il lui avoit dit chez elle, qu'il alloit à la chasse pour rêver, et qu'il n'alloit point aux assemblées par ce qu'elle n'y étoit pas.

Elle exécuta enfin la résolution qu'elle avoit prise de sortir de chez son mari, lorsqu'il y seroit; ce fut toutefois en se faisant une extrême violence. Ce prince vit bien qu'elle le fuyoit, et en fut sensiblement touché.

M. de Clèves ne prit pas garde d'abord à la conduite de sa femme; mais enfin il s'aperçut qu'elle ne vouloit pas être dans sa chambre lorsqu'il y avoit du monde. Il lui en parla, et elle lui répondit qu'elle ne croyoit pas que la bienséance voulût qu'elle fût tous les soirs avec ce qu'il y avoit de plus jeune à la cour; qu'elle le supplioit de trouver bon qu'elle fît une vie plus retirée qu'elle n'avoit accoutumé; que la vertu et la présence de sa mère autorisoient beaucoup de choses qu'une femme de son âge ne pouvoit soutenir.

M. de Clèves, qui avoit naturellement beaucoup de douceur et de complaisance pour sa femme, n'en eut pas en cette occasion, et il lui dit qu'il ne vouloit pas absolument qu'elle changeât de conduite. Elle fut prête de lui dire que le bruit étoit dans le monde que M. de Nemours étoit amoureux d'elle; mais elle n'eut pas la force de le nommer. Elle sentit aussi de la honte de se vouloir servir d'une fausse raison, et de déguiser la vérité à un homme qui avoit si bonne opinion d'elle.

Quelques jours après, le roi étoit chez la reine à l'heure du cercle; l'on parla des horoscopes et des prédictions : les opinions étoient partagées sur la croyance que l'on y devoit donner. La reine y ajoutoit beaucoup de foi; elle soutint qu'après tant de choses qui avoient été prédites, et que l'on avoit vues arriver, on ne pouvoit douter qu'il n'y eût quelque certitude dans cette science. D'autres soutenoient que, parmi ce nombre infini de prédictions, le peu qui se trouvoit véritable faisoit bien voir que ce n'étoit qu'un effet du hasard.

« J'ai eu autrefois beaucoup de curiosité pour l'avenir, dit le roi; mais on m'a dit tant de choses fausses et si peu vraisemblables que je suis demeuré convaincu que l'on ne peut rien savoir de véritable. Il y a quelques années qu'il vint ici un homme d'une grande réputation dans l'astrologie. Tout le monde l'alla voir : j'y allai comme les autres, mais sans lui dire qui j'étois, et je menai M. de Guise et d'Escars; je les fis passer les premiers. L'astrologue néanmoins s'adressa d'abord à moi, comme s'il m'eût jugé le maître des autres : peut-être qu'il me connoissoit; cependant il me dit une chose qui ne me convenoit pas, s'il m'eût connu. Il me prédit que je serois tué en duel. Il dit ensuite à M. de Guise qu'il seroit tué par derrière, et à d'Escars qu'il auroit la tête cassée d'un coup de pied de cheval. M. de Guise s'offensa quasi de cette

prédiction, comme si on l'eût accusé de devoir fuir.
D'Escars ne fut guère satisfait de trouver qu'il devoit finir par un accident si malheureux. Enfin,
nous sortîmes tous très mal contens de l'astrologue.
Je ne sais ce qui arrivera à M. de Guise et à d'Escars ; mais il n'y a guère d'apparence que je sois
tué en duel Nous venons de faire la paix, le roi
d'Espagne et moi ; et, quand nous ne l'aurions pas
faite, je doute que nous nous battions, et que je
le fisse appeler comme le roi mon père fit appeler
Charles-Quint. »

Après le malheur que le roi conta qu'on lui avoit
prédit, ceux qui avoient soutenu l'astrologie en
abandonnèrent le parti, et tombèrent d'accord
qu'il n'y falloit donner aucune croyance. « Pour
moi, dit tout haut M. de Nemours, je suis l'homme du monde qui dois le moins y en avoir » ; et, se
retournant vers Mme de Clèves, auprès de qui il
étoit : « On m'a prédit, lui dit-il tout bas, que je
serois heureux par les bontés de la personne du
monde pour qui j'aurois la plus violente et la plus
respectueuse passion. Vous pouvez juger, Madame,
si je dois croire aux prédictions. »

Madame la dauphine, qui crut, par ce que
M. de Nemours avoit dit tout haut, que ce qu'il
disoit tout bas étoit quelque fausse prédiction qu'on
lui avoit faite, demanda à ce prince ce qu'il disoit
à Mme de Clèves. S'il eût eu moins de présence
d'esprit, il eût été surpris de cette demande ; mais,
prenant la parole sans hésiter : « Je lui disois, Ma-

dame, répondit-il, que l'on m'a prédit que je serois élevé à une si haute fortune que je n'oserois
même y prétendre. — Si l'on ne vous a fait que
cette prédiction, repartit madame la dauphine en
souriant, et pensant à l'affaire d'Angleterre, je ne
vous conseille pas de décrier l'astrologie, et vous
pourriez trouver des raisons pour la soutenir. »
Mᵐᵉ de Clèves comprit bien ce que vouloit
dire madame la dauphine ; mais elle entendoit bien
aussi que la fortune dont M. de Nemours vouloit
parler n'étoit pas d'être roi d'Angleterre.

Comme il y avoit déjà assez longtemps de la
mort de sa mère, il falloit qu'elle commençât à paroître dans le monde, et à faire sa cour comme
elle avoit accoutumé : elle voyoit M. de Nemours
chez madame la dauphine ; elle le voyoit chez
M. de Clèves, où il venoit souvent avec d'autres
personnes de qualité de son âge, afin de ne se pas
faire remarquer ; mais elle ne le voyoit plus qu'a-
vec un trouble dont il s'apercevoit aisément.

Quelque application qu'elle eût à éviter ses regards et à lui parler moins qu'à un autre, il lui
échappoit de certaines choses qui partoient d'un
premier mouvement qui faisoit juger à ce prince
qu'il ne lui étoit pas indifférent. Un homme moins
pénétrant que lui ne s'en fût peut-être pas aperçu ; mais il avoit déjà été aimé tant de fois qu'il
étoit difficile qu'il ne connût pas quand on l'aimoit.
Il voyoit bien que le chevalier de Guise étoit son
rival, et ce prince connoissoit que M. de Nemours

étoit le sien. Il étoit le seul homme de la cour qui
eût démêlé cette vérité; son intérêt l'avoit rendu
plus clairvoyant que les autres; la connoissance
qu'ils avoient de leurs sentimens leur donnoit une
aigreur qui paroissoit en toutes choses, sans éclater
néanmoins par aucun démêlé; mais ils étoient opposés en tout. Ils étoient toujours de différent
parti dans les courses de bagues, dans les combats
à la barrière et dans tous les divertissemens où le
roi s'occupoit; et leur émulation étoit si grande
qu'elle ne se pouvoit cacher.

L'affaire d'Angleterre revenoit souvent dans
l'esprit de Mme de Clèves : il lui sembloit que M. de
Nemours ne résisteroit point aux conseils du roi
et aux instances de Lignerolles. Elle voyoit avec
peine que ce dernier n'étoit point encore de retour, et elle l'attendoit avec impatience. Si elle eût
suivi ses mouvemens, elle se seroit informée avec
soin de l'état de cette affaire ; mais le même
sentiment qui lui donnoit de la curiosité l'obligeoit
à la cacher, et elle s'enquéroit seulement de la
beauté, de l'esprit et de l'humeur de la reine Élisabeth. On apporta un de ses portraits chez le roi,
qu'elle trouva plus beau qu'elle n'avoit envie de le
trouver; et elle ne put s'empêcher de dire qu'il
étoit flatté. « Je ne le crois pas, reprit madame la
dauphine, qui étoit présente ; cette princesse a la
réputation d'être belle, et d'avoir un esprit fort au-
dessus du commun, et je sais bien qu'on me l'a
proposée toute ma vie pour exemple. Elle doit être

aimable, si elle ressemble à Anne de Boulen, sa
mère. Jamais femme n'a eu tant de charmes et tant
d'agrémens dans sa personne et dans son humeur.
J'ai ouï dire que son visage avoit quelque chose de
vif et de singulier, et qu'elle n'avoit aucune ressemblance avec les autres beautés angloises. —
Il me semble aussi, reprit Mme de Clèves, que l'on
dit qu'elle étoit née en France. — Ceux qui l'ont
cru se sont trompés, répondit madame la dauphine,
et je vais vous conter son histoire en peu de
mots.

« Elle étoit d'une bonne maison d'Angleterre.
Henri VIII avoit été amoureux de sa sœur et de sa
mère et l'on a même soupçonné qu'elle étoit sa fille.
Elle vint ici avec la sœur de Henri VII, qui épousa
le roi Louis XII. Cette princesse, qui étoit jeune et
galante, eut beaucoup de peine à quitter la cour de
France après la mort de son mari ; mais Anne de
Boulen, qui avoit les mêmes inclinations que sa
maîtresse, ne se put résoudre à en partir. Le feu
roi en étoit amoureux, et elle demeura fille d'honneur de la reine Claude. Cette reine mourut, et
madame Marguerite, sœur du roi, duchesse d'A-
lençon, et depuis reine de Navarre, dont vous avez
vu les contes, la prit auprès d'elle, et elle prit auprès de cette princesse les teintures de la religion
nouvelle. Elle retourna ensuite en Angleterre, et y
charma tout le monde ; elle avoit les manières de
France qui plaisent à toutes les nations ; elle chantoit bien ; elle dansoit admirablement ; on la mit

fille de la reine Catherine d'Aragon, et le roi
Henri VIII en devint éperdument amoureux.

« Le cardinal de Wolsey, son favori et son premier ministre, avoit prétendu au pontificat ; et,
mal satisfait de l'Empereur, qui ne l'avoit pas soutenu dans cette prétention, il résolut de s'en venger,
et d'unir le roi son maître à la France. Il mit dans
l'esprit de Henri VIII que son mariage avec la
tante de l'Empereur étoit nul, et lui proposa d'é-
pouser la duchesse d'Alençon, dont le mari venoit
de mourir. Anne de Boulen, qui avoit de l'ambition, regarda ce divorce comme un chemin qui la
pouvoit conduire au trône. Elle commença à donner au roi d'Angleterre des impressions de la religion de Luther, et engagea le feu roi à favoriser à
Rome le divorce de Henri, sur l'espérance du mariage de Mme d'Alençon. Le cardinal de Wolsey se
fit députer en France, sur d'autres prétextes, pour
traiter cette affaire ; mais son maître ne put se résoudre à souffrir qu'on en fît seulement la proposition, et il lui envoya un ordre, à Calais, de ne
point parler de ce mariage.

« Au retour de France, le cardinal de Wolsey fut
reçu avec des honneurs pareils à ceux que l'on rendoit au roi même : jamais favori n'a porté l'orgueil
et la vanité à un si haut point. Il ménagea une entrevue entre les deux rois, qui se fit à Boulogne.
François Ier donna la main à Henri VIII, qui ne la
vouloit point recevoir ; ils se traitèrent tour à tour
avec une magnificence extraordinaire, et se don-

nèrent des habits pareils à ceux qu'ils avoient fait faire pour eux-mêmes. Je me souviens d'avoir ouï dire que ceux que le feu roi envoya au roi d'Angleterre étoient de satin cramoisi, chamarré en triangle, avec des perles et des diamans, et la robe de velours blanc brodé d'or. Après avoir été quelques jours à Boulogne, ils allèrent encore à Calais. Anne de Boulen étoit logée chez Henri VIII avec le train d'une reine ; et François Ier lui fit les mêmes présens et lui rendit les mêmes honneurs que si elle l'eût été. Enfin, après une passion de neuf années, Henri l'épousa sans attendre la dissolution de son premier mariage, qu'il demandoit à Rome depuis longtemps. Le pape prononça les fulminations contre lui avec précipitation, et Henri en fut tellement irrité qu'il se déclara chef de la religion, et entraîna toute l'Angleterre dans le malheureux changement où vous la voyez.

« Anne de Boulen ne jouit pas longtemps de sa grandeur : car, lorsqu'elle la croyoit plus assurée par la mort de Catherine d'Aragon, un jour qu'elle assistoit avec toute la cour à des courses de bagues que faisoit le vicomte de Rochefort, son frère, le roi en fut frappé d'une telle jalousie qu'il quitta brusquement le spectacle, s'en vint à Londres, et laissa ordre d'arrêter la reine, le vicomte de Rochefort et plusieurs autres qu'il croyoit amans ou confidens de cette princesse. Quoique cette jalousie parût née dans ce moment, il y avoit déjà quelque temps qu'elle lui avoit été inspirée par la

vicomtesse de Rochefort, qui, ne pouvant souffrir
la liaison étroite de son mari avec la reine, la fit
regarder au roi comme une amitié criminelle ; en
sorte que ce prince, qui d'ailleurs étoit amoureux
de Jeanne Seimer, ne songea qu'à se défaire
d'Anne de Boulen. En moins de trois semaines il
fit faire le procès à cette reine et à son frère, leur
fit couper la tête, et épousa Jeanne Seimer. Il eut
ensuite plusieurs femmes qu'il répudia ou qu'il fit
mourir, et entre autres Catherine Howard, dont la
comtesse de Rochefort étoit confidente, et qui eut
la tête coupée avec elle. Elle fut ainsi punie des
crimes qu'elle avoit supposés à Anne de Boulen, et
Henri VIII mourut, étant devenu d'une grosseur
prodigieuse. »

Toutes les dames qui étoient présentes au récit
de madame la dauphine la remercièrent de les avoir
si bien instruites de la cour d'Angleterre, et entre
autres Mme de Clèves, qui ne put s'empêcher
de lui faire encore plusieurs questions sur la reine
Elisabeth.

La reine dauphine faisoit faire des portraits en
petit de toutes les belles personnes de la cour, pour
les envoyer à la reine sa mère. Le jour qu'on achevoit celui de Mme de Clèves, madame la dauphine
vint passer l'après-dînée chez elle. M. de Nemours
ne manqua pas de s'y trouver : il ne laissoit échapper aucune occasion de voir Mme de Clèves, sans
laisser paroître néanmoins qu'il les cherchât. Elle
étoit si belle ce jour-là qu'il en seroit devenu

amoureux, quand il ne l'auroit pas été : il n'osoit
pourtant avoir les yeux attachés sur elle pendant
qu'on la peignoit, et il craignoit de laisser trop
voir le plaisir qu'il avoit à la regarder.

Madame la dauphine demanda à M. de Clèves
un petit portrait qu'il avoit de sa femme, pour le
voir auprès de celui qu'on achevoit ; tout le monde
dit son sentiment de l'un et de l'autre, et Mme de
Clèves ordonna au peintre de raccommoder quelque
chose à la coiffure de celui qu'on venoit d'apporter. Le peintre, pour lui obéir, ôta le portrait de
la boîte où il étoit, et, après y avoir travaillé,
il le remit sur la table.

Il y avoit longtemps que M. de Nemours souhaitoit d'avoir le portrait de Mme de Clèves.
Lorsqu'il vit celui qui étoit à M. de Clèves, il ne
put résister à l'envie de le dérober à un mari qu'il
croyoit tendrement aimé ; et il pensa que, parmi
tant de personnes qui étoient dans ce même lieu,
il ne seroit pas soupçonné plutôt qu'un autre.

Madame la dauphine étoit assise sur le lit, et
parloit bas à Mme de Clèves, qui étoit debout devant elle. Mme de Clèves aperçut, par un des ri-
deaux qui n'étoit qu'à demi fermé, M. de Nemours
le dos contre la table, qui étoit au pied du lit, et
elle vit que, sans tourner la tête, il prenoit adroi-
tement quelque chose sur cette table. Elle n'eut
pas de peine à deviner que c'étoit son portrait,
et elle en fut si troublée que madame la dauphine
remarqua qu'elle ne l'écoutoit pas, et lui demanda

tout haut ce qu'elle regardoit. M. de Nemours se tourna à ces paroles ; il rencontra les yeux de Mme de Clèves, qui étoient encore attachés sur lui, et il pensa qu'il n'étoit pas impossible qu'elle eût vu ce qu'il venoit de faire.

Mme de Clèves n'étoit pas peu embarrassée : la raison vouloit qu'elle demandât son portrait ; mais, en le demandant publiquement, c'étoit apprendre à tout le monde les sentimens que ce prince avoit pour elle, et, en le lui demandant en particulier, c'étoit quasi l'engager à lui parler de sa passion : enfin, elle jugea qu'il valoit mieux le lui laisser, et elle fut bien aise de lui accorder une faveur qu'elle lui pouvoit faire, sans qu'il sût même qu'elle la lui faisoit. M. de Nemours, qui remarquoit son embarras, et qui en devinoit quasi la cause, s'approcha d'elle, et lui dit tout bas : « Si vous avez vu ce que j'ai osé faire, ayez la bonté, Madame, de me laisser croire que vous l'ignorez, je n'ose vous en demander davantage » ; et il se retira après ces paroles, et n'attendit point sa réponse.

Madame la dauphine sortit pour s'aller promener, suivie de toutes les dames, et M. de Nemours alla se renfermer chez lui, ne pouvant soutenir en public la joie d'avoir un portrait de Mme de Clèves. Il sentoit tout ce que la passion peut faire sentir de plus agréable ; il aimoit la plus aimable personne de la cour ; il s'en faisoit aimer malgré elle, et il voyoit dans toutes ses actions cette sorte de trou-

ble et d'embarras que cause l'amour dans l'innocence de la première jeunesse.

Le soir on chercha ce portrait avec beaucoup de
soin ; comme on trouvoit la boîte où il devoit être,
l'on ne soupçonna point qu'il eût été dérobé, et
l'on crut qu'il étoit tombé par hasard. M. de
Clèves étoit affligé de cette perte, et, après qu'on
l'eut encore cherché inutilement, il dit à sa femme,
mais d'une manière qui faisoit voir qu'il ne le pensoit pas, qu'elle avoit sans doute quelque amant
caché, à qui elle avoit donné ce portrait ou qui
l'avoit dérobé, et qu'un autre qu'un amant ne se
seroit pas contenté de la peinture sans la boîte.

Ces paroles, quoique dites en riant, firent une
vive impression dans l'esprit de Mme de Clèves :
elles lui donnèrent des remords ; elle fit réflexion
à la violence de l'inclination qui l'entraînoit vers
M. de Nemours ; elle trouva qu'elle n'étoit plus
maîtresse de ses paroles et de son visage : elle pensa
que Lignerolles étoit revenu ; qu'elle ne craignoit
plus l'affaire d'Angleterre ; qu'elle n'avoit plus de
soupçons sur madame la dauphine ; qu'enfin il n'y
avoit plus rien qui la pût défendre, et qu'il n'y
avoit de sûreté pour elle qu'en s'éloignant. Mais,
comme elle n'étoit pas maîtresse de s'éloigner, elle
se trouvoit dans une grande extrémité et prête à
tomber dans ce qui lui paroissoit le plus grand des
malheurs, qui étoit de laisser voir à M. de Nemours l'inclination qu'elle avoit pour lui. Elle se
souvenoit de tout ce que Mme de Chartres lui avoit

dit en mourant, et des conseils qu'elle lui avoit
donnés de prendre toutes sortes de partis, quelque
difficiles qu'ils pussent être, plutôt que de s'em-
barquer dans une galanterie. Ce que M. de Clèves
lui avoit dit sur la sincérité, en parlant de Mme de
Tournon, lui revint dans l'esprit; il lui sembla
qu'elle lui devoit avouer l'inclination qu'elle avoit
pour M. de Nemours. Cette pensée l'occupa
longtemps; ensuite elle fut étonnée de l'avoir eue;
elle y trouva de la folie, et retomba dans l'embarras de ne savoir quel parti prendre.

La paix étoit signée; Mme Élisabeth, après
beaucoup de répugnance, s'étoit résolue à obéir au
roi son père. Le duc d'Albe avoit été nommé pour
venir l'épouser au nom du Roi Catholique, et il
devoit bientôt arriver. L'on attendoit le duc de
Savoie, qui venoit épouser Madame, sœur du roi, et
dont les noces se dévoient faire en même temps. Le
roi ne songeoit qu'à rendre ces noces célèbres, par
des divertissemens où il pût faire paroître l'adresse
et la magnificence de sa cour. On proposa tout ce
qui se pouvoit faire de plus grand pour des ballets et des comédies; mais le roi trouva ces divertissemens trop particuliers, et il en voulut d'un
plus grand éclat.

Il résolut de faire un tournoi, où les étrangers
seroient reçus, et dont le peuple pourroit être
spectateur. Tous les princes et les jeunes seigneurs
entrèrent avec joie dans le dessein du roi, et surtout le duc de Ferrare, M. de Guise et M. de

Nemours, qui surpassoient tous les autres dans ces sortes d'exercices. Le roi les choisit pour être avec lui les quatre tenans du tournoi.

L'on fit publier par tout le royaume qu'en la ville de Paris le pas étoit ouvert au quinzième juin par Sa Majesté Très Chrétienne, et par les princes Alphonse d'Est, duc de Ferrare, François de Lorraine, duc de Guise, et Jacques de Savoie, duc de Nemours, pour être tenu contre tous venans : à commencer le premier combat à cheval en lice, en double pièce, quatre coups de lance et un pour les dames ; le deuxième combat, à coups d'épée, un à un, ou deux à deux, à la volonté des maîtres du camp ; le troisième combat, à pied, trois coups de pique et six coups d'épée ; que les tenans fourniroient de lances, d'épées et de piques, au choix des assaillans, et que, si en courant on donnoit au cheval, on seroit mis hors des rangs ; qu'il y auroit quatre maîtres du camp pour donner les ordres, et que ceux des assaillans qui auroient le plus rompu et le mieux fait auroient un prix dont la valeur seroit à la discrétion des juges ; que tous les assaillans, tant françois qu'étrangers, seroient tenus de venir toucher à l'un des écus qui seroient pendus au perron au bout de la lice, ou à plusieurs, selon leur choix ; que là ils trouveroient un officier d'armes qui les recevroit pour les enrôler selon leur rang et selon les écus qu'ils auroient touchés ; que les assaillans seroient tenus de faire apporter par un gentilhomme leur écu avec leurs armes pour

13

le pendre au perron trois jours avant le commencement du tournoi ; qu'autrement, ils n'y seroient point reçus sans le congé des tenans.

On fit faire une grande lice proche de la Bastille, qui venoit du château des Tournelles, qui traversoit la rue Saint-Antoine, et qui alloit rendre aux écuries royales. Il y avoit des deux côtés des échafauds et des amphithéâtres, avec des loges couvertes, qui formoient des espèces de galeries qui faisoient un très bel effet à la vue, et qui pouvoient contenir un nombre infini de personnes. Tous les princes et seigneurs ne furent plus occupés que du soin d'ordonner ce qui leur étoit nécessaire pour paroître avec éclat, et pour mêler dans leurs chiffres ou dans leurs devises quelque chose de galant qui eût rapport aux personnes qu'ils aimoient.

Peu de jours avant l'arrivée du duc d'Albe, le roi fit une partie de paume avec M. de Nemours, le chevalier de Guise et le vidame de Chartres. Les reines les allèrent voir jouer, suivies de toutes les dames, et entre autres de Mme de Clèves. Après que la partie fut finie, comme l'on sortoit du jeu de paume, Châtelart s'approcha de la reine dauphine, et lui dit que le hasard lui venoit de mettre entre les mains une lettre de galanterie qui étoit tombée de la poche de M. de Nemours. Cette reine, qui avoit toujours de la curiosité pour ce qui regardoit ce prince, dit à Châtelart de la lui donner ; elle la prit et suivit la reine sa belle-mère, qui s'en alloit avec le roi voir travailler à la lice. Après

que 'on y eut été quelque temps, le roi fit ame-
ner des chevaux qu'il avoit fait venir depuis peu.
Quoiqu'ils ne fussent pas encore dressés, il les
voulut monter, et en fit donner à tous ceux qui
l'avoient suivi. Le roi et M. de Nemours se trouvèrent sur les plus fougueux ; ces chevaux se voulu-
rent jeter l'un à l'autre. M. de Nemours, par la
crainte de blesser le roi, recula brusquement, et
porta son cheval contre un pilier du manège avec
tant de violence que la secousse le fit chanceler.
On courut à lui, et on le crut considérablement
blessé. Mme de Clèves le crut encore plus blessé
que les autres. L'intérêt qu'elle y prenoit lui donna
une appréhension et un trouble qu'elle ne songea
pas à cacher ; elle s'approcha de lui avec les reines,
et avec un visage si changé qu'un homme moins
intéressé que le chevalier de Guise s'en fût aperçu :
aussi le remarqua-t-il aisément, et il eut bien plus
d'attention à l'état où étoit Mme de Clèves qu'à
celui où étoit M. de Nemours. Le coup que ce
prince s'étoit donné lui causa un si grand éblouis-
sement qu'il demeura quelque temps la tête penchée sur ceux qui le soutenoient. Quand il la releva,
il vit d'abord Mme de Clèves ; il connut sur son
visage la pitié qu'elle avoit de lui, et il la regarda
d'une sorte qui put lui faire juger combien il en
étoit touché. Il fit ensuite des remercîmens aux
reines de la bonté qu'elles lui témoignoient, et des
excuses de l'état où il avoit été devant elles. Le roi
lui ordonna de s'aller reposer.

Mme de Clèves, après s'être remise de la frayeur qu'elle avoit eue, fit bientôt réflexion aux marques qu'elle en avoit données. Le chevalier de Guise ne la laissa pas longtemps dans l'espérance que personne ne s'en seroit aperçu ; il lui donna la main pour la conduire hors de la lice. « Je suis plus à plaindre que M. de Nemours, Madame, lui dit-il ; pardonnez-moi si je sors de ce profond respect que j'ai toujours eu pour vous, et si je vous fais paroître la vive douleur que je sens de ce que je viens de voir : c'est la première fois que j'ai été assez hardi pour vous parler, et ce sera aussi la dernière. La mort ou du moins un éloignement éternel m'ôteront d'un lieu où je ne puis plus vivre, puisque je viens de perdre la triste consolation de croire que tous ceux qui osent vous regarder sont aussi malheureux que moi. »

Mme de Clèves ne répondit que quelques paroles mal arrangées, comme si elle n'eût pas entendu ce que signifioient celles du chevalier de Guise. Dans un autre temps, elle auroit été offensée qu'il lui eût parlé des sentimens qu'il avoit pour elle ; mais, dans ce moment, elle ne sentit que l'affliction de voir qu'il s'étoit aperçu de ceux qu'elle avoit pour M. de Nemours. Le chevalier de Guise en fut si convaincu et si pénétré de douleur que, dès ce jour, il prit la résolution de ne penser jamais à être aimé de Mme de Clèves. Mais, pour quitter cette entreprise qui lui avoit paru si difficile et si glorieuse, il en falloit quelque autre dont la grandeur

pût l'occuper. Il se mit dans l'esprit de prendre
Rhodes, dont il avoit déjà eu quelques pensées ; et,
quand la mort l'ôta du monde, dans la fleur de sa jeunesse et dans le temps qu'il avoit acquis la réputation d'un des plus grands princes de son siècle,
le seul regret qu'il témoigna de quitter la vie fut
de n'avoir pu exécuter une si belle résolution, dont
il croyoit le succès infaillible par tous les soins qu'il
en avoit pris.

Mme de Clèves, en sortant de la lice, alla chez
la reine, l'esprit bien occupé de ce qui s'étoit passé.
M. de Nemours y vint peu de temps après, habillé
magnifiquement, et comme un homme qui ne se
sentoit pas de l'accident qui lui étoit arrivé : il
paroissoit même plus gai que de coutume ; et la
joie de ce qu'il croyoit avoir vu lui donnoit un air
qui augmentoit encore son agrément. Tout le
monde fut surpris lorsqu'il entra, et il n'y eut personne qui ne lui demandât de ses nouvelles, excepté Mme de Clèves, qui demeura auprès de la
cheminée sans faire semblant de le voir. Le roi
sortit d'un cabinet où il étoit, et, le voyant parmi
les autres, il l'appela pour lui parler de son aventure. M. de Nemours passa auprès de Mme de
Clèves, et lui dit tout bas : « J'ai reçu aujour-
d'hui des marques de votre pitié, Madame ; mais
ce n'est pas de celles dont je suis le plus digne. »
Mme de Clèves s'étoit bien doutée que ce prince
s'étoit aperçu de la sensibilité qu'elle avoit eue
pour lui, et ses paroles lui firent voir qu'elle ne

s'étoit pas trompée. Ce lui étoit une grande douleur de voir qu'elle n'étoit plus maîtresse de cacher ses sentimens, et de les avoir laissés paroître au
chevalier de Guise. Elle en avoit aussi beaucoup
que M. de Nemours les connût; mais cette dernière douleur n'étoit pas si entière, et elle étoit
mêlée de quelque sorte de douceur.

La reine dauphine, qui avoit une extrême impatience de savoir ce qu'il y avoit dans la lettre que
Châtelart lui avoit donnée, s'approcha de Mᵐᵉ de
Clèves : « Allez lire cette lettre, lui dit-elle; elle s'a-
dresse à M. de Nemours, et, selon les apparences,
elle est de cette maîtresse pour qui il a quitté
toutes les autres : si vous ne la pouvez lire présentement, gardez-la, venez ce soir à mon coucher pour me la rendre, et pour me dire si vous
en connoissez l'écriture. » Madame la dauphine
quitta Mᵐᵉ de Clèves après ces paroles, et la laissa
si étonnée et dans un si grand saisissement qu'elle
fut quelque temps sans pouvoir sortir de sa place.
L'impatience et le trouble où elle étoit ne lui per-
mirent pas de demeurer chez la reine; elle s'en
alla chez elle, quoiqu'il ne fût pas l'heure où elle
avoit accoutumé de se retirer : elle tenoit cette
lettre avec une main tremblante; ses pensées étoient
si confuses qu'elle n'en avoit aucune distincte, et
elle se trouvoit dans une sorte de douleur insupportable qu'elle ne connoissoit point et qu'elle n'a-
voit jamais sentie. Sitôt qu'elle fut dans son cabinet, elle ouvrit cette lettre, et la trouva telle :

LETTRE

Je vous ai trop aimé pour vous laisser croire que le changement qui vous paroît en moi soit un effet de ma légèreté; je veux vous apprendre que votre infidélité en est la cause. Vous êtes bien surpris que je vous parle de votre infidélité; vous me l'aviez cachée avec tant d'adresse, et j'ai pris tant de soin de vous cacher que je la savois, que vous avez raison d'être étonné qu'elle me soit connue. Je suis surprise moi-même que j'aie pu ne vous en rien faire paroître. Jamais douleur n'a été pareille à la mienne: je croyois que vous aviez pour moi une passion violente; je ne vous cachois plus celle que j'avois pour vous; et, dans le temps que je vous la laissois voir tout entière, j'appris que vous me trompiez, que vous en aimiez une autre, et que, selon toutes les apparences, vous me sacrifiiez à cette nouvelle maîtresse. Je le sus le jour de la course de bague; c'est ce qui fit que je n'y allai point: je feignis d'être malade pour cacher le désordre de mon esprit; mais je le devins en effet, et mon corps ne put supporter une si violente agitation. Quand je commmençai à me porter mieux, je feignis encore d'être fort mal, afin d'avoir un prétexte de ne vous point voir et de ne vous point écrire. Je voulus avoir du temps pour résoudre de quelle sorte j'en devois user avec vous: je pris et je quittai vingt fois les mêmes résolutions; mais, enfin, je vous trouvai indigne de voir ma douleur, et

je résolus de ne vous la point faire paroître. Je voulus
blesser votre orgueil en vous faisant voir que ma
passion s'affoiblissoit d'elle-même. Je crus diminuer
par là le prix du sacrifice que vous en faisiez ; je
ne voulus pas que vous eussiez le plaisir de montrer
combien je vous aimois pour en paroître plus aimable.
Je résolus de vous écrire des lettres tièdes et languis-
santes, pour jeter dans l'esprit de celle à qui vous les
donniez que l'on cessoit de vous aimer. Je ne voulus
pas qu'elle eût le plaisir d'apprendre que je savois
qu'elle triomphoit de moi, ni augmenter son triomphe par mon désespoir et par mes reproches. Je pensai que je ne vous punirois pas assez en rompant
avec vous, et que je ne vous donnerois qu'une légère
douleur si je cessois de vous aimer lorsque vous ne
m'aimiez plus. Je trouvai qu'il falloit que vous m'ai-
massiez pour sentir le mal de n'être point aimé, que
j'éprouvois si cruellement. Je crus que, si quelque
chose pouvoit rallumer les sentimens que vous aviez
eus pour moi, c'étoit de vous faire voir que les miens
étoient changés, mais de vous le faire voir en feignant de vous le cacher, et comme si je n'eusse pas
eu la force de vous l'avouer. Je m'arrêtai à cette résolution ; mais qu'elle me fut difficile à prendre ! et
qu'en vous revoyant elle me parut impossible à exécuter ! Je fus prête cent fois à éclater par mes reproches et par mes pleurs : l'état où j'étois encore, par
ma santé, me servit à vous déguiser mon trouble et
mon affliction. Je fus soutenue ensuite par le plaisir
de dissimuler avec vous comme vous dissimuliez avec

moi ; néanmoins, je me faisois une si grande violence
pour vous dire et pour vous écrire que je vous aimois,
que vous vîtes plus tôt que je n'avois eu dessein de
vous le laisser voir que mes sentimens étoient changés.
Vous en fûtes blessé ; vous vous en plaignîtes : je
tâchois de vous rassurer ; mais c'étoit d'une manière
si forcée que vous en étiez encore mieux persuadé que
je ne vous aimois plus : enfin, je fis tout ce que j'a-
vois eu intention de faire. La bizarrerie de votre cœur
vous fit revenir vers moi, à mesure que vous voyiez
que je m'éloignois de vous. J'ai joui de tout le plaisir
que peut donner la vengeance ; il m'a paru que vous
m'aimiez mieux que vous n'aviez jamais fait, et je
vous ai fait voir que je ne vous aimois plus. J'ai eu
lieu de croire que vous aviez entièrement abandonné
celle pour qui vous m'aviez quittée. J'ai eu aussi des
raisons pour être persuadée que vous ne lui aviez
jamais parlé de moi ; mais votre retour et votre discrétion n'ont pu réparer votre légèreté. Votre cœur a
été partagé entre moi et une autre ; vous m'avez
trompée : cela suffit pour m'ôter le plaisir d'être aimée
de vous comme je croyois mériter de l'être, et pour
me laisser dans cette résolution, que j'ai prise, de ne
vous voir jamais, et dont vous êtes si surpris.

Mᵐᵉ de Clèves lut cette lettre et la relut plusieurs fois, sans savoir néanmoins ce qu'elle avoit
lu : elle voyoit seulement que M. de Nemours ne
l'aimoit pas comme elle avoit pensé, et qu'il en aimoit d'autres qu'il trompoit comme elle. Quelle

vue et quelle connoissance pour une personne de
son humeur, qui avoit une passion violente, qui
venoit d'en donner des marques à un homme qu'elle
en jugeoit indigne, et à un autre qu'elle maltrai-
toit pour l'amour de lui! Jamais affliction n'a été
si piquante et si vive : il lui sembloit que ce qui
faisoit l'aigreur de cette affliction étoit ce qui s'é-
toit passé dans cette journée, et que, si M. de
Nemours n'eût point eu lieu de croire qu'elle l'aimoit, elle ne se fût pas souciée qu'il en eût aimé
une autre; mais elle se trompoit elle-même, et ce
mal, qu'elle trouvoit si insupportable, étoit la
jalousie avec toutes les horreurs dont elle peut être
accompagnée. Elle voyoit, par cette lettre, que
M. de Nemours avoit une galanterie depuis longtemps. Elle trouvoit que celle qui avoit écrit la
lettre avoit de l'esprit et du mérite : elle lui paroissoit digne d'être aimée; elle lui trouvoit plus de
courage qu'elle ne s'en trouvoit à elle-même, et
elle envioit la force qu'elle avoit eue de cacher ses
sentimens à M. de Nemours. Elle voyoit, par la
fin de la lettre, que cette personne se croyoit
aimée; elle pensoit que la discrétion que ce prince
lui avoit fait paroître, et dont elle avoit été si touchée, n'étoit peut-être que l'effet de la passion
qu'il avoit pour cette autre personne, à qui il craignoit de déplaire; enfin, elle pensoit tout ce qui pouvoit augmenter son affliction et son désespoir. Quels
retours ne fit-elle point sur elle-même! quelles réflexions sur les conseils que sa mère lui avoit donnés!

Combien se repentit-elle de ne s'être pas opiniâtrée à se séparer du commerce du monde, malgré M. de Clèves, ou de n'avoir pas suivi la pensée qu'elle avoit eue de lui avouer l'inclination qu'elle avoit pour M. de Nemours ! Elle trouvoit qu'elle auroit mieux fait de la découvrir à un mari dont elle connoissoit la bonté, et qui auroit eu intérêt à la cacher, que de la laisser voir à un homme qui en étoit indigne, qui la trompoit, qui la sacrifioit peut-être, et qui ne pensoit à être aimé d'elle que par un sentiment d'orgueil et de vanité ; enfin, elle trouva que tous les maux qui lui pouvoient arriver, et toutes les extrémités où elle se pouvoit porter, étoient moindres que d'avoir laissé voir à M. de Nemours qu'elle l'aimoit, et de connoître qu'il en aimoit une autre. Tout ce qui la consoloit étoit de penser au moins qu'après cette connoissance elle n'avoit plus rien à craindre d'elle-même, et qu'elle seroit entièrement guérie de l'inclination qu'elle avoit pour ce prince.

Elle ne pensa guère à l'ordre que madame la dauphine lui avoit donné de se trouver à son coucher ; elle se mit au lit et feignit de se trouver mal, en sorte que, quand M. de Clèves revint de chez le roi, on lui dit qu'elle étoit endormie ; mais elle étoit bien éloignée de la tranquillité qui conduit au sommeil. Elle passa la nuit sans faire autre chose que s'affliger et relire la lettre qu'elle avoit entre les mains.

Mme de Clèves n'étoit pas la seule personne

dont cette lettre troubloit le repos. Le vidame de
Chartres, qui l'avoit perdue, et non pas M. de
Nemours, en étoit dans une extrême inquiétude ;
il avoit passé tout le soir chez M. de Guise, qui
avoit donné un grand souper au duc de Ferrare,
son beau-frère, et à toute la jeunesse de la cour.
Le hasard fit qu'en soupant on parla de jolies lettres. Le vidame de Chartres dit qu'il en avoit une
sur lui, plus jolie que toutes celles qui avoient
jamais été écrites. On le pressa de la montrer ; il
s'en défendit. M. de Nemours lui soutint qu'il
n'en avoit point, et qu'il n'en parloit que par
vanité. Le vidame lui répondit qu'il poussoit sa
discrétion à bout, que néanmoins il ne montreroit
pas la lettre ; mais qu'il en liroit quelques endroits,
qui feroient juger que peu d'hommes en recevoient
de pareilles. En même temps il voulut prendre
cette lettre, et ne la trouva point. Il la chercha
inutilement ; on lui en fit la guerre ; mais il parut
si inquiet que l'on cessa de lui en parler. Il se retira plus tôt que les autres, et s'en alla chez lui
avec impatience, pour voir s'il n'y avoit point
laissé la lettre qui lui manquoit. Comme il la cherchoit encore, un premier valet de chambre de la
reine le vint trouver pour lui dire que la vicomtesse d'Uzès avoit cru nécessaire de l'avertir en diligence que l'on avoit dit chez la reine qu'il étoit
tombé une lettre de galanterie de sa poche pendant qu'il étoit au jeu de paume ; que l'on avoit
raconté une grande partie de ce qui étoit dans la

lettre ; que la reine avoit témoigné beaucoup de curiosité de la voir ; qu'elle l'avoit envoyé demander à un de ses gentilshommes servans, mais qu'il avoit répondu qu'il l'avoit laissée entre les mains de Châtelart.

Le premier valet de chambre dit encore beaucoup d'autres choses au vidame de Chartres, qui achevèrent de lui donner un grand trouble. Il sortit à l'heure même pour aller chez un gentilhomme qui étoit ami intime de Châtelart ; il le fit lever, quoique l'heure fût extraordinaire, pour aller demander cette lettre, sans dire qui étoit celui qui la demandoit et qui l'avoit perdue. Châtelart, qui avoit l'esprit prévenu qu'elle étoit à M. de Nemours, et que ce prince étoit amoureux de madame la dauphine, ne douta point que ce ne fût lui qui la faisoit redemander. Il répondit, avec une maligne joie, qu'il avoit remis la lettre entre les mains de la reine dauphine. Le gentilhomme vint faire cette réponse au vidame de Chartres : elle augmenta l'inquiétude qu'il avoit déjà, et y en joignit encore de nouvelles. Après avoir été long-temps irrésolu sur ce qu'il devoit faire, il trouva qu'il n'y avoit que M. de Nemours qui pût lui aider à sortir de l'embarras où il étoit.

Il s'en alla chez lui, et entra dans sa chambre que le jour ne commençoit qu'à paroître. Ce prince dormoit d'un sommeil tranquille : ce qu'il avoit vu, le jour précédent, de Mme de Clèves, ne lui avoit donné que des idées agréables. Il fut bien surpris de se voir éveillé par le vidame de Chartres, et il lui demanda si c'étoit pour se venger de ce qu'il lui avoit dit pendant le souper qu'il venoit troubler son repos. Le vidame lui fit bien juger par son visage qu'il n'y avoit rien que de sérieux au sujet qui l'amenoit. « Je viens vous confier la plus importante affaire de ma vie, lui dit-il. Je sais bien que vous ne m'en devez pas être obligé, puisque c'est dans un temps où j'ai besoin de votre secours ; mais je sais bien aussi que j'aurois perdu de votre estime si je vous avois appris tout ce que je vais vous dire sans que la nécessité m'y eût contraint. J'ai laissé tomber cette lettre dont je parlois hier au soir ; il m'est d'une conséquence extrême que personne ne sache qu'elle s'adresse à moi. Elle a été vue de beaucoup de gens qui étoient dans le jeu de paume où elle tomba hier ; vous y étiez aussi, et je vous demande en grâce de vouloir bien dire que c'est vous qui l'avez perdue. — Il faut que vous croyiez que je n'ai point de maîtresse, reprit M. de Nemours en souriant, pour me faire une pareille proposition, et pour vous imaginer qu'il n'y ait personne avec qui je me puisse brouiller en laissant croire que je reçois de pareilles lettres. — Je vous prie, dit le vidame, écoutez-moi sérieusement : si vous avez une maîtresse, comme je n'en doute point, quoique je ne sache pas qui elle est, il vous sera aisé de vous justifier, et je vous en donnerai les moyens infaillibles ; quand vous ne vous justifieriez pas auprès d'elle, il ne vous en peut

coûter que d'être brouillé pour quelques momens;
mais moi, par cette aventure, je déshonore une
personne qui m'a passionnément aimé, et qui est
une des plus estimables femmes du monde ; et, d'un
autre côté, je m'attire une haine implacable qui
me coûtera ma fortune, et peut-être quelque chose
de plus. — Je ne puis entendre tout ce que vous
me dites, répondit M. de Nemours ; mais vous me
faites entrevoir que les bruits qui ont couru de
l'intérêt qu'une grande princesse prenoit à vous
ne sont pas entièrement faux. — Ils ne le sont pas
aussi, repartit le vidame de Chartres ; et plût à
Dieu qu'ils le fussent ! je ne me trouverois pas
dans l'embarras où je me trouve ; mais il faut vous
raconter tout ce qui s'est passé, pour vous faire
voir tout ce que j'ai à craindre.

« Depuis que je suis à la cour, la reine m'a toujours traité avec beaucoup de distinction et d'agrément, et j'avois eu lieu de croire qu'elle avoit de la
bonté pour moi ; néanmoins il n'y avoit rien de
particulier, et je n'avois jamais songé à avoir
d'autres sentimens pour elle que ceux du respect.
J'étois même fort amoureux de Mme de Themines :
il est aisé de juger, en la voyant, qu'on peut avoir
beaucoup d'amour pour elle, quand on en est aimé,
et je l'étois. Il y a près de deux ans que, comme la
cour étoit à Fontainebleau, je me trouvai deux ou
trois fois en conversation avec la reine, à des
heures où il y avoit très peu de monde. Il me parut que mon esprit lui plaisoit, et qu'elle entroit

dans tout ce que je disois. Un jour entre autres, on se mit à parler de la confiance : je dis qu'il n'y avoit personne en qui j'en eusse une entière ; que je trouvois que l'on se repentoit toujours d'en avoir, et que je savois beaucoup de choses dont je n'avois jamais parlé. La reine me dit qu'elle m'en estimoit davantage ; qu'elle n'avoit trouvé personne en France qui eût du secret, et que c'étoit ce qui l'avoit le plus embarrassée, parce que cela lui avoit ôté le plaisir de donner sa confiance ; que c'étoit une chose nécessaire dans la vie que d'avoir quelqu'un à qui on pût parler, et surtout pour les personnes de son rang. Les jours suivans, elle reprit encore plusieurs fois la même conversation ; elle m'apprit même des choses assez particulières qui se passoient. Enfin il me sembla qu'elle souhaitoit de s'assurer de mon secret, et qu'elle avoit envie de me confier les siens. Cette pensée m'attacha à elle, je fus touché de cette distinction, et je lui fis ma cour avec beaucoup plus d'assiduité que je n'avois accoutumé. Un soir que le roi et toutes les dames s'étoient allés promener à cheval dans la forêt, où elle n'avoit pas voulu aller, parce qu'elle s'étoit trouvée un peu mal, je demeurai auprès d'elle ; elle descendit au bord de l'étang, et quitta la main de ses écuyers, pour marcher avec plus de liberté. Après qu'elle eut fait quelques tours, elle s'approcha de moi et m'ordonna de la suivre. « Je veux vous parler, me dit-elle, et vous verrez « par ce que je veux vous dire que je suis de vos

« amies. » Elle s'arrêta à ces paroles, et, me regardant fixement : « Vous êtes amoureux, continua-
« t-elle, et, parce que vous ne vous fiez peut-être à
« personne, vous croyez que votre amour n'est pas
« su ; mais il est connu, et même des personnes in-
« téressées. On vous observe ; on sait les lieux où
« vous voyez votre maîtresse ; on a dessein de
« vous y surprendre. Je ne sais qui elle est ; je ne
« vous le demande point, et je veux seulement
« vous garantir des malheurs où vous pouvez tom-
« ber. » Voyez, je vous prie, quel piège me tendoit la reine, et combien il étoit difficile de n'y
pas tomber. Elle vouloit savoir si j'étois amoureux ; et, en ne me demandant point de qui je l'é-
tois, et en ne me laissant voir que la seule intention
de me faire plaisir, elle m'ôtoit la pensée qu'elle
me parlât par curiosité ou par dessein.

« Cependant, contre toutes sortes d'apparences,
je démêlai la vérité. J'étois amoureux de Mme de
Themines ; mais, quoiqu'elle m'aimât, je n'étois
pas assez heureux pour avoir des lieux particuliers
à la voir, et pour craindre d'y être surpris, et ainsi
je vis bien que ce ne pouvoit être elle dont la
reine vouloit parler. Je savois bien aussi que j'avois
un commerce de galanterie avec une autre femme
moins belle et moins sévère que Mme de Themines,
et qu'il n'étoit pas impossible que l'on eût décou-
vert le lieu où je la voyois ; mais, comme je m'en
souciois peu, il m'étoit aisé de me mettre à couvert de toutes sortes de périls en cessant de la voir.

Ainsi, je pris le parti de ne rien avouer à la reine, et de l'assurer, au contraire, qu'il y avoit très longtemps que j'avois abandonné le désir de me faire aimer des femmes dont je pouvois espérer de l'être, parce que je les trouvois quasi toutes indignes d'attacher un honnête homme, et qu'il n'y avoit que quelque chose fort au-dessus d'elles qui pût m'engager. « Vous ne me répondez pas sin-« cèrement, répliqua la reine ; je sais le contraire « de ce que vous me dites. La manière dont je « vous parle vous doit obliger à ne me rien cacher. « Je veux que vous soyez de mes amis, continua-« t-elle ; mais je ne veux pas, en vous donnant « cette place, ignorer quels sont vos attachemens. « Voyez si vous la voulez acheter au prix de me les « apprendre : je vous donne deux jours pour y « penser ; mais, après ce temps-là, songez bien à « ce que vous me direz, et souvenez-vous que, si « dans la suite je trouve que vous m'ayez trompée, « je ne vous le pardonnerai de ma vie. »

« La reine me quitta après m'avoir dit ces pa-roles, sans attendre ma réponse. Vous pouvez croire que je demeurai l'esprit bien rempli de ce qu'elle me venoit de dire. Les deux jours qu'elle m'avoit donnés pour y penser ne me parurent pas trop longs pour me déterminer. Je voyois qu'elle vouloit savoir si j'étois amoureux, et qu'elle ne souhaitoit pas que je le fusse. Je voyois les suites et les conséquences du parti que j'allois prendre ; ma vanité n'étoit pas peu flattée d'une liaison

particulière avec une reine, et une reine dont la
personne est encore extrêmement aimable. D'un
autre côté, j'aimois Mme de Themines, et, quoique
je lui fisse une espèce d'infidélité pour cette autre
femme dont je vous ai parlé, je ne me pouvois résoudre à rompre avec elle. Je voyois aussi le péril
où je m'exposois en trompant la reine, et combien
il étoit difficile de la tromper; néanmoins je ne
pus me résoudre à refuser ce que la fortune m'of-
froit, et je pris le hasard de tout ce que ma mauvaise conduite pouvoit m'attirer. Je rompis avec
cette femme dont on pouvoit découvrir le commerce, et j'espérai de cacher celui que j'avois avec
Mme de Themines.

« Au bout des deux jours que la reine m'avoit
donnés, comme j'entrois dans la chambre où toutes
les dames étoient au cercle, elle me dit tout haut
avec un air grave qui me surprit : « Avez-vous
« pensé à cette affaire dont je vous ai chargé, et
« en savez-vous la vérité?— Oui, Madame, lui ré-
« pondis-je, et elle est comme je l'ai dite à Votre
« Majesté. — Venez ce soir à l'heure que je dois
« écrire, répliqua-t-elle, et j'achèverai de vous
« donner mes ordres. » Je fis une profonde révérence sans rien répondre, et ne manquai pas de
me trouver à l'heure qu'elle m'avoit marquée. Je
la trouvai dans la galerie où étoient son secrétaire et
quelqu'une de ses femmes. Sitôt qu'elle me vit,
elle vint à moi et me mena à l'autre bout de la
galerie. « Hé bien! me dit-elle, est-ce après y

« avoir bien pensé que vous n'avez rien à me dire ;
« et la manière dont j'en use avec vous ne mé-
« rite-t-elle pas que vous me parliez sincèrement ?
« — C'est parce que je vous parle sincèrement,
« Madame, lui répondis-je, que je n'ai rien à vous
« dire ; et je jure à Votre Majesté, avec tout le
« respect que je lui dois, que je n'ai d'attachement
« pour aucune femme de la cour. — Je le veux
« croire, repartit la reine, parce que je le souhaite ;
« et je le souhaite, parce que je désire que vous
« soyez entièrement attaché à moi, et qu'il seroit
« impossible que je fusse contente de votre amitié
« si vous étiez amoureux. On ne peut se fier à
« ceux qui le sont ; on ne peut s'assurer de leur
« secret. Ils sont trop distraits et trop par-
« tagés, et leur maîtresse leur fait une première
« occupation qui ne s'accorde point avec la ma-
« nière dont je veux que vous soyez attaché à
« moi. Souvenez-vous donc que c'est sur la parole
« que vous me donnez que vous n'avez aucun
« engagement que je vous choisis pour vous
« donner toute ma confiance. Souvenez-vous que
« je veux la vôtre tout entière , que je veux que
« vous n'ayez ni ami ni amie que ceux qui me
« seront agréables, et que vous abandonniez tout
« autre soin que celui de me plaire. Je ne vous
« ferai pas perdre celui de votre fortune ; je la
« conduirai avec plus d'application que vous-
« même, et, quoi que je fasse pour vous, je m'en
« tiendrai trop bien récompensée si je vous trouve

« pour moi tel que je l'espère. Je vous choisis
« pour vous confier tous mes chagrins, et pour
« m'aider à les adoucir. Vous pouvez juger qu'ils
« ne sont pas médiocres. Je souffre en apparence
« sans beaucoup de peine l'attachement du roi
« pour la duchesse de Valentinois ; mais il m'est
« insupportable. Elle gouverne le roi, elle le
« trompe ; elle me méprise ; tous mes gens sont à
« elle. La reine ma belle-fille, fière de sa beauté
« et du crédit de ses oncles, ne me rend aucun
« devoir. Le connétable de Montmorency est
« maître du roi et du royaume ; il me hait, et m'a
« donné des marques de sa haine que je ne puis
« oublier. Le maréchal de Saint-André est un
« jeune favori audacieux, qui n'en use pas
« mieux avec moi que les autres. Le détail de
« mes malheurs vous feroit pitié ; je n'ai osé jus-
« qu'ici me fier à personne, je me fie à vous :
« faites que je ne m'en repente point, et soyez
« ma seule consolation. » Les yeux de la reine
rougirent en achevant ces paroles ; je pensai me
jeter à ses pieds, tant je fus véritablement touché
de la bonté qu'elle me témoignoit. Depuis ce
jour-là, elle eut en moi une entière confiance
elle ne fit plus rien sans m'en parler, et j'ai conservé une liaison qui dure encore. »

TROISIÈME PARTIE

EPENDANT, quelque rempli et quelque occupé que je fusse de cette nouvelle liaison avec la reine, je tenois à Mme de Themines par une inclination naturelle que je ne pouvois vaincre : il me parut qu'elle cessoit de m'aimer, et, au lieu que, si j'eusse été sage, je me fusse servi du changement qui paroissoit en elle pour aider à me guérir, mon amour en redoubla, et je me conduisois si mal que la reine eut quelque connoissance de cet attachement. La jalousie est naturelle aux personnes de sa nation, et peut-être que cette princesse a pour moi des sentimens plus vifs qu'elle ne pense elle-même. Mais enfin le bruit que j'étois amoureux lui donna de si grandes inquiétudes et de si grands chagrins que je me crus cent fois perdu auprès d'elle. Je la rassurai enfin à force de soins, de soumissions et de faux sermens; mais je n'aurois pu la tromper longtemps si le changement de Mme de Themines ne m'avoit détaché d'elle malgré

moi. Elle me fit voir qu'elle ne m'aimoit plus ; et
j'en fus si persuadé que je fus contraint de ne la
pas tourmenter davantage et de la laisser en repos.
Quelque temps après, elle m'écrivit cette lettre
que j'ai perdue. J'appris par là qu'elle avoit su le
commerce que j'avois eu avec cette autre femme
dont je vous ai parlé, et que c'étoit la cause de
son changement. Comme je n'avois plus rien alors
qui me partageât, la reine étoit assez contente de
moi ; mais, comme les sentimens que j'ai pour elle
ne sont pas d'une nature à me rendre incapable de
tout autre attachement, et que l'on n'est pas
amoureux par sa volonté, je le suis devenu
de Mme de Martigues, pour qui j'avois déjà eu
beaucoup d'inclination pendant qu'elle étoit Ville-
Montais, fille de la reine dauphine. J'ai lieu de
croire que je n'en suis pas haï ; la discrétion que je
lui fais paroître, et dont elle ne sait pas toutes les
raisons, lui est agréable. La reine n'a aucun soupçon sur son sujet ; mais elle en a un autre qui n'est
guère moins fâcheux. Comme Mme de Martigues
est toujours chez la reine dauphine, j'y vais aussi
beaucoup plus souvent que de coutume. La reine
s'est imaginé que c'est de cette princesse que je
suis amoureux. Le rang de la reine dauphine, qui
est égal au sien, et la beauté et la jeunesse qu'elle
a au-dessus d'elle, lui donnent une jalousie qui va
jusques à la fureur, et une haine contre sa belle-
fille qu'elle ne sauroit plus cacher. Le cardinal de
Lorraine, qui me paroît depuis longtemps aspirer

aux bonnes grâces de la reine, et qui voit bien
que j'occupe une place qu'il voudroit remplir,
sous prétexte de raccommoder madame la dauphine
avec elle, est entré dans les différends qu'elles ont
eus ensemble. Je ne doute pas qu'il n'ait démêlé le
véritable sujet de l'aigreur de la reine, et je crois
qu'il me rend toutes sortes de mauvais offices,
sans lui laisser voir qu'il a dessein de me les rendre. Voilà l'état où sont les choses à l'heure que
je vous parle. Jugez quel effet peut produire la
lettre que j'ai perdue, et que mon malheur m'a
fait mettre dans ma poche pour la rendre à Mme de
Themines. Si la reine voit cette lettre, elle con-
noîtra que je l'ai trompée, et que, presque dans
le temps que je la trompois pour Mme de Themines, je trompois Mme de Themines pour une
autre : jugez quelle idée cela lui peut donner de
moi, et si elle peut jamais se fier à mes paroles.
Si elle ne voit point cette lettre, que lui dirai-je?
Elle sait qu'on l'a remise entre les mains de
madame la dauphine ; elle croira que Châtelart a reconnu l'écriture de cette reine, et que
la lettre est d'elle; elle s'imaginera que la personne dont on témoigne de la jalousie est peut-
être elle-même ; enfin, il n'y a rien qu'elle n'ait
lieu de penser, et il n'y a rien que je ne doive
craindre de ses pensées. Ajoutez à cela que je suis
vivement touché de Mme de Martigues; qu'assurément madame la dauphine lui montrera cette
lettre qu'elle croira écrite depuis peu ; ainsi je

serai également brouillé et avec la personne du monde que j'aime le plus, et avec la personne du monde que je dois le plus craindre. Voyez, après cela, si je n'ai pas raison de vous conjurer de dire que la lettre est à vous, et de vous demander, en grâce, de l'aller retirer des mains de madame la dauphine.

— Je vois bien, dit M. de Nemours, que l'on ne peut être dans un plus grand embarras que celui où vous êtes, et il faut avouer que vous le méritez. On m'a accusé de n'être pas un amant fidèle, et d'avoir plusieurs galanteries à la fois; mais vous me passez de si loin que je n'aurois seulement osé imaginer les choses que vous avez entreprises. Pouviez-vous prétendre de conserver Mme de Themines en vous engageant avec la reine? et espériez-vous de vous engager avec la reine et de la pouvoir tromper? Elle est Italienne et reine, et par conséquent pleine de soupçons, de jalousie et d'orgueil : quand votre bonne fortune, plutôt que votre bonne conduite, vous a ôté des engagemens où vous étiez, vous en avez pris de nouveaux, et vous vous êtes imaginé qu'au milieu de la cour vous pourriez aimer Mme de Martigues sans que la reine s'en aperçût. Vous ne pouviez prendre trop de soin de lui ôter la honte d'avoir fait les premiers pas. Elle a pour vous une passion violente : votre discrétion vous empêche de me le dire, et la mienne de vous le demander; mais enfin elle vous aime; elle a de la défiance, et la

16

vérité est contre vous. — Est-ce à vous à m'accabler de réprimandes, interrompit le vidame, et
votre expérience ne vous doit-elle pas donner de
l'indulgence pour mes fautes? Je veux pourtant
bien convenir que j'ai tort; mais songez, je vous
conjure, à me tirer de l'abîme où je suis. Il me
paroît qu'il faudroit que vous vissiez la reine dauphine sitôt qu'elle sera éveillée, pour lui redemander cette lettre, comme l'ayant perdue. — Je
vous ai déjà dit, reprit M. de Nemours, que la
proposition que vous me faites est un peu extraordinaire, et que mon intérêt particulier m'y peut
faire trouver des difficultés; mais, de plus, si l'on
a vu tomber cette lettre de votre poche, il me
paroît difficile de persuader qu'elle soit tombée de
la mienne. — Je croyois vous avoir appris, répondit le vidame, que l'on a dit à la reine dauphine que c'étoit de la vôtre qu'elle étoit tombée.
— Comment! reprit brusquement M. de Nemours, qui vit dans ce moment les mauvais offices
que cette méprise lui pouvoit faire auprès de
Mme de Clèves, l'on a dit à la reine dauphine que
c'est moi qui ai laissé tomber cette lettre? — Oui,
reprit le vidame, on le lui a dit, et ce qui a fait
cette méprise, c'est qu'il y avoit plusieurs gentilshommes des reines dans une des chambres du jeu
de paume où étoient nos habits, et que vos gens
et les miens les ont été querir en même temps : la
lettre est tombée; ces gentilshommes l'ont ramas-
sée, et l'ont lue tout haut. Les uns ont cru qu'elle

étoit à vous, et les autres à moi. Châtelart, qui l'a prise, et à qui je viens de la faire demander, a dit qu'il l'avoit donnée à la reine dauphine, comme une lettre qui étoit à vous ; et ceux qui en ont parlé à la reine ont dit, par malheur, qu'elle étoit à moi : ainsi vous pouvez faire aisément ce que je souhaite, et m'ôter de l'embarras où je suis. »

M. de Nemours avoit toujours fort aimé le vidame de Chartres, et ce qu'il étoit à Mme de Clèves le lui rendoit encore plus cher. Néanmoins il ne pouvoit se résoudre à prendre le hasard qu'elle entendît parler de cette lettre comme d'une chose où il avoit intérêt. Il se mit à rêver profondément, et le vidame, se doutant à peu près du sujet de sa rêverie : « Je crois bien, lui dit-il, que vous craignez de vous brouiller avec votre maîtresse, et même vous me donneriez lieu de croire que c'est avec la reine dauphine, si le peu de jalousie que je vous vois de M. d'Anville ne m'en ôtoit la pensée ; mais, quoi qu'il en soit, il est juste que vous ne sacrifiiez pas votre repos au mien, et je veux bien vous donner les moyens de faire voir à celle que vous aimez que cette lettre s'adresse à moi, et non pas à vous : voilà un billet de Mme d'Amboise, qui est amie de Mme de Themines, et à qui elle s'est fiée de tous les sentimens qu'elle a eus pour moi. Par ce billet elle me redemande cette lettre de son amie, que j'ai perdue. Mon nom est sur le billet ; et ce qui est dedans prouve, sans aucun doute, que la lettre que l'on me

redemande est la même que l'on a trouvée. Je
vous remets ce billet entre les mains, et je consens
que vous le montriez à votre maîtresse pour vous
justifier. Je vous conjure de ne perdre pas un moment, et d'aller dès ce matin chez madame la
dauphine. »

M. de Nemours le promit au vidame de Char-
tres, et prit le billet de Mme d'Amboise : néanmoins son dessein n'étoit pas de voir la reine
dauphine, et il trouvoit qu'il avoit quelque chose
de plus pressé à faire. Il ne doutoit pas qu'elle
n'eût déjà parlé de la lettre à Mme de Clèves, et il
ne pouvoit supporter qu'une personne qu'il aimoit
si éperdument eût lieu de croire qu'il eût quelque
attachement pour une autre.

Il alla chez elle à l'heure qu'il crut qu'elle pouvoit être éveillée, et lui fit dire qu'il ne demande-
roit pas à avoir l'honneur de la voir à une heure
si extraordinaire si une affaire de conséquence ne
l'y obligeoit. Mme de Clèves étoit encore au lit,
l'esprit aigri et agité des tristes pensées qu'elle
avoit eues pendant la nuit. Elle fut extrêmement
surprise lorsqu'on lui dit que M. de Nemours la
demandoit. L'aigreur où elle étoit ne la fit pas balancer à répondre qu'elle étoit malade et qu'elle
ne pouvoit lui parler. Ce prince ne fut pas blessé
de ce refus : une marque de froideur dans un
temps où elle pouvoit avoir de la jalousie n'étoit
pas un mauvais augure. Il alla à l'appartement de
M. de Clèves, et lui dit qu'il venoit de celui de

madame sa femme; qu'il étoit bien fâché de ne la pouvoir entretenir, parce qu'il avoit à lui parler d'une affaire importante pour le vidame de Chartres. Il fit entendre en peu de mots à M. de Clèves la conséquence de cette affaire, et M. de Clèves le mena à l'heure même dans la chambre de sa femme. Si elle n'eût point été dans l'obscurité, elle eût eu peine à cacher son trouble et son étonnement de voir entrer M. de Nemours conduit par son mari. M. de Clèves lui dit qu'il s'agissoit d'une lettre où l'on avoit besoin de son secours pour les intérêts du vidame; qu'elle verroit avec M. de Nemours ce qu'il y avoit à faire, et que, pour lui, il s'en alloit chez le roi, qui venoit de l'envoyer querir.

M. de Nemours demeura seul auprès de Mme de Clèves, comme il le pouvoit souhaiter. « Je viens vous demander, Madame, lui dit-il, si madame la dauphine ne vous a point parlé d'une lettre que Châtelart lui remit hier entre les mains? — Elle m'en a dit quelque chose, répondit Mme de Clèves; mais je ne vois pas ce que cette lettre a de commun avec les intérêts de mon oncle, et je vous puis assurer qu'il n'y est pas nommé. — Il est vrai, Madame, répliqua M. de Nemours : il n'y est pas nommé, néanmoins elle s'adresse à lui, et il lui est très important que vous la retiriez des mains de madame la dauphine. — J'ai peine à comprendre, reprit Mme de Clèves, pourquoi il lui importe que cette lettre soit vue, et pourquoi il faut la redemander sous son nom. — Si vous voulez vous donner le loisir de m'écouter, Madame, dit M. de Nemours, je vous ferai bientôt voir la vérité, et vous apprendrez des choses si importantes pour M. le vidame que je ne les aurois pas même confiées à M. le prince de Clèves, si je n'avois eu besoin de son secours pour avoir l'honneur de vous voir. — Je pense que tout ce que vous prendriez la peine de me dire seroit inutile, répondit Mme de Clèves avec un air assez sec; et il vaut mieux que vous alliez trouver la reine dauphine, et que, sans chercher de détours, vous lui disiez l'intérêt que vous avez à cette lettre, puisque aussi bien on lui a dit qu'elle vient de vous. »

L'aigreur que M. de Nemours voyoit dans l'esprit de Mme de Clèves lui donnoit le plus sensible plaisir qu'il eût jamais eu, et balançoit son impatience de se justifier. « Je ne sais, Madame, reprit-il, ce qu'on peut avoir dit à madame la dauphine; mais je n'ai aucun intérêt à cette lettre, et elle s'adresse à M. le vidame. — Je le crois, répliqua Mme de Clèves; mais on a dit le contraire à la reine dauphine, et il ne lui paroîtra pas vraisemblable que les lettres de M. le vidame tombent de vos poches : c'est pourquoi, à moins que vous n'ayez quelque raison que je ne sais point à cacher la vérité à la reine dauphine, je vous conseille de la lui avouer. — Je n'ai rien à lui avouer, reprit-il, la lettre ne s'adresse pas à moi, et, s'il y a quel-

qu'un que je souhaite d'en persuader, ce n'est pas
madame la dauphine; mais, Madame, comme
il s'agit en ceci de la fortune de M. le vidame,
trouvez bon que je vous apprenne des choses qui
sont même dignes de votre curiosité. » Mme de
Clèves témoigna par son silence qu'elle étoit prête
à l'écouter; et M. de Nemours lui conta, le plus
succinctement qu'il lui fut possible, tout ce qu'il
venoit d'apprendre du vidame. Quoique ce fussent
des choses propres à donner de l'étonnement et à
être écoutées avec attention, Mme de Clèves les
entendit avec une froideur si grande qu'il sembloit
qu'elle ne les crût pas véritables, ou qu'elles lui
fussent indifférentes. Son esprit demeura dans cette
situation jusqu'à ce que M. de Nemours lui parlât
du billet de Mme d'Amboise, qui s'adressoit au
vidame de Chartres, et qui étoit la preuve de tout
ce qu'il lui venoit de dire. Comme Mme de Clèves
savoit que cette femme étoit amie de Mme de
Themines, elle trouva une apparence de vérité à
ce que lui disoit M. de Nemours, qui lui fit penser que la lettre ne s'adressoit peut-être pas à
lui. Cette pensée la tira tout d'un coup, et malgré
elle, de la froideur qu'elle avoit eue jusqu'alors.
Ce prince, après lui avoir lu ce billet qui faisoit sa
justification, le lui présenta pour le lire, et lui dit
qu'elle en pouvoit connoître l'écriture; elle ne
put s'empêcher de le prendre, de regarder le dessus pour voir s'il s'adressoit au vidame de Chartres,
et de le lire tout entier pour juger si la lettre que

l'on redemandoit étoit la même qu'elle avoit entre les mains. M. de Nemours lui dit encore tout ce qu'il crut propre à la persuader ; et, comme on persuade aisément une vérité agréable, il convainquit Mme de Clèves qu'il n'avoit point de part à cette lettre.

Elle commença alors à raisonner avec lui sur l'embarras et le péril où étoit le vidame, à le blâmer de sa méchante conduite, à chercher les moyens de le secourir : elle s'étonna du procédé de la reine ; elle avoua à M. de Nemours qu'elle avoit la lettre ; enfin, sitôt qu'elle le crut innocent, elle entra avec un esprit ouvert et tranquille dans les mêmes choses qu'elle sembloit d'abord ne daigner pas entendre. Ils convinrent qu'il ne falloit point rendre la lettre à la reine dauphine, de peur qu'elle ne la montrât à Mme de Martigues, qui connoissoit l'écriture de Mme de Themines, et qui auroit aisément deviné, par l'intérêt qu'elle prenoit au vidame, qu'elle s'adressoit à lui. Ils trouvèrent aussi qu'il ne falloit pas confier à la reine dauphine tout ce qui regardoit la reine sa belle-mère. Mme de Clèves, sous le prétexte des affaires de son oncle, entroit avec plaisir à garder tous les secrets que M. de Nemours lui confioit.

Ce prince ne lui eût pas toujours parlé des intérêts du vidame, et la liberté où il se trouvoit de l'entretenir lui eût donné une hardiesse qu'il n'avoit encore osé prendre, si l'on ne fût venu dire à Mme de Clèves que la reine dauphine lui ordonnoit de l'aller trouver. M. de Nemours fut contraint de se retirer. Il alla trouver le vidame pour lui dire qu'après l'avoir quitté, il avoit pensé qu'il étoit plus à propos de s'adresser à Mme de Clèves, qui étoit sa nièce, que d'aller droit à madame la dauphine. Il ne manqua pas de raisons pour faire approuver ce qu'il avoit fait et pour en faire espérer un bon succès.

Cependant Mme de Clèves s'habilla en diligence pour aller chez la reine. A peine parut-elle dans sa chambre que cette princesse la fit approcher, et lui dit tout bas : « Il y a deux heures que je vous attends, et jamais je n'ai été si embarrassée à déguiser la vérité que je l'ai été ce matin. La reine a entendu parler de la lettre que je vous donnai hier; elle croit que c'est le vidame de Chartres qui l'a laissée tomber. Vous savez qu'elle y prend quelque intérêt : elle a fait chercher cette lettre; elle l'a fait demander à Châtelart; il a dit qu'il me l'avoit donnée : on me l'est venu demander, sur le prétexte que c'étoit une jolie lettre qui donnoit de la curiosité à la reine. Je n'ai osé dire que vous l'aviez; j'ai cru qu'elle s'imagineroit que je vous l'avois mise entre les mains à cause du vidame, votre oncle, et qu'il y auroit une grande intelligence entre lui et moi. Il m'a déjà paru qu'elle souffroit avec peine qu'il me vît souvent; de sorte que j'ai dit que la lettre étoit dans les habits que j'avois hier, et que ceux qui en avoient la clef étoient sortis. « Donnez-moi

« promptement cette lettre, ajouta-t-elle, afin
« que je la lui envoie, et que je la lise avant que
« de l'envoyer, pour voir si je n'en connoîtrai
« point l'écriture. »

Mme de Clèves se trouva encore plus embarrassée qu'elle n'avoit pensé. « Je ne sais, Madame, comment vous ferez, répondit-elle : car
M. de Clèves, à qui je l'avois donnée à lire, l'a
rendue à M. de Nemours, qui est venu, dès ce matin, le prier de vous la redemander. M. de Clèves
a eu l'imprudence de lui dire qu'il l'avoit, et il a
eu la foiblesse de céder aux prières que M. de
Nemours lui a faites de la lui rendre. — Vous me
mettez dans le plus grand embarras où je puisse
jamais être, repartit madame la dauphine, et vous
avez tort d'avoir rendu cette lettre à M. de Nemours ; puisque c'étoit moi qui vous l'avois donnée, vous ne deviez point la rendre sans ma permission. Que voulez-vous que je dise à la reine,
et que pourra-t-elle s'imaginer? Elle croira, et avec
apparence, que cette lettre me regarde, et qu'il y
a quelque chose entre le vidame et moi. Jamais
on ne lui persuadera que cette lettre soit à M. de
Nemours. — Je suis très affligée, répondit Mme de
Clèves, de l'embarras que je vous cause; je le crois
aussi grand qu'il est; mais c'est la faute de M. de
Clèves, et non pas la mienne. — C'est la vôtre,
répliqua madame la dauphine, de lui avoir donné
la lettre, et il n'y a que vous de femme au monde
qui fasse confidence à son mari de toutes les choses

qu'elle sait. — Je crois que j'ai tort, Madame,
répliqua Mme de Clèves; mais songez à réparer
ma faute et non pas à l'examiner. — Ne vous
souvenez-vous point, à peu près, de ce qui est
dans cette lettre? dit alors la reine dauphine. —
Oui, Madame, répondit-elle, je m'en souviens,
et l'ai relue plus d'une fois. — Si cela est, reprit
madame la dauphine, il faut que vous alliez tout
à l'heure la faire écrire d'une main inconnue; je
l'enverrai à la reine : elle ne la montrera pas à
ceux qui l'ont vue; quand elle le feroit, je sou-
tiendrai toujours que c'est celle que Châtelart m'a
donnée, et il n'oseroit dire le contraire. »

Mme de Clèves entra dans cet expédient, et
d'autant plus qu'elle pensa qu'elle enverroit quérir
M. de Nemours pour ravoir la lettre même, afin
de la faire copier mot à mot, et d'en faire à peu
près imiter l'écriture, et elle crut que la reine y
seroit infailliblement trompée. Sitôt qu'elle fut
chez elle, elle conta à son mari l'embarras de
madame la dauphine, et le pria d'envoyer chercher
M. de Nemours. On le chercha; il vint en diligence. Mme de Clèves lui dit tout ce qu'elle avoit
déjà appris à son mari, et lui demanda la lettre;
mais M. de Nemours répondit qu'il l'avoit déjà
rendue au vidame de Chartres, qui avoit eu tant
de joie de la ravoir et de se trouver hors du péril
qu'il auroit couru qu'il l'avoit renvoyée à l'heure
même à l'amie de Mme de Themines. Mme de
Clèves se retrouva dans un nouvel embarras; et

enfin, après avoir bien consulté, ils résolurent de faire la lettre de mémoire. Ils s'enfermèrent pour y travailler; on donna ordre à la porte de ne laisser entrer personne, et on renvoya tous les gens de M. de Nemours. Cet air de mystère et de confidence n'étoit pas d'un médiocre charme pour ce prince et même pour Mme de Clèves. La présence de son mari et les intérêts du vidame de Chartres la rassuroient, en quelque sorte, sur ses scrupules; elle ne sentoit que le plaisir de voir M. de Nemours; elle en avoit une joie pure et sans mélange qu'elle n'avoit jamais sentie; cette joie lui donnoit une liberté et un enjouement dans l'esprit que M. de Nemours ne lui avoit jamais vus, et qui redoubloient son amour. Comme il n'avoit point eu encore de si agréables momens, sa vivacité en étoit augmentée; et, quand Mme de Clèves voulut commencer à se souvenir de la lettre et à l'écrire, ce prince, au lieu de lui aider sérieusement, ne faisoit que l'interrompre et lui dire des choses plaisantes. Mme de Clèves entra dans le même esprit de gaieté, de sorte qu'il y avoit déjà longtemps qu'ils étoient enfermés, et on étoit déjà venu deux fois de la part de la reine dauphine pour dire à Mme de Clèves de se dépêcher, qu'ils n'avoient pas encore fait la moitié de la lettre.

M. de Nemours étoit bien aise de faire durer un temps qui lui étoit si agréable, et oublioit les intérêts de son ami. Mme de Clèves ne s'ennuyoit pas, et oublioit aussi les intérêts de son oncle.

Enfin, à peine à quatre heures la lettre étoit-elle achevée, et elle étoit si mal, et l'écriture dont on la fit copier ressembloit si peu à celle que l'on avoit eu dessein d'imiter, qu'il eût fallu que la reine n'eût guère pris de soin d'éclaircir la vérité pour ne la pas connoître : aussi n'y fut-elle pas trompée. Quelque soin que l'on prît de lui persuader que cette lettre s'adressoit à M. de Nemours, elle demeura convaincue, non seulement qu'elle étoit au vidame de Chartres, mais elle crut que la reine dauphine y avoit part, et qu'il y avoit quelque intelligence entre eux : cette pensée augmenta tellement la haine qu'elle avoit pour cette princesse qu'elle ne lui pardonna jamais, et qu'elle la persécuta jusqu'à ce qu'elle l'eût fait sortir de France.

Pour le vidame de Chartres, il fut ruiné auprès d'elle ; et, soit que le cardinal de Lorraine se fût déjà rendu maître de son esprit, ou que l'aventure de cette lettre, qui lui fit voir qu'elle étoit trompée, lui aidât à démêler les autres tromperies que le vidame lui avoit déjà faites, il est certain qu'il ne put jamais se raccommoder sincèrement avec elle. Leur liaison se rompit, et elle le perdit ensuite à la conjuration d'Amboise, où il se trouva embarrassé.

Après qu'on eut envoyé la lettre à madame la dauphine, M. de Clèves et M. de Nemours s'en allèrent. Mme de Clèves demeura seule, et, sitôt qu'elle ne fut plus soutenue par cette joie que donne

la présence de ce que l'on aime, elle revint comme
d'un songe, et regarda avec étonnement la prodigieuse différence de l'état où elle étoit le soir
d'avec celui où elle se trouvoit alors ; elle se remit
devant les yeux l'aigreur et la froideur qu'elle
avoit fait paroître à M. de Nemours tant qu'elle
avoit cru que la lettre de Mme de Themines s'adressoit à lui ; quel calme et quelle douceur avoient
succédé à cette aigreur sitôt qu'il l'avoit persuadée que cette lettre ne le regardoit pas. Quand
elle pensoit qu'elle s'étoit reproché comme un
crime, le jour précédent, de lui avoir donné des
marques de sensibilité que la seule compassion
pouvoit avoir fait naître, et que, par son aigreur,
elle lui avoit fait paroître des sentimens de jalousie
qui étoient des preuves certaines de passion, elle
ne se reconnoissoit plus elle-même ; quand elle
pensoit encore que M. de Nemours voyoit bien
qu'elle connoissoit son amour, qu'il voyoit bien
aussi que, malgré cette connoissance, elle ne l'en
traitoit pas plus mal en présence même de son
mari ; qu'au contraire, elle ne l'avoit jamais regardé si favorablement ; qu'elle étoit cause que
M. de Clèves l'avoit envoyé querir et qu'ils venoient de passer une après-dînée ensemble en particulier, elle trouvoit qu'elle étoit d'intelligence
avec M. de Nemours, qu'elle trompoit le mari du
monde qui méritoit le moins d'être trompé, et elle
étoit honteuse de paroître si peu digne d'estime aux
yeux mêmes de son amant. Mais ce qu'elle pouvoit

moins supporter que tout le reste étoit le souvenir de l'état où elle avoit passé la nuit, et les cuisantes douleurs que lui avoit causées la pensée que M. de Nemours aimoit ailleurs, et qu'elle étoit trompée.

Elle avoit ignoré jusques alors les inquiétudes mortelles de la défiance et de la jalousie ; elle n'avoit pensé qu'à se défendre d'aimer M. de Nemours, et elle n'avoit point encore commencé à craindre qu'il en aimât une autre. Quoique les soupçons que lui avoit donnés cette lettre fussent effacés, ils ne laissèrent pas de lui ouvrir les yeux sur le hasard d'être trompée, et de lui donner des impressions de défiance et de jalousie qu'elle n'avoit jamais eues. Elle fut étonnée de n'avoir point encore pensé combien il étoit peu vraisemblable qu'un homme comme M. de Nemours, qui avoit toujours fait paroître tant de légèreté parmi les femmes, fût capable d'un attachement sincère et durable. Elle trouva qu'il étoit presque impossible qu'elle pût être contente de sa passion. « Mais, quand je le pourrois être, disoit-elle, qu'en veux-je faire ? Veux-je la souffrir ? Veux-je y répondre ? Veux-je m'engager dans une galanterie ? Veux-je manquer à M. de Clèves ? Veux-je me manquer à moi-même ? Et veux-je enfin m'exposer aux cruels repentirs et aux mortelles douleurs que donne l'amour ? Je suis vaincue et surmontée par une inclination qui m'entraîne malgré moi ; toutes mes résolutions sont inutiles ; je pensai hier tout ce que je pense aujourd'hui, et je fais aujourd'hui tout le contraire de ce que je résolus hier. Il faut m'arracher de la présence de M. de Nemours ; il faut m'en aller à la campagne, quelque bizarre que puisse paroître mon voyage ; et, si M. de Clèves s'opiniâtre à l'empêcher ou à vouloir en savoir les raisons, peut-être lui ferai-je le mal, et à moi-même aussi, de les lui apprendre. » Elle demeura dans cette résolution, et passa tout le soir chez elle, sans aller savoir de madame la dauphine ce qui étoit arrivé de la fausse lettre du vidame.

Quand M. de Clèves fut revenu, elle lui dit qu'elle vouloit aller à la campagne, qu'elle se trouvoit mal, et qu'elle avoit besoin de prendre l'air. M. de Clèves, à qui elle paroissoit d'une beauté qui ne lui persuadoit pas que ses maux fussent considérables, se moqua d'abord de la proposition de ce voyage, et lui répondit qu'elle oublioit que les noces des princesses et le tournoi s'alloient faire et qu'elle n'avoit pas trop de temps pour se préparer à y paroître avec la même magnificence que les autres femmes. Les raisons de son mari ne la firent pas changer de dessein ; elle le pria de trouver bon que, pendant qu'il iroit à Compiègne avec le roi, elle allât à Coulommiers, qui étoit une belle maison, à une journée de Paris, qu'ils faisoient bâtir avec soin. M. de Clèves y consentit ; elle y alla dans le dessein de n'en pas revenir sitôt, et le roi partit pour Compiègne, où il ne devoit être que peu de jours.

M. de Nemours avoit eu bien de la douleur de
n'avoir point revu Mme de Clèves depuis cette
après-dînée qu'il avoit passée avec elle si agréablement, et qui avoit augmenté ses espérances. Il
avoit une impatience de la revoir qui ne lui donnoit point de repos, de sorte que, quand le roi revint à Paris, il résolut d'aller chez sa sœur la duchesse de Mercœur, qui étoit à la campagne, assez
près de Coulommiers. Il proposa au vidame d'y
aller avec lui, qui accepta aisément cette proposition, et M. de Nemours la fit dans l'espérance de
voir Mme de Clèves et d'aller chez elle avec le
vidame.

Mme de Mercœur les reçut avec beaucoup
de joie et ne pensa qu'à les divertir et à leur
donner tous les plaisirs de la campagne. Comme
ils étoient à la chasse à courir le cerf, M. de Nemours s'égara dans la forêt. En s'enquérant du
chemin qu'il devoit tenir pour s'en retourner, il sut
qu'il étoit proche de Coulommiers. A ce mot de
Coulommiers, sans faire aucune réflexion et sans
savoir quel étoit son dessein, il alla à toute bride
du côté qu'on lui montroit. Il arriva dans la forêt,
et se laissa conduire au hasard par des routes
faites avec soin, qu'il jugea bien qui conduisoient
vers le château. Il trouva, au bout de ces routes,
un pavillon dont le dessous étoit un grand salon
accompagné de deux cabinets, dont l'un étoit
ouvert sur un jardin de fleurs qui n'étoit séparé
de la forêt que par des palissades, et le second

donnoit sur une grande allée du parc. Il entra dans le pavillon, et il se seroit arrêté à en regarder la beauté sans qu'il vit venir par cette allée du parc M. et Mme de Clèves accompagnés d'un grand nombre de domestiques. Comme il ne s'étoit pas attendu à trouver M. de Clèves, qu'il avoit laissé auprès du roi, son premier mouvement le porta à se cacher : il entra dans le cabinet qui donnoit sur le jardin de fleurs, dans la pensée d'en ressortir par une porte qui étoit ouverte sur la forêt ; mais, voyant que Mme de Clèves et son mari s'étoient assis sous le pavillon, que leurs domestiques demeuroient dans le parc, et qu'ils ne pouvoient venir à lui sans passer dans le lieu où étoient M. et Mme de Clèves, il ne put se refuser le plaisir de voir cette princesse, ni résister à la curiosité d'écouter sa conversation avec un mari qui lui donnoit plus de jalousie qu'aucun de ses rivaux.

Il entendit que M. de Clèves disoit à sa femme : « Mais pourquoi ne voulez-vous point revenir à Paris ? Qui vous peut retenir à la campagne ? Vous avez depuis quelque temps un goût pour la solitude qui m'étonne et qui m'afflige, parce qu'il nous sépare. Je vous trouve même plus triste que de coutume, et je crains que vous n'ayez quelque sujet d'affliction. — Je n'ai rien de fâcheux dans l'esprit, répondit-elle avec un air embarrassé ; mais le tumulte de la cour est si grand et il y a toujours un si grand monde chez vous, qu'il est impossible que le corps et l'esprit ne se lassent et que l'on ne cherche du repos. — Le repos, répliqua-t-il, n'est guère propre pour une personne de votre âge. Vous êtes, chez vous et dans la cour, d'une sorte à ne vous pas donner de lassitude, et je craindrois plutôt que vous ne fussiez bien aise d'être séparée de moi. — Vous me feriez une grande injustice d'avoir cette pensée, reprit-elle avec un embarras qui augmentoit toujours; mais je vous supplie de me laisser ici. Si vous y pouviez demeurer, j'en aurois beaucoup de joie, pourvu que vous y demeurassiez seul et que vous voulussiez bien n'y avoir point ce nombre infini de gens qui ne vous quittent quasi jamais. — Ah ! Madame! s'écria M. de Clèves, votre air et vos paroles me font voir que vous avez des raisons pour souhaiter d'être seule; je ne les sais point, et je vous conjure de me les dire. » Il la pressa longtemps de les lui apprendre sans pouvoir l'y obliger; et, après qu'elle se fut défendue d'une manière qui augmentoit toujours la curiosité de son mari, elle demeura dans un profond silence, les yeux baissés; puis tout d'un coup, prenant la parole et le regardant : « Ne me contraignez point, lui dit-elle, à vous avouer une chose que je n'ai pas la force de vous avouer, quoique j'en aie eu plusieurs fois le dessein. Songez seulement que la prudence ne veut pas qu'une femme de mon âge et maîtresse de sa conduite demeure exposée au milieu de la cour. — Que me faites-vous envisager, Madame ! s'écria M. de Clèves : je n'oserois vous le dire de peur de vous offenser. » Mme de Clèves ne répondit point, et, son silence achevant de confirmer son mari dans ce qu'il avoit pensé : « Vous ne me dites rien, reprit-il, et c'est me dire que je ne me trompe pas. — Eh bien, Monsieur, lui répondit-elle en se jetant à ses genoux, je vais vous faire un aveu que l'on n'a jamais fait à son mari ; mais l'innocence de ma conduite et de mes intentions m'en donne la force. Il est vrai que j'ai des raisons de m'éloigner de la cour et que je veux éviter les périls où se trouvent quelquefois les personnes de mon âge. Je n'ai jamais donné nulle marque de foiblesse, et je ne craindrois pas d'en laisser paroître, si vous me laissiez la liberté de me retirer de la cour ou si j'avois encore Mme de Chartres pour aider à me conduire. Quelque dangereux que soit le parti que je prends, je le prends avec joie pour me conserver digne d'être à vous. Je vous demande mille pardons si j'ai des sentimens qui vous déplaisent, du moins je ne vous déplairai jamais par mes actions. Songez que, pour faire ce que je fais, il faut avoir plus d'amitié et plus d'estime pour un mari que l'on n'en a jamais eu : conduisez-moi, ayez pitié de moi, et aimez-moi encore si vous pouvez. »

M. de Clèves étoit demeuré, pendant tout ce discours, la tête appuyée sur ses mains, hors de lui-même, et il n'avoit pas songé à faire relever sa femme. Quand elle eut cessé de parler, qu'il jeta les yeux sur elle, qu'il la vit à ses genoux, le visage couvert de larmes, et d'une beauté si admirable, il pensa mourir de douleur, et, l'embrassant en la relevant : « Ayez pitié de moi vous-même, Madame, lui dit-il, j'en suis digne, et pardonnez si, dans les premiers momens d'une affliction aussi violente qu'est la mienne, je ne réponds pas comme je dois à un procédé comme le vôtre. Vous me paroissez plus digne d'estime et d'admiration que tout ce qu'il y a jamais eu de femmes au monde ; mais aussi je me trouve le plus malheureux homme qui ait jamais été. Vous m'avez donné de la passion dès le premier moment que je vous ai vue ; vos rigueurs et votre possession n'ont pu l'éteindre, elle dure encore : je n'ai jamais pu vous donner de l'amour, et je vois que vous craignez d'en avoir pour un autre. Et qui est-il, Madame, cet homme heureux qui vous donne cette crainte ? Depuis quand vous plaît-il ? Qu'a-t-il fait pour vous plaire ? Quel chemin a-t-il trouvé pour aller à votre cœur ? Je m'étois consolé en quelque sorte de ne l'avoir pas touché, par la pensée qu'il étoit incapable de l'être. Cependant un autre fait ce que je n'ai pu faire : j'ai tout ensemble la jalousie d'un mari et celle d'un amant ; mais il est impossible d'avoir celle d'un mari après un procédé comme le vôtre. Il est trop noble pour ne pas me donner une sûreté entière ; il me console même comme votre amant. La confiance et la sincérité que vous avez pour moi sont d'un prix infini ; vous m'estimez assez pour croire que je n'abuserai pas de cet aveu. Vous avez raison, Madame, je n'en abuserai pas,

et je ne vous en aimerai pas moins. Vous me rendez malheureux par la plus grande marque de
fidélité que jamais une femme ait donnée à son
mari; mais, Madame, achevez, et apprenez-moi
qui est celui que vous voulez éviter. — Je vous
supplie de ne me le point demander, répondit-elle; je suis résolue de ne vous le pas dire, et
je crois que la prudence ne veut pas que je vous
le nomme. — Ne craignez point, Madame, reprit
M. de Clèves; je connois trop le monde pour
ignorer que la considération d'un mari n'empêche
pas que l'on ne soit amoureux de sa femme. On
doit haïr ceux qui le sont, et non pas s'en plaindre;
et, encore une fois, Madame, je vous conjure de
m'apprendre ce que j'ai envie de savoir. — Vous
m'en presseriez inutilement, répliqua-t-elle; j'ai
de la force pour taire ce que je crois ne pas
devoir dire. L'aveu que je vous ai fait n'a pas
été par foiblesse, et il faut plus de courage pour
avouer cette vérité que pour entreprendre de la
cacher. »

M. de Nemours ne perdoit pas une parole de
cette conversation, et ce que venoit de dire
Mme de Clèves ne lui donnoit guère moins de jalousie qu'à son mari. Il étoit si éperdument
amoureux d'elle qu'il croyoit que tout le monde
avoit les mêmes sentimens. Il étoit véritable aussi
qu'il avoit plusieurs rivaux; mais il s'en imaginoit
encore davantage, et son esprit s'égaroit à chercher celui dont Mme de Clèves vouloit parler. Il

avoit cru bien des fois qu'il ne lui étoit pas désagréable, et il avoit fait ce jugement sur des choses
qui lui parurent si légères dans ce moment qu'il ne
put s'imaginer qu'il eût donné une passion qui devoit être bien violente pour avoir recours à un remède si extraordinaire. Il étoit si transporté qu'il
ne savoit quasi ce qu'il voyoit, et il ne pouvoit
pardonner à M. de Clèves de ne pas assez presser
sa femme de lui dire ce nom qu'elle lui cachoit.

M. de Clèves faisoit néanmoins tous ses efforts
pour le savoir ; et, après qu'il l'en eut pressée inutilement : « Il me semble, répondit-elle, que vous
devez être content de ma sincérité ; ne m'en demandez pas davantage, et ne me donnez point
lieu de me repentir de ce que je viens de faire :
contentez-vous de l'assurance, que je vous donne
encore, qu'aucune de mes actions n'a fait paroître
mes sentimens et que l'on ne m'a jamais rien dit
dont j'aie pu m'offenser. — Ah ! Madame, reprit
tout d'un coup M. de Clèves, je ne vous saurois
croire. Je me souviens de l'embarras où vous fûtes
le jour que votre portrait se perdit. Vous avez
donné, Madame, vous avez donné ce portrait qui
m'étoit si cher, et qui m'appartenoit si légitimement ; vous n'avez pu cacher vos sentimens ; vous
aimez, on le sait ; votre vertu vous a jusqu'ici ga-
rantie du reste. — Est-il possible, s'écria cette
princesse, que vous puissiez penser qu'il y ait quelque déguisement dans un aveu comme le mien,
qu'aucune raison ne m'obligeoit à vous faire ?

Fiez-vous à mes paroles; c'est par un assez
grand prix que j'achète la confiance que je vous
demande. Croyez, je vous en conjure, que je n'ai
point donné mon portrait : il est vrai que je le vis
prendre ; mais je ne voulus pas faire paroître que
je le voyois, de peur de m'exposer à me faire dire
des choses que l'on ne m'a pas encore osé dire.
— Par où vous a-t-on donc fait voir qu'on vous
aimoit, reprit M. de Clèves, et quelles marques de
passion vous a-t-on données? — Épargnez-moi la
peine, répliqua-t-elle, de vous redire des détails
qui me font honte à moi-même de les avoir re-
marqués, et qui ne m'ont que trop persuadée de
ma foiblesse. — Vous avez raison, Madame, reprit-il; je suis injuste : refusez-moi toutes les fois
que je vous demanderai de pareilles choses; mais
ne vous offensez pourtant pas si je vous les demande. »

Dans ce moment, plusieurs de leurs gens qui
étoient demeurés dans les allées vinrent avertir
M. de Clèves qu'un gentilhomme venoit le chercher
de la part du roi, pour lui ordonner de se trouver
le soir à Paris. M. de Clèves fut contraint de s'en
aller, et il ne put rien dire à sa femme, sinon qu'il la
supplioit de venir le lendemain, et qu'il la conjuroit
de croire que, quoiqu'il fût affligé, il avoit pour
elle une tendresse et une estime dont elle devoit
être satisfaite.

Lorsque ce prince fut parti, que Mme de Clèves
demeura seule, qu'elle regarda ce qu'elle venoit

de faire, elle en fut si épouvantée qu'à peine put-
elle s'imaginer que ce fût une vérité. Elle trouva
qu'elle s'étoit ôté elle-même le cœur et l'estime
de son mari, et qu'elle s'étoit creusé un abîme
dont elle ne sortiroit jamais. Elle se demandoit
pourquoi elle avoit fait une chose si hasardeuse,
et elle trouvoit qu'elle s'y étoit engagée sans en
avoir presque eu le dessein. La singularité d'un
pareil aveu, dont elle ne trouvoit point d'exemple,
lui en faisoit voir tout le péril.

Mais, quand elle venoit à penser que ce remède, quelque violent qu'il fût, étoit le seul qui la
pouvoit défendre contre M. de Nemours, elle
trouvoit qu'elle ne devoit point se repentir et
qu'elle n'avoit point trop hasardé. Elle passa toute
la nuit pleine d'incertitude, de trouble et de
crainte ; mais enfin le calme revint dans son esprit.
Elle trouva même de la douceur à avoir donné ce
témoignage de fidélité à un mari qui le méritoit si
bien, qui avoit tant d'estime et tant d'amitié pour
elle, et qui venoit de lui en donner encore des
marques par la manière dont il avoit reçu ce
qu'elle lui avoit avoué.

Cependant M. de Nemours étoit sorti du lieu
où il avoit entendu une conversation qui le touchoit si sensiblement et s'étoit enfoncé dans la
forêt. Ce qu'avoit dit Mme de Clèves de son portrait lui avoit redonné la vie, en lui faisant connoître que c'étoit lui qu'elle ne haïssoit pas. Il s'a-
bandonna d'abord à cette joie ; mais elle ne fut

pas longue, quand il fit réflexion que la même chose qui lui venoit d'apprendre qu'il avoit touché le cœur de Mme de Clèves le devoit persuader aussi qu'il n'en recevroit jamais nulle marque et qu'il étoit impossible d'engager une personne qui avoit recours à un remède si extraordinaire. Il sentit pourtant un plaisir sensible de l'avoir réduite à cette extrémité. Il trouva de la gloire à s'être fait aimer d'une femme si différente de toutes celles de son sexe ; enfin, il se trouva cent fois heureux et malheureux tout ensemble. La nuit le surprit dans la forêt, et il eut beaucoup de peine à retrouver le chemin de chez Mme de Mercœur. Il y arriva à la pointe du jour ; il fut assez embarrassé de rendre compte de ce qui l'avoit retenu ; il s'en démêla le mieux qu'il lui fut possible, et revint, ce jour même, à Paris avec le vidame.

Ce prince étoit si rempli de sa passion et si surpris de ce qu'il avoit entendu qu'il tomba dans une imprudence assez ordinaire, qui est de parler en termes généraux de ses sentimens particuliers et de conter ses propres aventures sous des noms empruntés. En revenant il tourna la conversation sur l'amour : il exagéra le plaisir d'être amoureux d'une personne digne d'être aimée ; il parla des effets bizarres de cette passion ; et enfin, ne pouvant renfermer en lui-même l'étonnement que lui donnoit l'action de Mme de Clèves, il la conta au vidame sans lui nommer la personne et sans lui dire qu'il y eût aucune part ; mais il la conta avec tant de chaleur et avec tant d'admiration que le vidame soupçonna aisément que cette histoire regardoit ce prince. Il le pressa extrêmement de le lui avouer ; il lui dit qu'il connoissoit depuis longtemps qu'il avoit quelque passion violente, et qu'il y avoit de l'injustice de se défier d'un homme qui lui avoit confié le secret de sa vie. M. de Nemours étoit trop amoureux pour avouer son amour ; il l'avoit toujours caché au vidame, quoique ce fût l'homme de la cour qu'il aimât le mieux. Il lui répondit qu'un de ses amis lui avoit conté cette aventure et lui avoit fait promettre de n'en point parler, et qu'il le conjuroit aussi de garder ce secret. Le vidame l'assura qu'il n'en parleroit point ; néanmoins M. de Nemours se repentit de lui en avoir tant appris.

Cependant M. de Clèves étoit allé trouver le roi, le cœur pénétré d'une douleur mortelle. Jamais mari n'avoit eu une passion si violente pour sa femme, et ne l'avoit tant estimée. Ce qu'il venoit d'apprendre ne lui ôtoit pas l'estime ; mais elle lui en donnoit d'une espèce différente de celle qu'il avoit eue jusqu'alors. Ce qui l'occupoit le plus étoit l'envie de deviner celui qui avoit su lui plaire. M. de Nemours lui vint d'abord dans l'esprit, comme ce qu'il y avoit de plus aimable à la cour ; et le chevalier de Guise, et le maréchal de Saint-André, comme deux hommes qui avoient pensé à lui plaire, et qui lui rendoient encore beaucoup de soins ; de sorte qu'il s'arrêta à croire qu'il falloit

que ce fût l'un des trois. Il arriva au Louvre, et le
roi le mena dans son cabinet pour lui dire qu'il
l'avoit choisi pour conduire Madame en Espagne;
qu'il avoit cru que personne ne s'acquitteroit mieux
que lui de cette commission, et que personne aussi
ne feroit tant d'honneur à la France que Mme de
Clèves. M. de Clèves reçut l'honneur de ce choix
comme il le devoit, et le regarda même comme
une chose qui éloigneroit sa femme de la cour
sans qu'il parût de changement dans sa conduite;
néanmoins le temps de ce départ étoit encore
trop éloigné pour être un remède à l'embarras où
il se trouvoit. Il écrivit à l'heure même à Mme de
Clèves pour lui apprendre ce que le roi venoit de
lui dire, et il lui manda encore qu'il vouloit absolument qu'elle revînt à Paris. Elle y revint comme
il l'ordonnoit, et, lorsqu'ils se virent, ils se trouvèrent tous deux dans une tristesse extraordinaire.

M. de Clèves lui parla comme le plus honnête
homme du monde et le plus digne de ce qu'elle
avoit fait. « Je n'ai nulle inquiétude de votre conduite, lui dit-il; vous avez plus de force et plus de
vertu que vous ne pensez; ce n'est point aussi la
crainte de l'avenir qui m'afflige, je ne suis affligé
que de vous voir pour un autre des sentimens que
je n'ai pu vous donner. — Je ne sais que vous répondre, lui dit-elle; je meurs de honte en vous en
parlant; épargnez-moi, je vous en conjure, de si
cruelles conversations; réglez ma conduite; faites
que je ne voie personne · c'est tout ce que je vous

demande ; mais trouvez bon que je ne vous parle plus d'une chose qui me fait paroître si peu digne de vous, et que je trouve si indigne de moi. — Vous avez raison, Madame, répliqua-t-il ; j'abuse de votre douceur et de votre confiance ; mais aussi ayez quelque compassion de l'état où vous m'avez mis, et songez que, quoi que vous m'ayez dit, vous me cachez un nom qui me donne une curiosité avec laquelle je ne saurois vivre. Je ne vous demande pourtant pas de la satisfaire ; mais je ne puis m'empêcher de vous dire que je crois que celui que je dois envier est le maréchal de Saint-André, le duc de Nemours ou le chevalier de Guise. — Je ne vous répondrai rien, lui dit-elle en rougissant, et je ne vous donnerai aucun lieu, par mes réponses, de diminuer ni de fortifier vos soupçons ; mais, si vous essayez de les éclaircir en m'observant, vous me donnerez un embarras qui paroîtra aux yeux de tout le monde. Au nom de Dieu, continua-t-elle, trouvez bon que, sur le prétexte de quelque maladie, je ne voie personne. — Non, Madame, répliqua-t-il ; on démêleroit bientôt que ce seroit une chose supposée, et, de plus, je ne me veux fier qu'à vous-même : c'est le chemin que mon cœur me conseille de prendre, et la raison me le conseille aussi. De l'humeur dont vous êtes, en vous laissant votre liberté, je vous donne des bornes plus étroites que je ne pourrois vous en prescrire. »

M. de Clèves ne se trompoit pas, la confiance

qu'il témoignoit à sa femme la fortifioit davantage
contre M. de Nemours, et lui faisoit prendre des
résolutions plus austères qu'aucune contrainte
n'auroit pu faire. Elle alla donc au Louvre et chez
la reine dauphine à son ordinaire ; mais elle évitoit
la présence et les yeux de M. de Nemours avec
tant de soin qu'elle lui ôta quasi toute la joie qu'il
avoit de se croire aimé d'elle. Il ne voyoit rien
dans ses actions qui ne lui persuadât le contraire.
Il ne savoit quasi si ce qu'il avoit entendu n'étoit
point un songe, tant il y trouvoit peu de vraisemblance. La seule chose qui l'assuroit qu'il ne s'é-
toit pas trompé étoit l'extrême tristesse de
Mme de Clèves, quelque effort qu'elle fit pour la
cacher : peut-être que des regards et des paroles
obligeantes n'eussent pas tant augmenté l'amour
de M. de Nemours que faisoit cette conduite
austère.

Un soir que M. et Mme de Clèves étoient chez
la reine, quelqu'un dit que le bruit couroit que le
roi mèneroit encore un grand seigneur de la cour
pour aller conduire Madame en Espagne. M. de
Clèves avoit les yeux sur sa femme dans le temps
que l'on ajouta que ce seroit peut-être le chevalier de Guise ou le maréchal de Saint-André. Il
remarqua qu'elle n'avoit point été émue de ces
deux noms, ni de la proposition qu'ils fissent ce
voyage avec elle. Cela lui fit croire que pas un des
deux n'étoit celui dont elle craignoit la présence,
et, voulant s'éclaircir de ses soupçons, il entra dans

le cabinet de la reine, où étoit le roi. Après y
avoir demeuré quelque temps, il revint auprès de sa
femme et lui dit tout bas qu'il venoit d'apprendre
que ce seroit M. de Nemours qui iroit avec eux
en Espagne.

Le nom de M. de Nemours, et la pensée d'être
exposée à le voir tous les jours pendant un long
voyage, en présence de son mari, donna un tel
trouble à Mme de Clèves qu'elle ne le put cacher ;
et, voulant y donner d'autres raisons : « C'est un
choix bien désagréable pour vous, répondit-elle,
que celui de ce prince. Il partagera tous les honneurs, et il me semble que vous devriez essayer
de faire choisir quelque autre. — Ce n'est pas la
gloire, Madame, reprit M. de Clèves, qui vous
fait appréhender que M. de Nemours ne vienne
avec moi. Le chagrin que vous en avez vient d'une
autre cause. Ce chagrin m'apprend ce que j'aurois
appris d'une autre femme par la joie qu'elle en
auroit eue. Mais ne craignez point : ce que je
viens de vous dire n'est pas véritable, et je l'ai in-
venté pour m'assurer d'une chose que je ne croyois
déjà que trop. » Il sortit après ces paroles, ne
voulant pas augmenter par sa présence l'extrême
embarras où il voyoit sa femme.

M. de Nemours entra dans cet instant, et remarqua d'abord l'état où étoit Mme de Clèves. Il
s'approcha d'elle, et lui dit tout bas qu'il n'osoit,
par respect, lui demander ce qui la rendoit plus rê-
veuse que de coutume. La voix de M. de Nemours

la fit revenir, et, le regardant sans avoir entendu
ce qu'il venoit de lui dire, pleine de ses propres
pensées et de la crainte que son mari ne le vît auprès d'elle : « Au nom de Dieu, lui dit-elle, laissez-
moi en repos. — Hélas ! Madame, répondit-il, je
ne vous y laisse que trop ; de quoi pouvez-vous
vous plaindre ? Je n'ose vous parler, je n'ose
même vous regarder : je ne vous approche qu'en
tremblant. Par où me suis-je attiré ce que vous venez de me dire ? et pourquoi me faites-vous paroître que j'ai quelque part au chagrin que je vous
vois ? » Mme de Clèves fut bien fâchée d'avoir
donné lieu à M. de Nemours de s'expliquer plus
clairement qu'il n'avoit fait en toute sa vie. Elle le
quitta sans lui répondre, et s'en revint chez elle,
l'esprit plus agité qu'elle ne l'avoit jamais eu. Son
mari s'aperçut aisément de l'augmentation de son
embarras. Il vit qu'elle craignoit qu'il ne lui parlât
de ce qui s'étoit passé. Il la suivit dans un cabinet
où elle étoit entrée. « Ne m'évitez point, Madame,
lui dit-il ; je ne vous dirai rien qui puisse vous déplaire ; je vous demande pardon de la surprise que
je vous ai faite tantôt : j'en suis assez puni par ce
que j'ai appris. M. de Nemours étoit de tous les
hommes celui que je craignois le plus. Je vois le
péril où vous êtes ; ayez du pouvoir sur vous, pour
l'amour de vous-même, et, s'il est possible, pour
l'amour de moi. Je ne vous le demande point
comme un mari, mais comme un homme dont vous
faites tout le bonheur et qui a pour vous une

passion plus tendre et plus violente que celui que votre cœur lui préfère. » M. de Clèves s'attendrit en prononçant ces dernières paroles, et eut peine à les achever. Sa femme en fut pénétrée, et, fondant en larmes, elle l'embrassa avec une tendresse et une douleur qui le mirent dans un état peu différent du sien. Ils demeurèrent quelque temps sans se rien dire, et se séparèrent sans avoir la force de se parler.

Les préparatifs pour le mariage de Madame étoient achevés. Le duc d'Albe arriva pour l'épouser : il fut reçu avec toute la magnificence et toutes les cérémonies qui se pouvoient faire dans une pareille occasion. Le roi envoya au-devant de lui le prince de Condé, les cardinaux de Lorraine et de Guise, les ducs de Lorraine, de Ferrare, d'Aumale, de Bouillon, de Guise et de Nemours. Ils avoient plusieurs gentilshommes et grand nombre de pages vêtus de leurs livrées. Le roi attendit lui-même le duc d'Albe à la première porte du Louvre, avec les deux cents gentilshommes servans, et le connétable à leur tête. Lorsque ce duc fut proche du roi, il voulut lui embrasser les genoux ; mais le roi l'en empêcha, et le fit marcher à son côté jusque chez la reine et chez Madame, à qui le duc d'Albe apporta un présent magnifique de la part de son maître. Il alla ensuite chez Mme Marguerite, sœur du roi, lui faire les complimens de M. de Savoie et l'assurer qu'il arriveroit dans peu de jours. L'on fit de grandes assemblées

au Louvre pour faire voir au duc d'Albe et au
prince d'Orange qui l'avoit accompagné les beautés de la cour.

Mme de Clèves n'osa se dispenser de s'y trouver,
quelque envie qu'elle en eût, par la crainte de déplaire à son mari qui lui commanda absolument
d'y aller. Ce qui l'y déterminoit encore davantage
étoit l'absence de M. de Nemours. Il étoit allé
au-devant de M. de Savoie ; et, après que ce
prince fut arrivé, il fut obligé de se tenir presque
toujours auprès de lui, pour lui aider à toutes les
choses qui regardoient les cérémonies de ses noces;
cela fit que Mme de Clèves ne rencontra pas ce
prince aussi souvent qu'elle avoit accoutumé, et
elle s'en trouvoit dans quelque sorte de repos.

Le vidame de Chartres n'avoit pas oublié la
conversation qu'il avoit eue avec M. de Nemours.
Il lui étoit demeuré dans l'esprit que l'aventure
que ce prince lui avoit contée étoit la sienne propre, et il l'observoit avec tant de soin que peut-
être auroit-il démêlé la vérité, sans que l'arrivée du
duc d'Albe et celle de M. de Savoie firent un changement et une occupation dans la cour, qui l'em-
pêchèrent de voir ce qui auroit pu l'éclairer. L'envie de s'éclaircir, ou plutôt la disposition naturelle
que l'on a de conter tout ce que l'on sait à ce que
l'on aime, fit qu'il redit à Mme de Martigues l'action extraordinaire de cette personne qui avoit
avoué à son mari la passion qu'elle avoit pour un
autre. Il l'assura que M. de Nemours étoit celui

qui avoit inspiré cette violente passion, et il la conjura de lui aider à observer ce prince. Mme de Martigues fut bien aise d'apprendre ce que lui dit le vidame, et la curiosité qu'elle avoit toujours vue à madame la dauphine pour ce qui regardoit M. de Nemours lui donnoit encore plus d'envie de pénétrer cette aventure.

Peu de jours avant celui que l'on avoit choisi pour la cérémonie du mariage, la reine dauphine donnoit à souper au roi son beau-père et à la duchesse de Valentinois. Mme de Clèves, qui étoit occupée à s'habiller, alla au Louvre plus tard que de coutume. En y allant, elle trouva un gentilhomme qui la venoit querir de la part de madame la dauphine : comme elle entra dans sa chambre, cette princesse lui cria, de dessus son lit où elle étoit, qu'elle l'attendoit avec une grande impatience. « Je crois, Madame, lui répondit-elle, que je ne dois pas vous remercier de cette impatience, et qu'elle est sans doute causée par quelque autre chose que par l'envie de me voir. — Vous avez raison, lui répliqua la reine dauphine ; mais néanmoins vous devez m'en être obligée, car je veux vous apprendre une aventure que je suis assurée que vous serez bien aise de savoir. »

Mme de Clèves se mit à genoux devant son lit, et, par bonheur pour elle, elle n'avoit pas le jour au visage. « Vous savez, lui dit cette reine, l'envie que nous avions de deviner ce qui causoit le changement qui paroît au duc de Nemours : je crois le savoir, et c'est une chose qui vous surprendra. Il est éperdument amoureux et fort aimé d'une des plus belles personnes de la cour. » Ces paroles, que Mme de Clèves ne pouvoit s'attribuer, puisqu'elle ne croyoit pas que personne sût qu'elle aimoit ce prince, lui causèrent une douleur qu'il est aisé de s'imaginer. « Je ne vois rien en cela, répondit-elle, qui doive surprendre d'un homme de l'âge de M. de Nemours, et fait comme il est. — Ce n'est pas aussi, reprit madame la dauphine, ce qui vous doit étonner ; mais c'est de savoir que cette femme qui aime M. de Nemours ne lui en a jamais donné aucune marque, et que la peur qu'elle a eue de n'être pas toujours maîtresse de sa passion a fait qu'elle l'a avouée à son mari, afin qu'il l'ôtât de la cour. Et c'est M. de Nemours lui-même qui a conté ce que je vous dis. »

Si Mme de Clèves avoit eu d'abord de la douleur par la pensée qu'elle n'avoit aucune part à cette aventure, les dernières paroles de madame la dauphine lui donnèrent du désespoir par la certitude de n'y en avoir que trop. Elle ne put répondre et demeura la tête penchée sur le lit, pendant que la reine continuoit de parler, si occupée de ce qu'elle disoit qu'elle ne prenoit pas garde à cet embarras. Lorsque Mme de Clèves fut un peu remise : « Cette histoire ne me paroît guère vraisemblable, Madame, répondit-elle, et je voudrois bien savoir qui vous l'a contée. — C'est Mme de Martigues, répliqua madame la dauphine, qui l'a

apprise du vidame de Chartres. Vous savez qu'il
en est amoureux; il la lui a confiée comme un secret, et il la sait du duc de Nemours lui-même : il
est vrai que le duc de Nemours ne lui a pas dit le
nom de la dame, et ne lui a pas même avoué que
ce fût lui qui en fût aimé; mais le vidame de
Chartres n'en doute point. »

Comme la reine dauphine achevoit ces paroles,
quelqu'un s'approcha du lit. Mᵐᵉ de Clèves étoit
tournée d'une sorte qui l'empêchoit de voir qui
c'étoit ; mais elle n'en douta pas lorsque madame
la dauphine se récria avec un air de gaieté et de
surprise: « Le voilà lui-même, et je veux lui demander ce qu'il en est. » Mᵐᵉ de Clèves connut
bien que c'étoit le duc de Nemours, comme ce
l'étoit en effet. Sans se tourner de son côté, elle
s'avança avec précipitation vers madame la dauphine et lui dit tout bas qu'il falloit bien se garder
de lui parler de cette aventure; qu'il l'avoit confiée
au vidame de Chartres, et que ce seroit une chose
capable de les brouiller. Madame la dauphine lui
répondit en riant qu'elle étoit trop prudente, et se
retourna vers M. de Nemours. Il étoit paré pour
l'assemblée du soir; et, prenant la parole avec
cette grâce qui lui étoit si naturelle: « Je crois,
Madame, dit-il, que je puis penser sans témérité
que vous parliez de moi quand je suis entré, que
vous aviez dessein de me demander quelque chose
et que Mᵐᵉ de Clèves s'y oppose. — Il est vrai,
répondit madame la dauphine; mais je n'aurai

pas pour elle la complaisance que j'ai accoutumé
d'avoir. Je veux savoir de vous si une histoire que
l'on m'a contée est véritable, et si vous n'êtes pas
celui qui êtes amoureux et aimé d'une femme de
la cour qui vous cache sa passion avec soin, et qui
l'a avouée à son mari. »

Le trouble et l'embarras de Mme de Clèves
étoient au de là de tout ce que l'on peut s'imaginer,
et, si la mort se fût présentée pour la tirer de cet état,
elle l'auroit trouvée agréable ; mais M. de Nemours étoit encore plus embarrassé, s'il est possible.
Le discours de madame la dauphine, dont il avoit
eu lieu de croire qu'il n'étoit pas haï, en présence
de Mme de Clèves, qui étoit la personne de la cour
en qui elle avoit le plus de confiance, et qui en
avoit aussi le plus en elle, lui donnoit une si grande
confusion de pensées bizarres qu'il lui fut impossible d'être maître de son visage. L'embarras où
il voyoit Mme de Clèves, par sa faute, et la pensée
du juste sujet qu'il lui donnoit de le haïr, lui causa
un saisissement qui ne lui permit pas de répondre.
Madame la dauphine, voyant à quel point il étoit
interdit : « Regardez-le, regardez-le, dit-elle à
Mme de Clèves, et jugez si cette aventure n'est
pas la sienne. »

Cependant M. de Nemours, revenant de son
premier trouble et voyant l'importance de sortir
d'un pas si dangereux, se rendit maître tout d'un
coup de son esprit et de son visage. « J'avoue,
Madame, dit-il, que l'on ne peut être plus surpris

et plus affligé que je le suis de l'infidélité que m'a faite le vidame de Chartres en racontant l'aventure d'un de mes amis que je lui avois confiée. Je pourrois m'en venger, continua-t-il en souriant avec un air tranquille qui ôta quasi à madame la dauphine les soupçons qu'elle venoit d'avoir. Il m'a confié des choses qui ne sont pas d'une médiocre importance ; mais je ne sais, Madame, poursuivit-il, pourquoi vous me faites l'honneur de me mêler à cette aventure : le vidame ne peut pas dire qu'elle me regarde, puisque je lui ai dit le contraire. La qualité d'un homme amoureux me peut convenir ; mais, pour celle d'un homme aimé, je ne crois pas, Madame, que vous puissiez me la donner. » Ce prince fut bien aise de dire quelque chose à madame la dauphine qui eût du rapport à ce qu'il lui avoit fait paroître en d'autres temps, afin de lui détourner l'esprit des pensées qu'elle avoit pu avoir. Elle crut bien aussi entendre ce qu'il disoit ; mais, sans y répondre, elle continua à lui faire la guerre de son embarras. « J'ai été troublé, Madame, lui répondit-il, pour l'intérêt de mon ami et par les justes reproches qu'il me pourroit faire d'avoir redit une chose qui lui est plus chère que la vie. Il ne me l'a néanmoins confiée qu'à demi, et il ne m'a pas nommé la personne qu'il aime : je sais seulement qu'il est l'homme du monde le plus amoureux et le plus à plaindre. — Le trouvez-vous si à plaindre, répliqua madame la dauphine, puisqu'il est aimé ? — Croyez-vous qu'il le soit,

Madame, reprit-il, et qu'une personne qui auroit
une véritable passion pût la découvrir à son mari?
Cette personne ne connoît pas sans doute l'amour,
et elle a pris pour lui une légère reconnoissance
de l'attachement que l'on a pour elle. Mon ami ne
se peut flatter d'aucune espérance; mais, tout
malheureux qu'il est, il se trouve heureux d'avoir
du moins donné la peur de l'aimer, et il ne chan-
geroit pas son état contre celui du plus heureux
amant du monde. —Votre ami a une passion bien
aisée à satisfaire, dit madame la dauphine, et je
commence à croire que ce n'est pas de vous dont
vous parlez. Il ne s'en faut guère, continua-t-elle,
que je ne sois de l'avis de Mme de Clèves, qui soutient que cette aventure ne peut être véritable. —
Je ne crois pas, en effet, qu'elle le puisse être, reprit
Mme de Clèves, qui n'avoit point encore parlé; et,
quand il seroit possible qu'elle le fût, par où l'auroit-
on pu savoir? Il n'y a pas d'apparence qu'une femme
capable d'une chose si extraordinaire eût la foiblesse de la raconter; apparemment son mari ne
l'auroit pas racontée non plus, ou ce seroit un mari
bien indigne du procédé que l'on auroit eu avec
lui. » M. de Nemours, qui vit les soupçons de
Mme de Clèves sur son mari, fut bien aise de les
lui confirmer; il savoit que c'étoit le plus redoutable rival qu'il eût à détruire. « La jalousie, répondit-il, et la curiosité d'en savoir peut-être davantage que l'on ne lui en a dit, peuvent faire faire
bien des imprudences à un mari. »

Mme de Clèves étoit à la dernière épreuve de sa
force et de son courage, et, ne pouvant plus soutenir la conversation, elle alloit dire qu'elle se
trouvoit mal, lorsque, par bonheur pour elle, la
duchesse de Valentinois entra, qui dit à madame
la dauphine que le roi alloit arriver. Cette reine
passa dans son cabinet pour s'habiller. M. de Nemours s'approcha de Mme de Clèves comme elle
la vouloit suivre. « Je donnerois ma vie, Madame,
lui dit-il, pour vous parler un moment ; mais, de
tout ce que j'aurois d'important à vous dire, rien
ne me le paroît davantage que de vous supplier
de croire que, si j'ai dit quelque chose où madame
la dauphine puisse prendre part, je l'ai fait par des
raisons qui ne la regardent pas. » Mme de Clèves
ne fit pas semblant d'entendre M. de Nemours ;
elle le quitta sans le regarder et se mit à suivre le roi
qui venoit d'entrer. Comme il y avoit beaucoup
de monde, elle s'embarrassa dans sa robe, et fit
un faux pas : elle se servit de ce prétexte pour
sortir d'un lieu où elle n'avoit pas la force de demeurer, et, feignant de ne se pouvoir soutenir,
elle s'en alla chez elle.

M. de Clèves vint au Louvre, et fut étonné de
n'y pas trouver sa femme : on lui dit l'accident qui
lui étoit arrivé. Il s'en retourna à l'heure même
pour apprendre de ses nouvelles ; il la trouva au
lit, et il sut que son mal n'étoit pas considérable.
Quand il eut été quelque temps auprès d'elle, il
s'aperçut qu'elle étoit dans une tristesse si exces-

sive qu'il en fut surpris. « Qu'avez-vous, Madame ?
lui dit-il. Il me paroît que vous avez quelque autre
douleur que celle dont vous vous plaignez. — J'ai
la plus sensible affliction que je pouvois jamais
avoir, répondit-elle : quel usage avez-vous fait de
la confiance extraordinaire, ou, pour mieux dire,
folle, que j'ai eue en vous ? Ne méritois-je pas le
secret ? et, quand je ne l'aurois pas mérité, votre
propre intérêt ne vous y engageoit-il pas ? Falloit-il que la curiosité de savoir un nom que je ne
dois pas vous dire vous obligeât à vous confier à
quelqu'un pour tâcher de le découvrir ? Ce ne peut
être que cette seule curiosité qui vous ait fait faire
une si cruelle imprudence ; les suites en sont aussi
fâcheuses qu'elles pouvoient l'être. Cette aventure
est sue, et on me la vient de conter, ne sachant
pas que j'y eusse le principal intérêt. — Que me
dites-vous, Madame ? lui répondit-il. Vous m'ac-
cusez d'avoir conté ce qui s'est passé entre vous et
moi, et vous m'apprenez que la chose est sue ? Je
ne me justifie pas de l'avoir redite ; vous ne le
sauriez croire, et il faut, sans doute, que vous
ayez pris pour vous ce que l'on vous a dit de quelque autre. — Ah ! Monsieur, reprit-elle, il n'y a
pas dans le monde une autre aventure pareille à la
mienne ; il n'y a point une autre femme capable
de la même chose. Le hasard ne peut l'avoir fait
inventer ; on ne l'a jamais imaginée, et cette pensée n'est jamais tombée dans un autre esprit que le
mien. Madame la dauphine vient de me conter

toute cette aventure ; elle l'a sue par le vidame de Chartres, qui la sait de M. de Nemours. — M. de Nemours ! s'écria M. de Clèves avec une action qui marquoit du transport et du désespoir : quoi! M. de Nemours sait que vous l'aimez, et que je le sais ? — Vous voulez toujours choisir M. de Nemours plutôt qu'un autre, répliqua-t-elle : je vous ai dit que je ne vous répondrois jamais sur vos soupçons. J'ignore si M. de Nemours sait la part que j'ai dans cette aventure et celle que vous lui avez donnée ; mais il l'a contée au vidame de Chartres, et lui a dit qu'il la savoit d'un de ses amis, qui ne lui avoit pas nommé la personne. Il faut que cet ami de M. de Nemours soit des vôtres, et que vous vous soyez fié à lui pour tâcher de vous éclaircir. — A-t-on un ami au monde à qui on voulût faire une telle confidence, reprit M. de Clèves, et voudroit-on éclaircir ses soupçons au prix d'apprendre à quelqu'un ce que l'on souhaiteroit de se cacher à soi-même ? Songez plutôt, Madame, à qui vous avez parlé. Il est plus vraisemblable que ce soit par vous que par moi que ce secret soit échappé. Vous n'avez pu soutenir toute seule l'embarras où vous vous êtes trouvée, et vous avez cherché le soulagement de vous plaindre avec quelque confidente qui vous a trahie. — N'achevez point de m'accabler, s'écria-t-elle, et n'ayez point la dureté de m'accuser d'une faute que vous avez faite. Pouvez-vous m'en soupçonner, et, puisque j'ai été capable de vous parler, suis-je capable de parler à quelque autre? »

L'aveu que Mme de Clèves avoit fait à son mari étoit une si grande marque de sa sincérité, et elle nioit si fortement de s'être confiée à personne, que M. de Clèves ne savoit que penser; d'un autre côté, il étoit assuré de n'avoir rien redit ; c'étoit une chose que l'on ne pouvoit avoir devinée; elle étoit sue : ainsi il falloit que ce fût par l'un des deux; mais ce qui lui causoit une douleur violente étoit de savoir que ce secret étoit entre les mains de quelqu'un, et qu'apparemment il seroit bientôt divulgué.

Mme de Clèves pensoit à peu près les mêmes choses : elle trouvoit également impossible que son mari eût parlé, et qu'il n'eût pas parlé; ce qu'avoit dit M. de Nemours, que la curiosité pouvoit faire faire des imprudences à un mari, lui paroissoit se rapporter si juste à l'état de M. de Clèves qu'elle ne pouvoit croire que ce fût une chose que le hasard eût fait dire; et cette vraisemblance la déterminoit à croire que M. de Clèves avoit abusé de la confiance qu'elle avoit en lui. Ils étoient si occupés l'un et l'autre de leurs pensées qu'ils furent longtemps sans parler, et ils ne sortirent de ce silence que pour redire les mêmes choses qu'ils avoient déjà dites plusieurs fois, et demeurèrent le cœur et l'esprit plus éloignés et plus altérés qu'ils ne les avoient encore eus.

Il est aisé de s'imaginer en quel état ils passèrent la nuit. M. de Clèves avoit épuisé toute sa con-

stance à soutenir le malheur de voir une femme
qu'il adoroit touchée de passion pour un autre. Il
ne lui restoit plus de courage; il croyoit même n'en
devoir pas trouver dans une chose où sa gloire
et son honneur étoient si vivement blessés. Il ne
savoit plus que penser de sa femme; il ne voyoit
plus quelle conduite il lui devoit faire prendre, ni
comment il se devoit conduire lui-même, et il ne
trouvoit de tous côtés que des précipices et
des abîmes. Enfin, après une agitation et une
incertitude très longues, voyant qu'il devoit bientôt s'en aller en Espagne, il prit le parti de ne
rien faire qui pût augmenter les soupçons ou la
connoissance de son malheureux état. Il alla trouver Mme de Clèves, et lui dit qu'il ne s'agissoit pas
de démêler entre eux qui avoit manqué au secret; mais qu'il s'agissoit de faire voir que l'histoire que l'on avoit contée étoit une fable où elle
n'avoit aucune part; qu'il dépendoit d'elle de le
persuader à M. de Nemours et aux autres; qu'elle
n'avoit qu'à agir avec lui avec la sévérité et la
froideur qu'elle devoit avoir pour un homme qui
lui témoignoit de l'amour; que, par ce procédé,
elle lui ôteroit aisément l'opinion qu'elle eût de
l'inclination pour lui; qu'ainsi, il ne falloit point
s'affliger de tout ce qu'il auroit pu penser, parce
que, si dans la suite elle ne faisoit paroître
aucune foiblesse, toutes ses pensées se détruiroient
aisément, et que surtout il falloit qu'elle allât au
Louvre et aux assemblées comme à l'ordinaire.

Après ces paroles, M. de Clèves quitta sa femme sans attendre sa réponse. Elle trouva beaucoup de raison dans tout ce qu'il lui dit, et la colère où elle étoit contre M. de Nemours lui fit croire qu'elle trouveroit aussi beaucoup de facilité à l'exécuter; mais il lui parut difficile de se trouver à toutes les cérémonies du mariage et d'y paroître avec un visage tranquille et un esprit libre : néanmoins, comme elle devoit porter la robe de madame la dauphine et que c'étoit une chose où elle avoit été préférée à plusieurs autres princesses, il n'y avoit pas moyen d'y renoncer sans faire beaucoup de bruit et sans en faire chercher des raisons. Elle se résolut donc de faire un effort sur elle-même; mais elle prit le reste du jour pour s'y préparer, et pour s'abandonner à tous les sentimens dont elle étoit agitée. Elle s'enferma seule dans son cabinet : de tous ses maux, celui qui se présentoit à elle avec le plus de violence étoit d'avoir sujet de se plaindre de M. de Nemours et de ne trouver aucun moyen de le justifier. Elle ne pouvoit douter qu'il n'eût conté cette aventure au vidame de Chartres, il l'avoit avoué; et elle ne pouvoit douter aussi, par la manière dont il avoit parlé, qu'il ne sût que l'aventure la regardoit. Comment excuser une si grande imprudence, et qu'étoit devenue l'extrême discrétion de ce prince, dont elle avoit été si touchée? « Il a été discret, disoit-elle, tant qu'il a cru être malheureux; mais une pensée d'un bonheur même incertain a fini sa discrétion. Il n'a pu s'imaginer qu'il étoit aimé sans vouloir qu'on le sût. Il a dit tout ce qu'il pouvoit dire : je n'ai pas avoué que c'étoit lui que j'aimois; il l'a soupçonné, et il a laissé voir ses soupçons. S'il eût eu des certitudes, il en auroit usé de la même sorte. J'ai eu tort de croire qu'il y eût un homme capable de cacher ce qui flatte sa gloire. C'est pourtant pour cet homme, que j'ai cru si différent du reste des hommes, que je me trouve comme les autres femmes, étant si éloignée de leur ressembler. J'ai perdu le cœur et l'estime d'un mari qui devoit faire ma félicité. Je serai bientôt regardée de tout le monde comme une personne qui a une folle et violente passion. Celui pour qui je l'ai ne l'ignore plus; et c'est pour éviter ces malheurs que j'ai hasardé tout mon repos et même ma vie ! » Ces tristes réflexions étoient suivies d'un torrent de larmes; mais, quelque douleur dont elle se trouvât accablée, elle sentoit bien qu'elle auroit eu la force de les supporter si elle avoit été satisfaite de M. de Nemours.

Ce prince n'étoit pas dans un état plus tranquille. L'imprudence qu'il avoit faite d'avoir parlé au vidame de Chartres et les cruelles suites de cette imprudence lui donnoient un déplaisir mortel. Il ne pouvoit se représenter sans être accablé l'embarras, le trouble et l'affliction où il avoit vu Mme de Clèves. Il étoit inconsolable de lui avoir dit des choses sur cette aventure qui, bien que galantes par elles-mêmes, lui paroissoient, dans ce

moment, grossières et peu polies, puisqu'elles
avoient fait entendre à Mme de Clèves qu'il n'igno-
roit pas qu'elle étoit cette femme qui avoit une
passion violente, et qu'il étoit celui pour qui elle
l'avoit. Tout ce qu'il eût pu souhaiter eût été une
conversation avec elle; mais il trouvoit qu'il la
devoit craindre plutôt que de la désirer. « Qu'aurois-
je à lui dire? s'écrioit-il. Irois-je encore lui montrer
ce que je ne lui ai déjà que trop fait connoître?
Lui ferai-je voir que je sais qu'elle m'aime, moi
qui n'ai jamais seulement osé lui dire que je l'aimois?
Commencerai-je à lui parler ouvertement de ma
passion, afin de lui paroître un homme devenu
hardi par des espérances? Puis-je penser seulement
à l'approcher, et oserois-je lui donner l'embarras
de soutenir ma vue? Par où pourrois-je me justifier?
Je n'ai point d'excuse; je suis indigne d'être regardé de Mme de Clèves, et je n'espère pas aussi
qu'elle me regarde jamais. Je lui ai donné, par
ma faute, de meilleurs moyens pour se défendre
contre moi que tous ceux qu'elle cherchoit, et
qu'elle eût peut-être cherchés inutilement. Je
perds, par mon imprudence, le bonheur et la gloire
d'être aimé de la plus aimable et de la plus estimable personne du monde; mais, si j'avois perdu
ce bonheur sans qu'elle en eût souffert et sans lui
avoir donné une douleur mortelle, ce me seroit
une consolation; et je sens plus dans ce moment
le mal que je lui ai fait que celui que je me suis
fait auprès d'elle. »

M. de Nemours fut longtemps à s'affliger et à penser les mêmes choses. L'envie de parler à Mme de Clèves lui venoit toujours dans l'esprit. Il songea à en trouver les moyens : il pensa à lui écrire ; mais enfin, il trouva qu'après la faute qu'il avoit faite, et de l'humeur dont elle étoit, le mieux qu'il pût faire étoit de lui témoigner un profond respect par son affliction et par son silence, de lui faire voir même qu'il n'osoit se présenter devant elle, et d'attendre ce que le temps, le hasard et l'inclination qu'elle avoit pour lui pourroient faire en sa faveur. Il résolut aussi de ne point faire de reproches au vidame de Chartres de l'infidélité qu'il lui avoit faite, de peur de fortifier ses soupçons.

Les fiançailles de Madame, qui se faisoient le lendemain, et le mariage qui se faisoit le jour suivant, occupoient tellement toute la cour que Mme de Clèves et M. de Nemours cachèrent aisément au public leur tristesse et leur trouble. Madame la dauphine ne parla même qu'en passant à Mme de Clèves de la conversation qu'elles avoient eue avec M. de Nemours, et M. de Clèves affecta de ne plus parler à sa femme de tout ce qui s'étoit passé : de sorte qu'elle ne se trouva pas dans un aussi grand embarras qu'elle l'avoit imaginé.

Les fiançailles se firent au Louvre, et, après le festin et le bal, toute la maison royale alla coucher à l'évêché, comme c'étoit la coutume. Le matin, le duc d'Albe, qui n'étoit jamais vêtu que fort simplement, mit un habit de drap d'or, mêlé de

couleur de feu, de jaune et de noir, tout couvert
de pierreries, et il avoit une couronne fermée sur
la tête. Le prince d'Orange, habillé aussi magnifiquement avec ses livrées, et tous les Espagnols
suivis des leurs, vinrent prendre le duc d'Albe à
l'hôtel de Villeroi, où il étoit logé, et partirent,
marchant quatre à quatre, pour venir à l'évêché.
Sitôt qu'il fut arrivé, on alla par ordre à l'église :
le roi menoit Madame, qui avoit aussi une couronne fermée, et sa robe portée par Mlles de
Montpensier et de Longueville ; la reine marchoit
ensuite, mais sans couronne. Après elle, venoient la
reine dauphine, Madame, sœur du roi, Mme de
Lorraine et la reine de Navarre, leurs robes portées par des princesses. Les reines et les princesses
avoient toutes leurs filles magnifiquement habillées
des mêmes couleurs qu'elles étoient vêtues ; en
sorte que l'on connoissoit à qui étoient les filles
par la couleur de leurs habits. On monta sur
l'échafaud qui étoit préparé dans l'église, et l'on
fit la cérémonie des mariages. On retourna ensuite
dîner à l'évêché, et, sur les cinq heures, on en
partit pour aller au Palais, où se faisoit le festin,
et où le parlement, les cours souveraines et la
maison de ville étoient priés d'assister. Le roi, les
reines, les princes et princesses, mangèrent sur la
table de marbre dans la grande salle du Palais, le
duc d'Albe assis auprès de la nouvelle reine d'Espagne. Au-dessous des degrés de la table de
marbre, et à la main droite du roi, étoit une table

pour les ambassadeurs, les archevêques et les chevaliers de l'ordre, et, de l'autre côté, une table pour messieurs du parlement.

Le duc de Guise, vêtu d'une robe de drap d'or frisé, servoit au roi de grand maître; M. le prince de Condé, de panetier, et le duc de Nemours, d'échanson. Après que les tables furent levées, le bal commença; il fut interrompu par des ballets et des machines extraordinaires : on le reprit ensuite; et enfin, après minuit, le roi et toute la cour s'en retournèrent au Louvre. Quelque triste que fût Mᵐᵉ de Clèves, elle ne laissa pas de paroître aux yeux de tout le monde, et surtout aux yeux de M. de Nemours, d'une beauté incomparable. Il n'osa lui parler, quoique l'embarras de cette cérémonie lui en donnât plusieurs moyens; mais il lui fit voir tant de tristesse et une crainte si respectueuse de l'approcher qu'elle ne le trouva plus si coupable, quoiqu'il ne lui eût rien dit pour se justifier. Il eut la même conduite les jours suivans, et cette conduite fit aussi le même effet sur le cœur de Mᵐᵉ de Clèves.

Enfin, le jour du tournoi arriva. Les reines se rendirent dans les galeries et sur les échafauds qui leur avoient été destinés. Les quatre tenans parurent au bout de la lice, avec une quantité de chevaux et de livrées, qui faisoient le plus magnifique spectacle qui eût jamais paru en France.

Le roi n'avoit point d'autres couleurs que le blanc et le noir, qu'il portoit toujours à cause de

Mme de Valentinois qui étoit veuve. M. de Ferrare
et toute sa suite avoient du jaune et du rouge;
M. de Guise parut avec de l'incarnat et du blanc:
on ne savoit d'abord par quelle raison il avoit ces
couleurs; mais on se souvint que c'étoient celles
d'une belle personne qu'il avoit aimée pendant
qu'elle étoit fille, et qu'il aimoit encore, quoiqu'il
n'osât plus le lui faire paroître; M. de Nemours
avoit du jaune et du noir : on en chercha inutilement la raison. Mme de Clèves n'eut pas de peine
à la deviner : elle se souvint d'avoir dit devant lui
qu'elle aimoit le jaune, et qu'elle étoit fâchée d'être
blonde, parce qu'elle n'en pouvoit mettre. Ce
prince crut pouvoir paroître avec cette couleur
sans indiscrétion, puisque, Mme de Clèves n'en
mettant point, on ne pouvoit soupçonner que ce
fût la sienne.

Jamais on n'a fait voir tant d'adresse que les
quatre tenans en firent paroître. Quoique le roi
fût le meilleur homme de cheval de son royaume,
on ne savoit à qui donner l'avantage. M. de
Nemours avoit un agrément dans toutes ses actions,
qui pouvoit faire pencher en sa faveur des personnes moins intéressées que Mme de Clèves. Sitôt
qu'elle le vit paroître au bout de la lice, elle sentit
une émotion extraordinaire; et, à toutes les courses de ce prince, elle avoit de la peine à cacher sa
joie lorsqu'il avoit heureusement fourni sa carrière.

Sur le soir, comme tout étoit presque fini et que
l'on étoit près de se retirer, le malheur de l'État

fit que le roi voulut encore rompre une lance. Il
manda au comte de Montgomery, qui étoit
extrêmement adroit, qu'il se mît sur la lice. Le
comte supplia le roi de l'en dispenser, et allégua
toutes les excuses dont il put s'aviser ; mais le roi,
quasi en colère, lui fit dire qu'il le vouloit absolument. La reine manda au roi qu'elle le conjuroit
de ne plus courir ; qu'il avoit si bien fait qu'il
devoit être content, et qu'elle le supplioit de revenir auprès d'elle. Il répondit que c'étoit pour
l'amour d'elle qu'il alloit courir encore, et entra
dans la barrière. Elle lui renvoya M. de Savoie
pour le prier une seconde fois de revenir ; mais
tout fut inutile. Il courut : les lances se brisèrent,
et un éclat de celle du comte de Montgomery lui
donna dans l'œil et y demeura. Ce prince tomba
du coup. Ses écuyers et M. de Montmorency,
qui étoit un des maréchaux de camp, coururent à
lui. Ils furent étonnés de le voir si blessé ; mais le
roi ne s'étonna point. Il dit que c'étoit peu de
chose, et qu'il pardonnoit au comte de Montgomery. On peut juger quel trouble et quelle affliction apporta un accident si funeste dans une journée destinée à la joie. Sitôt que l'on eut porté le
roi dans son lit, et que les chirurgiens eurent visité
sa plaie, ils la trouvèrent très considérable. M. le
connétable se souvint, dans ce moment, de la
prédiction que l'on avoit faite au roi, qu'il seroit
tué dans un combat singulier ; et il ne douta point
que la prédiction ne fût accomplie.

Le roi d'Espagne, qui étoit lors à Bruxelles, étant averti de cet accident, envoya son médecin, qui étoit un homme d'une grande réputation; mais il jugea le roi sans espéiance.

Une cour aussi partagée et aussi remplie d'intérêts opposés n'étoit pas dans une médiocre agitation à la veille d'un si grand événement; néanmoins, tous les mouvemens étoient cachés, et l'on ne paroissoit occupé que de l'unique inquiétude de la santé du roi. Les reines, les princes et les princesses ne sortoient presque point de son antichambre.

Mme de Clèves, sachant qu'elle étoit obligée d'y être, qu'elle y verroit M. de Nemours, qu'elle ne pourroit cacher à son mari l'embarras que lui causoit cette vue, connoissant aussi que la seule présence de ce prince le justifioit à ses yeux et détruisoit toutes ses résolutions, prit le parti de feindre d'être malade. La cour étoit trop occupée pour avoir de l'attention à sa conduite, et pour démêler si son mal étoit faux ou véritable. Son mari seul pouvoit en connoître la vérité; mais elle n'étoit pas fâchée qu'il la connût; ainsi elle demeura chez elle peu occupée du grand changement qui se préparoit; et, remplie de ses propres pensées, elle avoit toute la liberté de s'y abandonner. Tout le monde étoit chez le roi. M. de Clèves venoit à de certaines heures lui en dire des nouvelles. Il conservoit avec elle le même procédé qu'il avoit toujours eu, hors que, quand ils étoient seuls, il y avoit quelque

chose d'un peu plus froid et de moins libre. Il ne
lui avoit point reparlé de tout ce qui s'étoit passé;
et elle n'avoit pas eu la force et n'avoit pas même
jugé à propos de reprendre cette conversation.

M. de Nemours, qui s'étoit attendu à trouver
quelques momens à parler à Mme de Clèves, fut
bien surpris et bien affligé de n'avoir pas seulement
le plaisir de la voir. Le mal du roi se trouva si
considérable que le septième jour il fut désespéré
des médecins. Il reçut la certitude de sa mort
avec une fermeté extraordinaire, et d'autant plus
admirable qu'il perdoit la vie par un accident si
malheureux, qu'il mouroit à la fleur de son âge,
heureux, adoré de ses peuples, et aimé d'une
maîtresse qu'il aimoit éperdument. La veille de sa
mort, il fit faire le mariage de Madame, sa sœur,
avec M. de Savoie, sans cérémonie. L'on peut
juger en quel état étoit la duchesse de Valentinois.
La reine ne permit point qu'elle vît le roi, et lui
envoya demander les cachets de ce prince et les
pierreries de la couronne qu'elle avoit en garde.
Cette duchesse s'enquit si le roi étoit mort; et,
comme on lui eut répondu que non : « Je n'ai
donc point encore de maître, répondit-elle, et
personne ne peut m'obliger à rendre ce que sa
confiance m'a mis entre les mains. » Sitôt qu'il fut
expiré au château des Tournelles, le duc de Ferrare,
le duc de Guise et le duc de Nemours conduisirent
au Louvre la reine mère, le roi et la reine sa femme.
M. de Nemours menoit la reine mère. Comme ils

commençoient à marcher, elle se recula de quelques pas, et dit à la reine sa belle-fille que c'étoit à elle à passer la première; mais il fut aisé de voir qu'il y avoit plus d'aigreur que de bienséance dans ce compliment.

QUATRIÈME PARTIE

E cardinal de Lorraine s'étoit rendu maître absolu de l'esprit de la reine mère ; le vidame de Chartres n'avoit plus aucune part dans ses bonnes grâces, et l'amour qu'il avoit pour Mᵐᵉ de Martigues et pour la liberté l'avoit même empêché de sentir cette perte autant qu'elle méritoit d'être sentie. Ce cardinal, pendant les dix jours de la maladie du roi, avoit eu le loisir de former ses desseins, et de faire prendre à la reine des résolutions conformes à ce qu'il avoit projeté ; de sorte que, sitôt que le roi fut mort, la reine ordonna au connétable de demeurer aux Tournelles, auprès du corps du feu roi, pour faire les cérémonies ordinaires. Cette commission l'éloignoit de tout, et lui ôtoit la liberté d'agir. Il envoya un courrier au roi de Navarre pour le faire venir en diligence, afin de s'opposer ensemble à la grande élévation où il voyoit que MM. de Guise alloient parvenir. On donna le commandement des armées au duc de Guise et

23

les finances au cardinal de Lorraine. La duchesse de Valentinois fut chassée de la cour ; on fit revenir le cardinal de Tournon, ennemi déclaré du connétable, et le chancelier Olivier, ennemi déclaré de la duchesse de Valentinois : enfin, la cour changea entièrement de face. Le duc de Guise prit le même rang que les princes du sang à porter le manteau du roi aux cérémonies des funérailles : lui et ses frères furent entièrement les maîtres, non seulement par le crédit du cardinal sur l'esprit de la reine, mais parce que cette princesse crut qu'elle pourroit les éloigner, s'ils lui donnoient de l'ombrage, et qu'elle ne pourroit éloigner le connétable, qui étoit appuyé des princes du sang.

Lorsque les cérémonies du deuil furent achevées, le connétable vint au Louvre et fut reçu du roi avec beaucoup de froideur. Il voulut lui parler en particulier ; mais le roi appela MM. de Guise, et lui dit devant eux qu'il lui conseilloit de se reposer ; que les finances et le commandement des armées étoient donnés, et que, lorsqu'il auroit besoin de ses conseils, il l'appelleroit auprès de sa personne. Il fut reçu de la reine mère encore plus froidement que du roi, et elle lui fit même des reproches de ce qu'il avoit dit au feu roi que ses enfans ne lui ressembloient point. Le roi de Navarre arriva, et ne fut pas mieux reçu. Le prince de Condé, moins endurant que son frère, se plaignit hautement : ses plaintes furent inutiles ; on l'éloigna de la cour, sous le prétexte de l'envoyer

en Flandre signer la ratification de la paix. On fit
voir au roi de Navarre une fausse lettre du roi
d'Espagne, qui l'accusoit de faire des entreprises
sur ses places ; on lui fit craindre pour ses terres ;
enfin, on lui inspira le dessein de s'en aller en
Béarn. La reine lui en fournit un moyen en lui donnant la conduite de Madame Élisabeth, et l'obligea
même à partir devant cette princesse ; et ainsi il
ne demeura personne à la cour qui pût balancer le
pouvoir de la maison de Guise.

Quoique ce fût une chose fâcheuse pour M. de
Clèves de ne pas conduire Madame Élisabeth, néanmoins il ne put s'en plaindre par la grandeur de
celui qu'on lui préféroit ; mais il regrettoit moins
cet emploi par l'honneur qu'il en eût reçu que parce
que c'étoit une chose qui éloignoit sa femme de la
cour sans qu'il parût qu'il eût dessein de l'en éloigner.

Peu de jours après la mort du roi, on résolut
d'aller à Reims pour le sacre. Sitôt qu'on parla de
ce voyage, Mme de Clèves, qui avoit toujours demeuré chez elle, feignant d'être malade, pria son
mari de trouver bon qu'elle ne suivît point la cour
et qu'elle s'en allât à Coulommiers prendre l'air et
songer à sa santé. Il lui répondit qu'il ne vouloit
point pénétrer si c'étoit la raison de sa santé qui
l'obligeoit à ne pas faire le voyage ; mais qu'il consentoit qu'elle ne le fît point. Il n'eut pas de peine
à consentir à une chose qu'il avoit déjà résolue :
quelque bonne opinion qu'il eût de la vertu de sa

femme, il voyoit bien que la prudence ne vouloit
pas qu'il l'exposât plus longtemps à la vue d'un
homme qu'elle aimoit.

M. de Nemours sut bientôt que Mme de Clèves
ne devoit pas suivre la cour; il ne put se résoudre
à partir sans la voir, et, la veille du départ, il alla
chez elle aussi tard que la bienséance le pouvoit
permettre, afin de la trouver seule. La fortune fa-
vorisa son intention. Comme il entra dans la cour,
il trouva Mme de Nevers et Mme de Martigues qui
en sortoient, et qui lui dirent qu'elles l'avoient
laissée seule. Il monta avec une agitation et un
trouble qui ne se peuvent comparer qu'à celui
qu'eut Mme de Clèves quand on lui dit que M. de
Nemours venoit pour la voir. La crainte qu'elle eut
qu'il ne lui parlât de sa passion, l'appréhension de
lui répondre trop favorablement, l'inquiétude que
cette visite pouvoit donner à son mari, la peine de
lui en rendre compte ou de la lui cacher, toutes
ces choses se présentèrent en un moment à son
esprit, et lui firent un si grand embarras qu'elle prit
la résolution d'éviter la chose du monde qu'elle
souhaitoit peut-être le plus. Elle envoya une de ses
femmes à M. de Nemours, qui étoit dans son antichambre, pour lui dire qu'elle venoit de se trouver
mal, et qu'elle étoit bien fâchée de ne pouvoir recevoir l'honneur qu'il lui vouloit faire. Quelle
douleur pour ce prince de ne pas voir Mme de
Clèves, et de ne la pas voir parce qu'elle ne vouloit pas qu'il la vît! Il s'en alloit le lendemain;

il n'avoit plus rien à espérer du hasard; il ne lui avoit rien dit depuis cette conversation de chez madame la dauphine, et il avoit lieu de croire que la faute d'avoir parlé au vidame avoit détruit toutes ses espérances; enfin, il s'en alloit avec tout ce qui peut aigrir une vive douleur.

Sitôt que Mme de Clèves fut un peu remise du trouble que lui avoit donné la pensée de la visite de ce prince, toutes les raisons qui la lui avoient fait refuser disparurent; elle trouva même qu'elle avoit fait une faute; et, si elle eût osé, ou qu'il eût encore été assez à temps, elle l'auroit fait rappeler.

Mmes de Nevers et de Martigues, en sortant de chez elle, allèrent chez la reine dauphine. M. de Clèves y étoit. Cette princesse leur demanda d'où elles venoient; elles lui dirent qu'elles venoient de chez M. de Clèves, où elles avoient passé une partie de l'après-dînée avec beaucoup de monde, et qu'elles n'y avoient laissé que M. de Nemours. Ces paroles, qu'elles croyoient si indifférentes, ne l'étoient pas pour M. de Clèves. Quoiqu'il dût bien s'imaginer que M. de Nemours pouvoit trouver souvent des occasions de parler à sa femme, néanmoins la pensée qu'il étoit chez elle, qu'il y étoit seul, et qu'il lui pouvoit parler de son amour, lui parut, dans ce moment, une chose si nouvelle et si insupportable que la jalousie s'alluma dans son cœur avec plus de violence qu'elle n'avoit encore fait. Il lui fut impossible de demeurer chez la reine; il s'en revint, ne sachant pas même pourquoi il revenoit, et s'il avoit dessein d'aller interrompre M. de Nemours. Sitôt qu'il approcha de chez lui, il regarda s'il ne verroit rien qui lui pût faire juger si ce prince y étoit encore : il sentit du soulagement en voyant qu'il n'y étoit plus, et il trouva de la douceur à penser qu'il ne pouvoit y avoir demeuré longtemps. Il s'imagina que ce n'étoit peut-être pas M. de Nemours dont il devoit être jaloux, et, quoiqu'il n'en doutât point, il cherchoit à en douter; mais tant de choses l'en auroient persuadé qu'il ne demeuroit pas longtemps dans cette incertitude qu'il désiroit. Il alla d'abord dans la chambre de sa femme, et, après lui avoir parlé quelque temps de choses indifférentes, il ne put s'empêcher de lui demander ce qu'elle avoit fait, et qui elle avoit vu; elle lui en rendit compte. Comme il vit qu'elle ne lui nommoit point M. de Nemours, il lui demanda, en tremblant, si c'étoit tout ce qu'elle avoit vu, afin de lui donner lieu de nommer ce prince et de n'avoir pas la douleur qu'elle lui en fît une finesse. Comme elle ne l'avoit point vu, elle ne le lui nomma point, et M. de Clèves, reprenant la parole avec un ton qui marquoit son affliction : « Et M. de Nemours, lui dit-il, ne l'avez-vous point vu, ou l'avez-vous oublié? — Je ne l'ai point vu en effet, répondit-elle; je me trouvois mal, et j'ai envoyé une de mes femmes lui faire des excuses. — Vous ne vous trouviez donc mal que pour lui? reprit M. de

Clèves, puisque vous avez vu tout le monde ; pourquoi des distinctions pour M. de Nemours ? Pourquoi ne vous est-il pas comme un autre ? Pourquoi faut-il que vous craigniez sa vue ? Pourquoi
lui laissez-vous voir que vous la craignez ? Pourquoi lui faites-vous connoître que vous vous servez
du pouvoir que sa passion vous donne sur lui ?
Oseriez-vous refuser de le voir, si vous ne saviez
bien qu'il distingue vos rigueurs de l'incivilité ?
Mais pourquoi faut-il que vous ayez des rigueurs
pour lui ? D'une personne comme vous, Madame,
tout est des faveurs, hors l'indifférence. — Je ne
croyois pas, reprit Mme de Clèves, quelque soupçon que vous ayez sur M. de Nemours, que vous
pussiez me faire des reproches de ne l'avoir pas vu.
— Je vous en fais pourtant, Madame, répliqua-t-il,
et ils sont bien fondés : pourquoi ne le pas voir, s'il
ne vous a rien dit ? Mais, Madame, il vous a parlé ;
si son silence seul vous avoit témoigné sa passion,
elle n'auroit pas fait en vous une si grande impression ; vous n'avez pu me dire la vérité tout entière, vous m'en avez caché la plus grande partie ;
vous vous êtes repentie même du peu que vous
m'avez avoué, et vous n'avez pas eu la force de
continuer. Je suis plus malheureux que je ne l'ai
cru, et je suis le plus malheureux de tous les
hommes. Vous êtes ma femme, je vous aime
comme ma maîtresse, et je vous en vois aimer un
autre ! cet autre est le plus aimable de la cour, et
il vous voit tous les jours ; il sait que vous l'aimez.

Et j'ai pu croire, s'écria-t-il, que vous surmonte-
riez la passion que vous avez pour lui ! Il faut que
j'aie perdu la raison pour avoir cru qu'il fût possible. — Je ne sais, reprit tristement Mme de
Clèves, si vous avez eu tort de juger favorablement
d'un procédé aussi extraordinaire que le mien;
mais je ne sais si je ne me suis pas trompée d'avoir
cru que vous me feriez justice. — N'en doutez
pas, Madame, répliqua M. de Clèves, vous vous
êtes trompée ; vous avez attendu de moi des choses
aussi impossibles que celles que j'attendois de vous.
Comment pouviez-vous espérer que je conser-
vasse de la raison? Vous aviez donc oublié que je
vous aimois éperdument, et que j'étois votre mari?
L'un des deux peut porter aux extrémités : que
ne peuvent point les deux ensemble? Eh ! que ne
font-ils point aussi! continua-t-il; je n'ai que des
sentimens violens et incertains dont je ne suis pas
le maître. Je ne me trouve plus digne de vous ;
vous ne me paroissez plus digne de moi. Je vous
adore, je vous hais; je vous offense, je vous demande pardon; je vous admire, j'ai honte de vous
admirer. Enfin, il n'y a plus en moi ni de calme ni
de raison. Je ne sais comment j'ai pu vivre depuis
que vous me parlâtes à Coulommiers, et depuis
le jour que vous apprîtes de madame la dauphine
que l'on savoit votre aventure. Je ne saurois démêler par où elle a été sue, ni ce qui se passa entre
M. de Nemours et vous sur ce sujet ; vous ne me
l'expliquerez jamais, et je ne vous demande point

de me l'expliquer : je vous demande seulement de vous souvenir que vous m'avez rendu le plus malheureux homme du monde. »

M. de Clèves sortit de chez sa femme, après ces paroles, et partit le lendemain sans la voir ; mais il lui écrivit une lettre pleine d'affliction, d'honnêteté et de douceur ; elle lui fit une réponse si touchante et si remplie d'assurances de sa conduite passée et de celle qu'elle auroit à l'avenir, que, comme ses assurances étoient fondées sur la vérité et que c'étoient en effet ses sentimens, cette lettre fit de l'impression sur M. de Clèves et lui donna quelque calme ; joint que, M. de Nemours allant trouver le roi, aussi bien que lui, il avoit le repos de savoir qu'il ne seroit pas au même lieu que Mme de Clèves. Toutes les fois que cette princesse parloit à son mari, la passion qu'il lui témoignoit, l'honnêteté de son procédé, l'amitié qu'elle avoit pour lui, et ce qu'elle lui devoit, faisoient des impressions dans son cœur qui affoiblissoient l'idée de M. de Nemours ; mais ce n'étoit que pour quelque temps, et cette idée revenoit bientôt plus vive et plus présente qu'auparavant.

Les premiers jours du départ de ce prince, elle ne sentit quasi pas son absence ; ensuite elle lui parut cruelle : depuis qu'elle l'aimoit, il ne s'étoit point passé de jour qu'elle n'eût craint ou espéré de le rencontrer, et elle trouva une grande peine à penser qu'il n'étoit plus au pouvoir du hasard de faire qu'elle le rencontrât.

Elle s'en alla à Coulommiers, et, en y allant, elle
eut soin d'y faire porter de grands tableaux qu'elle
avoit fait copier sur des originaux qu'avoit fait faire
Mme de Valentinois pour sa belle maison d'Anet.
Toutes les actions remarquables qui s'étoient passées du règne du roi étoient dans ces tableaux. Il
y avoit entre autres le siège de Metz, et tous ceux
qui s'y étoient distingués étoient peints fort res-
semblans. M. de Nemours étoit de ce nombre, et
c'étoit peut-être ce qui avoit donné envie à Mme de
Clèves d'avoir ces tableaux.

Mme de Martigues, qui n'avoit pu partir avec la
cour, lui promit d'aller passer quelques jours à Coulommiers. La faveur de la reine qu'elles partageoient
ne leur avoit point donné d'envie ni d'éloignement
l'une de l'autre : elles étoient amies, sans néanmoins se confier leurs sentimens. Mme de Clèves
savoit que Mme de Martigues aimoit le vidame;
mais Mme de Martigues ne savoit pas que Mme de
Clèves aimât M. de Nemours, ni qu'elle en fût
aimée. La qualité de nièce du vidame rendoit
Mme de Clèves plus chère à Mme de Martigues, et
Mme de Clèves l'aimoit aussi comme une personne
qui avoit une passion aussi bien qu'elle, et qui
l'avoit pour l'ami intime de son amant.

Mme de Martigues vint à Coulommiers, comme
elle l'avoit promis à Mme de Clèves; elle la trouva
dans une vie fort solitaire. Cette princesse avoit
même cherché le moyen d'être dans une solitude
entière, et de passer les soirs dans les jardins sans

être accompagnée de ses domestiques : elle venoit dans ce pavillon où M. de Nemours l'avoit écoutée; elle entroit dans le cabinet qui étoit ouvert sur le jardin. Ses femmes et ses domestiques demeuroient dans l'autre cabinet ou sous le pavillon, et ne venoient point à elle qu'elle ne les appelât. Mme de Martigues n'avoit jamais vu Coulommiers; elle fut surprise de toutes les beautés qu'elle y trouva, et surtout de l'agrément de ce pavillon : Mme de Clèves et elle y passoient tous les soirs. La liberté de se trouver seules, la nuit, dans le plus beau lieu du monde, ne laissoit pas finir la conversation entre deux jeunes personnes qui avoient des passions violentes dans le cœur; et, quoiqu'elles ne s'en fissent point de confidence, elles trouvoient un grand plaisir à se parler. Mme de Martigues auroit eu de la peine à quitter Coulommiers, si en le quittant elle n'eût dû aller dans un lieu où étoit le vidame. Elle partit pour aller à Chambord, où la cour étoit alors.

Le sacre avoit été fait à Reims par le cardinal de Lorraine, et l'on devoit passer le reste de l'été dans le château de Chambord, qui étoit nouvellement bâti. La reine témoigna une grande joie de revoir Mme de Martigues, et, après lui en avoir donné plusieurs marques, elle lui demanda des nouvelles de Mme de Clèves et de ce qu'elle faisoit à la campagne. M. de Nemours et M. de Clèves étoient alors chez cette reine. Mme de Martigues, qui avoit trouvé Coulommiers admirable, en conta

toutes les beautés, et elle s'étendit extrêmement
sur la description de ce pavillon de la forêt et sur le
plaisir qu'avoit Mme de Clèves de s'y promener
seule une partie de la nuit. M. de Nemours, qui
connoissoit assez le lieu pour entendre ce qu'en
disoit Mme de Martigues, pensa qu'il n'étoit pas
impossible qu'il y pût voir Mme de Clèves, sans
être vu que d'elle. Il fit quelques questions à
Mme de Martigues, pour s'en éclaircir encore ; et
M. de Clèves, qui l'avoit toujours regardé pendant
que Mme de Martigues avoit parlé, crut voir dans
ce moment ce qui lui passoit dans l'esprit. Les
questions que fit ce prince le confirmèrent encore
dans cette pensée : en sorte qu'il ne douta point
qu'il n'eût dessein d'aller voir sa femme. Il ne se
trompoit pas dans ses soupçons. Ce dessein entra
si fortement dans l'esprit de M. de Nemours qu'a-
près avoir passé la nuit à songer aux moyens de
l'exécuter, dès le lendemain matin il demanda
congé au roi pour aller à Paris, sur quelque prétexte qu'il inventa.

M. de Clèves ne douta point du sujet de ce
voyage ; mais il résolut de s'éclaircir de la conduite
de sa femme et de ne pas demeurer dans une
cruelle incertitude. Il eut envie de partir en même
temps que M. de Nemours, et de venir lui-même,
caché, découvrir quel succès auroit ce voyage ;
mais, craignant que son départ ne parût extraordinaire, et que M. de Nemours, en étant averti, ne
prît d'autres mesures, il résolut de se fier à un

gentilhomme qui étoit à lui, dont il connoissoit la fidélité et l'esprit. Il lui conta dans quel embarras il se trouvoit. Il lui dit quelle avoit été jusqu'alors la vertu de Mme de Clèves, et lui ordonna de partir sur les pas de M. de Nemours, de l'observer exactement, de voir s'il n'iroit point à Coulommiers, et s'il n'entreroit point la nuit dans le jardin.

Le gentilhomme, qui étoit très capable d'une telle commission, s'en acquitta avec toute l'exactitude imaginable. Il suivit M. de Nemours jusqu'à un village, à une demi-lieue de Coulommiers, où ce prince s'arrêta, et le gentilhomme devina aisément que c'étoit pour y attendre la nuit. Il ne crut pas à propos de l'y attendre aussi; il passa le village, et alla dans la forêt à l'endroit par où il jugeoit que M. de Nemours pouvoit passer; il ne se trompa point dans tout ce qu'il avoit pensé. Sitôt que la nuit fut venue, il entendit marcher, et, quoiqu'il fît obscur, il reconnut aisément M. de Nemours. Il le vit faire le tour du jardin, comme pour écouter s'il n'y entendoit personne, et pour choisir le lieu par où il pourroit passer le plus aisément. Les palissades étoient fort hautes, et il y en avoit encore derrière, pour empêcher qu'on ne pût entrer, en sorte qu'il étoit assez difficile de se faire passage. M. de Nemours en vint à bout néanmoins; sitôt qu'il fut dans ce jardin, il n'eut pas de peine à démêler où étoit Mme de Clèves; il vit beaucoup de lumières dans le cabinet; toutes les fenêtres en étoient ouvertes, et, en se glissant le long des palissades, il s'en approcha avec un trouble et une émotion qu'il est aisé de se représenter. Il se rangea derrière une des fenêtres qui servoient de porte, pour voir ce que faisoit Mᵐᵉ de Clèves. Il vit qu'elle étoit seule; mais il la vit d'une si admirable beauté qu'à peine fut-il maître du transport que lui donna cette vue. Il faisoit chaud, et elle n'avoit rien sur sa tête et sur sa gorge que ses cheveux confusément rattachés. Elle étoit sur un lit de repos, avec une table devant elle, où il y avoit plusieurs corbeilles pleines de rubans; elle en choisit quelques-uns, et M. de Nemours remarqua que c'étoient les mêmes couleurs qu'il avoit portées au tournoi. Il vit qu'elle en faisoit des nœuds à une canne des Indes, fort extraordinaire, qu'il avoit portée quelque temps, et qu'il avoit donnée à sa sœur, à qui M. de Clèves l'avoit prise sans faire semblant de la reconnoître pour avoir été à M. de Nemours. Après qu'elle eut achevé son ouvrage, avec une grâce et une douceur que répandoient sur son visage les sentimens qu'elle avoit dans le cœur, elle prit un flambeau et s'en alla proche d'une grande table, vis-à-vis du tableau du siège de Metz, où étoit le portrait de M. de Nemours; elle s'assit, et se mit à regarder ce portrait avec une attention et une rêverie que la passion seule peut donner.

On ne peut exprimer ce que sentit M. de Nemours dans ce moment. Voir au milieu de la nuit, dans le plus beau lieu du monde, une personne qu'il adoroit; la voir sans qu'elle sût qu'il la voyoit, et la voir tout occupée de choses qui avoient du rapport à lui et à la passion qu'elle lui cachoit, c'est ce qui n'a jamais été goûté ni imaginé par nul autre amant.

Ce prince étoit aussi tellement hors de lui-même qu'il demeuroit immobile à regarder Mme de Clèves, sans songer que les momens lui étoient précieux. Quand il fut un peu remis, il pensa qu'il devoit attendre à lui parler qu'elle allât dans le jardin ; il crut qu'il le pourroit faire avec plus de sûreté, parce qu'elle seroit plus éloignée de ses femmes; mais, voyant qu'elle demeuroit dans le cabinet, il prit la résolution d'y entrer. Quand il voulut l'exécuter, quel trouble n'eut-il point ! Quelle crainte de lui déplaire ! Quelle peur de faire changer ce visage où il y avoit tant de douceur, et de le voir devenir plein de sévérité et de colère !

Il trouva qu'il y avoit eu de la folie, non pas à venir voir Mme de Clèves sans être vu, mais à penser de s'en faire voir; il vit tout ce qu'il n'avoit point encore envisagé. Il lui parut de l'extravagance dans sa hardiesse de venir surprendre, au milieu de la nuit, une personne à qui il n'avoit encore jamais parlé de son amour. Il pensa qu'il ne devoit pas prétendre qu'elle le voulût écouter, et qu'elle auroit une juste colère du péril où il l'exposoit par les accidens qui pouvoient arriver. Tout son courage l'abandonna, et il fut prêt

plusieurs fois à prendre la résolution de s'en retourner sans se faire voir. Poussé néanmoins par le
désir de lui parler, et rassuré par les espérances
que lui donnoit tout ce qu'il avoit vu, il avança
quelques pas, mais avec tant de trouble qu'une
écharpe qu'il avoit s'embarrassa dans la fenêtre,
en sorte qu'il fit du bruit. Mme de Clèves tourna
la tête, et, soit qu'elle eût l'esprit rempli de ce
prince, ou qu'il fût dans un lieu où la lumière
donnoit assez pour qu'elle le pût distinguer, elle
crut le reconnoître ; et, sans balancer ni se retourner du côté où il étoit, elle entra dans le lieu où
étoient ses femmes. Elle y entra avec tant de
trouble qu'elle fut contrainte, pour le cacher, de
dire qu'elle se trouvoit mal ; et elle le dit aussi
pour occuper tous ses gens, et pour donner le
temps à M. de Nemours de se retirer. Quand elle
eut fait quelque réflexion, elle pensa qu'elle s'étoit
trompée, et que c'étoit un effet de son imagination
d'avoir cru voir M. de Nemours. Elle savoit qu'il
étoit à Chambord, elle ne trouvoit nulle apparence
qu'il eût entrepris une chose si hasardeuse ; elle
eut envie plusieurs fois de rentrer dans le cabinet,
et d'aller voir dans le jardin s'il y avoit quelqu'un.
Peut-être souhaitoit-elle, autant qu'elle le craignoit, d'y trouver M. de Nemours ; mais, enfin,
la raison et la prudence l'emportèrent sur tous ses
autres sentimens, et elle trouva qu'il valoit mieux
demeurer dans le doute où elle étoit que de prendre le hasard de s'en éclaircir. Elle fut longtemps

à se résoudre à sortir d'un lieu dont elle pensoit
que ce prince étoit peut-être si proche, et il étoit
quasi jour quand elle revint au château.

M. de Nemours étoit demeuré dans le jardin
tant qu'il avoit vu de la lumière; il n'avoit pu
perdre l'espérance de revoir Mme de Clèves,
quoiqu'il fût persuadé qu'elle l'avoit reconnu et
qu'elle n'étoit sortie que pour l'éviter; mais,
voyant qu'on fermoit les portes, il jugea bien qu'il
n'avoit plus rien à espérer. Il vint reprendre son
cheval tout proche du lieu où attendoit le gentilhomme de M. de Clèves. Ce gentilhomme le suivit
jusqu'au même village d'où il étoit parti le soir.
M. de Nemours se résolut d'y passer tout le jour,
afin de retourner la nuit à Coulommiers, pour voir
si Mme de Clèves auroit encore la cruauté de le
fuir, ou celle de ne se pas exposer à être vue:
quoiqu'il eût une joie sensible de l'avoir trouvée si
remplie de son idée, il étoit néanmoins très affligé
de lui avoir vu un mouvement si naturel de le
fuir.

La passion n'a jamais été si tendre et si violente
qu'elle l'étoit alors en ce prince. Il s'en alla sous
des saules, le long d'un petit ruisseau qui couloit
derrière la maison où il étoit caché. Il s'éloigna le
plus qu'il lui fut possible pour n'être vu ni entendu de personne; il s'abandonna aux transports
de son amour, et son cœur en fut tellement pressé
qu'il fut contraint de laisser couler quelques larmes; mais ces larmes n'étoient pas de celles que

la douleur seule fait répandre : elles étoient mêlées de douceur et de ce charme qui ne se trouve que dans l'amour.

Il se mit à repasser toutes les actions de Mme de Clèves depuis qu'il en étoit amoureux : quelle rigueur honnête et modeste elle avoit toujours eue pour lui, quoiqu'elle l'aimât! «Car, enfin, elle m'aime, disoit-il, elle m'aime, je n'en saurois douter; les plus grands engagemens et les plus grandes faveurs ne sont pas des marques si assurées que celles que j'en ai eues; cependant je suis traité avec la même rigueur que si j'étois haï; j'ai espéré au temps, je n'en dois plus rien attendre; je la vois toujours se défendre également contre moi et contre elle-même. Si je n'étois point aimé, je songerois à plaire; mais je plais, on m'aime, et on me le cache. Que puis-je donc espérer, et quel changement dois-je attendre dans ma destinée? Quoi! je serai aimé de la plus aimable personne du monde, et je n'aurai cet excès d'amour que donnent les premières certitudes d'être aimé que pour mieux sentir la douleur d'être maltraité! Laissez-moi voir que vous m'aimez, belle princesse, s'écria-t-il, laissez-moi voir vos sentimens. Pourvu que je les connoisse par vous une fois en ma vie, je consens que vous repreniez pour toujours ces rigueurs dont vous m'accablez. Regardez-moi du moins avec ces mêmes yeux dont je vous ai vue cette nuit regarder mon portrait; pouvez-vous l'avoir regardé avec tant de douceur, et m'avoir

fui moi-même si cruellement? Que craignez-vous?
Pourquoi mon amour vous est-il si redoutable?
Vous m'aimez, vous me le cachez inutilement;
vous-même m'en avez donné des marques involontaires. Je sais mon bonheur; laissez-m'en jouir,
et cessez de me rendre malheureux. Est-il possible, reprenoit-il, que je sois aimé de Mme de
Clèves, et que je sois malheureux? Qu'elle étoit
belle cette nuit! comment ai-je pu résister à
l'envie de me jeter à ses pieds? Si je l'avois fait,
je l'aurois peut-être empêchée de me fuir, mon
respect l'auroit rassurée; mais peut-être elle ne
m'a pas reconnu; je m'afflige plus que je ne dois,
et la vue d'un homme à une heure si extraordinaire
l'a effrayée.»

Ces mêmes pensées occupèrent tout le jour
M. de Nemours; il attendit la nuit avec impatience; et, quand elle fut venue, il reprit le chemin
de Coulommiers. Le gentilhomme de M. de Clèves,
qui s'étoit déguisé afin d'être moins remarqué, le
suivit jusqu'au lieu où il l'avoit suivi le soir d'auparavant, et le vit entrer dans le même jardin. Ce
prince connut bientôt que Mme de Clèves n'avoit
pas voulu hasarder qu'il essayât encore de la voir;
toutes les portes étoient fermées : il tourna de tous
les côtés pour découvrir s'il ne verroit point de lumières, mais ce fut inutilement.

Mme de Clèves, s'étant doutée que M. de Nemours pourroit revenir, étoit demeurée dans sa
chambre; elle avoit appréhendé de n'avoir pas

toujours la force de le fuir, et elle n'avoit pas voulu
se mettre au hasard de lui parler d'une manière si
peu conforme à la conduite qu'elle avoit eue jusqu'alors.

Quoique M. de Nemours n'eût aucune espérance de la voir, il ne put se résoudre à sortir sitôt
d'un lieu où elle étoit si souvent. Il passa la nuit
entière dans le jardin, et trouva quelque consolation à voir du moins les mêmes objets qu'elle voyoit
tous les jours. Le soleil étoit levé devant qu'il
pensât à se retirer ; mais enfin la crainte d'être dé-
couvert l'obligea à s'en aller.

Il lui fut impossible de s'éloigner sans voir
Mme de Clèves, et il alla chez Mme de Mercœur, qui
étoit alors dans cette maison qu'elle avoit proche
de Coulommiers. Elle fut extrêmement surprise de
l'arrivée de son frère. Il inventa une cause de son
voyage, assez vraisemblable pour la tromper, et,
enfin, il conduisit si habilement son dessein qu'il
l'obligea à lui proposer d'elle-même d'aller chez
Mme de Clèves. Cette proposition fut exécutée
dès le même jour, et M. de Nemours dit à sa sœur
qu'il la quitteroit à Coulommiers, pour s'en retourner en diligence trouver le roi. Il fit ce dessein
de la quitter à Coulommiers, dans la pensée de
l'en laisser partir la première ; et il crut avoir trouvé
un moyen infaillible de parler à Mme de Clèves.

Comme ils arrivèrent, elle se promenoit dans
une grande allée qui borde le parterre. La vue de
M. de Nemours ne lui causa pas un médiocre

trouble et ne lui laissa plus douter que ce ne fût lui qu'elle avoit vu la nuit précédente : cette certitude lui donna quelque mouvement de colère par la hardiesse et l'imprudence qu'elle trouvoit dans ce qu'il avoit entrepris. Ce prince remarqua une impression de froideur sur son visage qui lui donna une sensible douleur. La conversation fut de choses indifférentes ; et, néanmoins, il trouva l'art d'y faire paroître tant d'esprit, tant de complaisance et tant d'admiration pour Mme de Clèves, qu'il dissipa, malgré elle, une partie de la froideur qu'elle avoit eue d'abord.

Lorsqu'il se sentit rassuré de sa première crainte, il témoigna une extrême curiosité d'aller voir le pavillon de la forêt : il en parla comme du plus agréable lieu du monde, et en fit même une description si particulière que Mme de Mercœur lui dit qu'il falloit qu'il y eût été plusieurs fois pour en connoître si bien toutes les beautés. « Je ne crois pourtant pas, reprit Mme de Clèves, que M. de Nemours y ait jamais entré ; c'est un lieu qui n'est achevé que depuis peu. — Il n'y a pas longtemps aussi que j'y ai été, reprit M. de Nemours en la regardant, et je ne sais si je ne dois point être bien aise que vous ayez oublié de m'y avoir vu. » Mme de Mercœur, qui regardoit la beauté des jardins, n'avoit point d'attention à ce que disoit son frère. Mme de Clèves rougit, et, baissant les yeux sans regarder M. de Nemours : « Je ne me souviens point, lui dit-elle, de vous y avoir vu ; et, si vous y avez été, c'est sans que je l'aie su. — Il est vrai, Madame, répliqua M. de Nemours, que j'y ai été sans vos ordres, et j'y ai passé les plus doux et les plus cruels momens de ma vie. »

Mᵐᵉ de Clèves entendoit trop bien tout ce que disoit ce prince; mais elle n'y répondit point : elle songea à empêcher Mᵐᵉ de Mercœur d'aller dans ce cabinet, parce que le portrait de M. de Nemours y étoit, et qu'elle ne vouloit pas qu'elle l'y vît. Elle fit si bien que le temps se passa insensiblement, et Mᵐᵉ de Mercœur parla de s'en retourner; mais, quand Mᵐᵉ de Clèves vit que M. de Nemours et sa sœur ne s'en alloient pas ensemble, elle jugea bien à quoi elle alloit être exposée : elle se trouva dans le même embarras où elle s'étoit trouvée à Paris, et elle prit aussi le même parti. La crainte que cette visite ne fût encore une confirmation des soupçons qu'avoit son mari ne contribua pas peu à la déterminer; et, pour éviter que M. de Nemours ne demeurât seul avec elle, elle dit à Mᵐᵉ de Mercœur qu'elle l'alloit conduire jusqu'au bord de la forêt, et elle ordonna que son carrosse la suivît. La douleur qu'eut ce prince de trouver toujours cette même continuation des rigueurs en Mᵐᵉ de Clèves fut si violente qu'il en pâlit dans le même moment. Mᵐᵉ de Mercœur lui demanda s'il se trouvoit mal; mais il regarda Mᵐᵉ de Clèves sans que personne s'en aperçût, et il lui fit juger par ses regards qu'il n'avoit d'autre mal que son désespoir. Cependant il fallut qu'il les laissât partir sans oser les suivre ; et, après ce qu'il avoit dit, il ne pouvoit plus retourner avec sa sœur : ainsi, il revint à Paris, et en partit le lendemain.

Le gentilhomme de M. de Clèves l'avoit toujours observé : il revint aussi à Paris ; et, comme il vit M. de Nemours parti pour Chambord, il prit la poste, afin d'y arriver devant lui et de rendre compte de son voyage. Son maître attendoit son retour comme ce qui alloit décider du malheur de toute sa vie.

Sitôt qu'il le vit, il jugea par son visage et par son silence qu'il n'avoit que des choses fâcheuses à lui apprendre. Il demeura quelque temps saisi d'affliction, la tête baissée, sans pouvoir parler ; enfin, il lui fit signe de la main de se retirer. « Allez, lui dit-il, je vois ce que vous avez à me dire ; mais je n'ai pas la force de l'écouter. — Je n'ai rien à vous apprendre, lui répondit le gentilhomme, sur quoi on puisse faire de jugement assuré ; il est vrai que M. de Nemours a entré deux nuits de suite dans le jardin de la forêt, et qu'il a été le jour d'après à Coulommiers avec Mme de Mercœur. — C'est assez, répliqua M. de Clèves, c'est assez, en lui faisant encore signe de se retirer, et je n'ai pas besoin d'un plus grand éclaircissement. » Le gentilhomme fut contraint de laisser son maître abandonné à son désespoir. Il n'y en a peut-être jamais eu un plus violent, et peu d'hommes d'un aussi grand courage et d'un cœur aussi passionné que

M. de Clèves ont ressenti en même temps la douleur que causent l'infidélité d'une maîtresse et la
honte d'être trompé par une femme.

M. de Clèves ne put résister à l'accablement
où il se trouva. La fièvre lui prit dès la nuit même,
et avec de si grands accidens que dès ce moment
sa maladie parut très dangereuse : on en donna
avis à Mme de Clèves ; elle vint en diligence.
Quand elle arriva, il étoit encore plus mal ; elle lui
trouva quelque chose de si froid et de si glacé
pour elle qu'elle en fut extrêmement surprise et
affligée. Il lui parut même qu'il recevoit avec
peine les services qu'elle lui rendoit ; mais, enfin,
elle pensa que c'étoit peut-être un effet de sa maladie.

D'abord qu'elle fut à Blois, où la cour étoit
alors, M. de Nemours ne put s'empêcher d'avoir
de la joie de savoir qu'elle étoit dans le même lieu
que lui. Il essaya de la voir, et alla tous les jours
chez M. de Clèves sur le prétexte de savoir de
ses nouvelles ; mais ce fut inutilement. Elle ne sortoit point de la chambre de son mari, et avoit une
douleur violente de l'état où elle le voyoit. M. de
Nemours étoit désespéré qu'elle fût si affligée. Il
jugeoit aisément combien cette affliction renou-
veloit l'amitié qu'elle avoit pour M. de Clèves, et
combien cette amitié faisoit une diversion dangereuse à la passion qu'elle avoit dans le cœur. Ce
sentiment lui donna un chagrin mortel pendant
quelque temps ; mais l'extrémité du mal de M. de

Clèves lui ouvrit de nouvelles espérances. Il vit que Mᵐᵉ de Clèves seroit peut-être en liberté de suivre son inclination, et qu'il pourroit trouver dans l'avenir une suite de bonheur et de plaisirs durables. Il ne pouvoit soutenir cette pensée, tant elle lui donnoit de troubles et de transports, et il en éloignoit son esprit par la crainte de se trouver trop malheureux s'il venoit à perdre ses espérances.

Cependant M. de Clèves étoit presque abandonné des médecins. Un des derniers jours de son mal, après avoir passé une nuit très fâcheuse, il dit sur le matin qu'il vouloit reposer.

Mᵐᵉ de Clèves demeura seule dans sa chambre : il lui parut qu'au lieu de reposer, il avoit beaucoup d'inquiétude ; elle s'approcha, et se vint mettre à genoux devant son lit, le visage tout couvert de larmes. M. de Clèves avoit résolu de ne lui point témoigner le violent chagrin qu'il avoit contre elle ; mais les soins qu'elle lui rendoit, et son affliction, qui lui paroissoit quelquefois véritable, et qu'il regardoit aussi quelquefois comme des marques de dissimulation et de perfidie, lui causoient des sentimens si opposés et si douloureux qu'il ne les put renfermer en lui-même.

« Vous versez bien des pleurs, Madame, lui dit-il, pour une mort que vous causez, et qui ne vous peut donner la douleur que vous faites paroître. Je ne suis plus en état de vous faire des reproches, continua-t-il avec une voix affoiblie par la maladie et par la douleur ; mais je meurs du cruel déplaisir

que vous m'avez donné. Falloit-il qu'une action
aussi extraordinaire que celle que vous aviez faite
de me parler à Coulommiers eût si peu de suite ?
Pourquoi m'éclairer sur la passion que vous aviez
pour M. de Nemours, si votre vertu n'avoit pas
plus d'étendue pour y résister ? Je vous aimois jusqu'à être bien aise d'être trompé, je l'avoue à ma
honte ; j'ai regretté ce faux repos dont vous m'avez
tiré. Que ne me laissiez-vous dans cet aveuglement tranquille dont jouissent tant de maris ?
J'eusse peut-être ignoré toute ma vie que vous aimiez M. de Nemours. Je mourrai, ajouta-t-il ;
mais sachez que vous me rendez la mort agréable,
et qu'après m'avoir ôté l'estime et la tendresse
que j'avois pour vous, la vie me feroit horreur. Que
ferois-je de la vie, reprit-il, pour la passer avec
une personne que j'ai tant aimée, et dont j'ai
été si cruellement trompé, ou pour vivre séparé
de cette même personne, et en venir à un éclat
et à des violences si opposés à mon humeur et
à la passion que j'avois pour vous ? Elle a été au
delà de ce que vous en avez vu, Madame ; je vous
en ai caché la plus grande partie, par la crainte de
vous importuner, ou de perdre quelque chose de
votre estime par des manières qui ne convenoient
pas à un mari ; enfin, je méritois votre cœur : encore une fois, je meurs sans regret, puisque je
n'ai pu l'avoir, et que je ne puis plus le désirer.
Adieu, Madame, vous regretterez quelque jour un
homme qui vous aimoit d'une passion véritable et

légitime. Vous sentirez le chagrin que trouvent les personnes raisonnables dans ces engagemens, et vous connoîtrez la différence d'être aimée comme je vous aimois à l'être par des gens qui, en vous témoignant de l'amour, ne cherchent que l'honneur de vous séduire; mais ma mort vous laissera en liberté, ajouta-t-il, et vous pourrez rendre M. de Nemours heureux sans qu'il vous en coûte des crimes. Qu'importe, reprit-il, ce qui arrivera quand je ne serai plus, et faut-il que j'aie la foiblesse d'y jeter les yeux! »

Mme de Clèves étoit si éloignée de s'imaginer que son mari pût avoir des soupçons contre elle qu'elle écouta toutes ces paroles sans les comprendre, et sans avoir d'autre idée, sinon qu'il lui reprochoit son inclination pour M. de Nemours. Enfin, sortant tout d'un coup de son aveuglement : « Moi, des crimes ! s'écria-t-elle ; la pensée même m'en est inconnue. La vertu la plus austère ne peut inspirer d'autre conduite que celle que j'ai eue ; et je n'ai jamais fait d'action dont je n'eusse souhaité que vous eussiez été témoin. — Eussiez-vous souhaité, répliqua M. de Clèves en la regardant avec dédain, que je l'eusse été des nuits que vous avez passées avec M. de Nemours? Ah! Madame, est-ce de vous dont je parle quand je parle d'une femme qui a passé des nuits avec un homme? — Non, Monsieur, reprit-elle, non, ce n'est pas de moi dont vous parlez : je n'ai jamais passé ni de nuits ni de momens avec M. de Nemours. Il ne

m'a jamais vue en particulier ; je ne l'ai jamais souffert, ni écouté, et j'en ferois tous les sermens...
— N'en dites pas davantage, interrompit M. de
Clèves ; de faux sermens ou un aveu me feroient
peut-être une égale peine. » Mme de Clèves ne pouvoit répondre : ses larmes et sa douleur lui ôtoient
la parole ; enfin, faisant un effort : « Regardez-moi
du moins, écoutez-moi, lui dit-elle : s'il n'y alloit que de mon intérêt, je souffrirois ces reproches ; mais il y va de votre vie : écoutez-moi,
pour l'amour de vous-même ; il est impossible
qu'avec tant de vérité je ne vous persuade mon innocence. — Plût à Dieu que vous me la puissiez
persuader ! s'écria-t-il ; mais que pouvez-vous dire ?
M. de Nemours n'a-t-il pas été à Coulommiers
avec sa sœur ? Et n'avoit-il pas passé les deux nuits
précédentes avec vous dans le jardin de la forêt ?
— Si c'est là mon crime, répliqua-t-elle, il m'est
aisé de me justifier : je ne vous demande point de
me croire ; mais croyez tous vos domestiques, et
sachez si j'allai dans le jardin de la forêt la veille
que M. de Nemours vint à Coulommiers, et si je
n'en sortis pas le soir d'auparavant deux heures
plus tôt que je n'avois accoutumé. » Elle lui conta
ensuite comme elle avoit cru voir quelqu'un dans
ce jardin. Elle lui avoua qu'elle avoit cru que c'é-
toit M. de Nemours. Elle lui parla avec tant d'assurance, et la vérité se persuade si aisément, lors
même qu'elle n'est pas vraisemblable, que M. de
Clèves fut presque convaincu de son innocence.

« Je ne sais, lui dit-il, si je me dois laisser aller à vous croire. Je me sens si proche de la mort que je ne veux rien voir de ce qui me pourroit faire regretter la vie. Vous m'avez éclairci trop tard; mais ce me sera toujours un soulagement d'emporter la pensée que vous êtes digne de l'estime que j'ai eue pour vous. Je vous prie que je puisse encore avoir la consolation de croire que ma mémoire vous sera chère, et que, s'il eût dépendu de vous, vous eussiez eu pour moi les sentimens que vous avez pour un autre. » Il voulut continuer; mais une foiblesse lui ôta la parole. Mme de Clèves fit venir les médecins; ils le trouvèrent presque sans vie. Il languit néanmoins encore quelques jours, et mourut enfin avec une constance admirable.

Mme de Clèves demeura dans une affliction si violente qu'elle perdit quasi l'usage de la raison. La reine la vint voir avec soin, et la mena dans un couvent, sans qu'elle sût où on la conduisoit. Ses belles-sœurs la ramenèrent à Paris qu'elle n'étoit pas encore en état de sentir distinctement sa douleur. Quand elle commença d'avoir la force de l'envisager, et qu'elle vit quel mari elle avoit perdu, qu'elle considéra qu'elle étoit la cause de sa mort, et que c'étoit par la passion qu'elle avoit eue pour un autre qu'elle en étoit cause, l'horreur qu'elle eut pour elle-même et pour M. de Nemours ne se peut représenter.

Ce prince n'osa, dans ces commencemens, lui rendre d'autres soins que ceux que lui ordonnoit la

bienséance. Il connoissoit assez Mme de Clèves
pour croire qu'un plus grand empressement lui seroit désagréable; mais ce qu'il apprit ensuite lui
fit bien voir qu'il devoit avoir longtemps la même
conduite.

Un écuyer qu'il avoit lui conta que le gentilhomme de M. de Clèves, qui étoit son ami intime,
lui avoit dit, dans sa douleur de la perte de son
maître, que le voyage de M. de Nemours à Coulommiers étoit cause de sa mort. M. de Nemours
fut extrêmement surpris de ce discours; mais, après
y avoir fait réflexion, il devina une partie de la vérité, et il jugea bien quels seroient d'abord les sentimens de Mme de Clèves, et quel éloignement elle
auroit de lui, si elle croyoit que le mal de son mari
eût été causé par la jalousie. Il crut qu'il ne falloit
pas même la faire sitôt souvenir de son nom; et il suivit cette conduite, quelque pénible qu'elle lui parût.

Il fit un voyage à Paris, et ne put s'empêcher
néanmoins d'aller à sa porte pour apprendre de ses
nouvelles. On lui dit que personne ne la voyoit,
et qu'elle avoit même défendu qu'on lui rendit
compte de ceux qui l'iroient chercher. Peut-être
que ces ordres si exacts étoient donnés en vue de
ce prince, et pour ne point entendre parler de lui.
M. de Nemours étoit trop amoureux pour pouvoir
vivre si absolument privé de la vue de Mme de
Clèves. Il résolut de trouver des moyens, quelque
difficiles qu'ils pussent être, de sortir d'un état qui
lui paroissoit si insupportable.

La douleur de cette princesse passoit les bornes de la raison. Ce mari mourant, et mourant à cause d'elle et avec tant de tendresse pour elle, ne lui sortoit point de l'esprit. Elle repassoit incessamment tout ce qu'elle lui devoit ; et elle se faisoit un crime de n'avoir pas eu de la passion pour lui, comme si c'eût été une chose qui eût été en son pouvoir. Elle ne trouvoit de consolation qu'à penser qu'elle le regrettoit autant qu'il méritoit d'être regretté, et qu'elle ne feroit, dans le reste de sa vie, que ce qu'il auroit été bien aise qu'elle eût fait s'il avoit vécu.

Elle avoit pensé plusieurs fois comment il avoit su que M. de Nemours étoit venu à Coulommiers : elle ne soupçonnoit pas ce prince de l'avoir conté, et il lui paroissoit même indifférent qu'il l'eût redit, tant elle se croyoit guérie et éloignée de la passion qu'elle avoit eue pour lui. Elle sentoit néanmoins une douleur vive de s'imaginer qu'il étoit cause de la mort de son mari, et elle se souvenoit avec peine de la crainte que M. de Clèves lui avoit témoignée en mourant qu'elle ne l'épousât ; mais toutes ces douleurs se confondoient dans celle de la perte de son mari, et elle croyoit n'en avoir point d'autre.

Après que plusieurs mois furent passés, elle sortit de cette violente affliction où elle étoit, et passa dans un état de tristesse et de langueur. Mme de Martigues fit un voyage à Paris, et la vit avec soin pendant le séjour qu'elle y fit. Elle l'entretint de la

cour et de tout ce qui s'y passoit; et, quoique
Mᵐᵉ de Clèves ne parût pas y prendre intérêt,
Mᵐᵉ de Martigues ne laissoit pas de lui en parler
pour la divertir.

Elle lui conta des nouvelles du vidame, de
M. de Guise, et de tous les autres qui étoient distingués par leur personne ou par leur mérite.
« Pour M. de Nemours, dit-elle, je ne sais si les
affaires ont pris dans son cœur la place de la galanterie; mais il a bien moins de joie qu'il n'avoit
accoutumé d'en avoir; il paroît fort retiré du commerce des femmes; il fait souvent des voyages à
Paris, et je crois même qu'il y est présentement. »
Le nom de M. de Nemours surprit Mᵐᵉ de Clèves
et la fit rougir; elle changea de discours, et
Mᵐᵉ de Martigues ne s'aperçut point de son
trouble.

Le lendemain, cette princesse, qui cherchoit des
occupations conformes à l'état où elle étoit, alla,
proche de chez elle, voir un homme qui faisoit des
ouvrages de soie d'une façon particulière; elle y
fut dans le dessein d'en faire faire de semblables.
Après qu'on les lui eut montrés, elle vit la porte
d'une chambre où elle crut qu'il y en avoit encore;
elle dit qu'on la lui ouvrît. Le maître répondit
qu'il n'en avoit pas la clef, et qu'elle étoit occupée
par un homme qui y venoit quelquefois pendant le
jour, pour dessiner de belles maisons et des jardins
que l'on voyoit de ses fenêtres. « C'est l'homme du
monde le mieux fait, ajouta-t-il, il n'a guère la mine

d'être réduit à gagner sa vie. Toutes les fois qu'il vient céans, je le vois toujours regarder les maisons et les jardins; mais je ne le vois jamais travailler. »

Mme de Clèves écoutoit ce discours avec une grande attention. Ce que lui avoit dit Mme de Martigues, que M. de Nemours étoit quelquefois à Paris, se joignit dans son imagination à cet homme bien fait qui venoit proche de chez elle, et lui fit une idée de M. de Nemours, et de M. de Nemours appliqué à la voir, qui lui donnoit un trouble confus dont elle ne savoit pas même la cause. Elle alla vers les fenêtres pour voir où elles donnoient : elle trouva qu'elles voyoient tout son jardin et la face de son appartement; et, lorsqu'elle fut dans sa chambre, elle remarqua aisément cette même fenêtre où l'on lui avoit dit que venoit cet homme. La pensée que c'étoit M. de Nemours changea entièrement la situation de son esprit; elle ne se trouva plus dans un certain triste repos qu'elle commençoit à goûter; elle se sentit inquiète et agitée; enfin, ne pouvant demeurer avec elle-même, elle sortit, et alla prendre l'air dans un jardin hors des faubourgs, où elle pensoit être seule. Elle crut, en y arrivant, qu'elle ne s'étoit pas trompée : elle ne vit aucune apparence qu'il y eût quelqu'un, et elle se promena assez longtemps.

Après avoir traversé un petit bois, elle aperçut au bout d'une allée, dans l'endroit le plus reculé du jardin, une manière de cabinet ouvert de tous côtés où elle adressa ses pas. Comme elle en fut

27

proche, elle vit un homme couché sur des bancs,
qui paroissoit enseveli dans une rêverie profonde,
et elle reconnut que c'étoit M. de Nemours. Cette
vue l'arrêta tout court; mais ses gens, qui la sui-
voient, firent quelque bruit qui tira M. de Nemours de sa rêverie. Sans regarder qui avoit causé
le bruit qu'il avoit entendu, il se leva de sa place
pour éviter la compagnie qui venoit vers lui, et
tourna dans une autre allée, en faisant une révérence fort basse qui l'empêcha même de voir ceux
qu'il saluoit.

S'il eût su ce qu'il évitoit, avec quelle ardeur se-
roit-il retourné sur ses pas! Mais il continua à
suivre l'allée; et Mme de Clèves le vit sortir par une
porte de derrière où l'attendoit son carrosse. Quel
effet produisit cette vue d'un moment dans le cœur
de Mme de Clèves! Quelle passion endormie se
ralluma dans son cœur, et avec quelle violence!
Elle s'alla asseoir dans le même endroit d'où venoit
de sortir M. de Nemours; elle y demeura comme
accablée. Ce prince se présenta à son esprit, aimable au-dessus de tout ce qui étoit au monde;
l'aimant depuis longtemps avec une passion pleine
de respect et de fidélité; méprisant tout pour elle;
respectant jusqu'à sa douleur; songeant à la voir
sans songer à en être vu; quittant la cour, dont
il faisoit les délices, pour aller regarder les mu-
railles qui la renfermoient, pour venir rêver dans
les lieux où il ne pouvoit prétendre de la rencontrer; enfin, un homme digne d'être aimé par son

seul attachement, et pour qui elle avoit une inclination si violente qu'elle l'auroit aimé quand il ne l'auroit pas aimée ; mais, de plus, un homme d'une qualité élevée et convenable à la sienne. Plus de devoir, plus de vertu qui s'opposassent à ses sentimens ; tous les obstacles étoient levés, et il ne restoit de leur état passé que la passion de M. de Nemours pour elle, et que celle qu'elle avoit pour lui.

Toutes ces idées furent nouvelles à cette princesse. L'affliction de la mort de M. de Clèves l'avoit assez occupée pour avoir empêché qu'elle n'y eût jeté les yeux. La présence de M. de Nemours les amena en foule dans son esprit ; mais, quand il en eut été pleinement rempli et qu'elle se souvint aussi que ce même homme, qu'elle regardoit comme pouvant l'épouser, étoit celui qu'elle avoit aimé du vivant de son mari, et qui étoit la cause de sa mort ; que, même en mourant, il lui avoit témoigné de la crainte qu'elle ne l'épousât, son austère vertu étoit si blessée de cette imagination qu'elle ne trouvoit guère moins de crime à épouser M. de Nemours qu'elle en avoit trouvé à l'aimer pendant la vie de son mari. Elle s'abandonna à ces réflexions si contraires à son bonheur ; elle les fortifia encore de plusieurs raisons qui regardoient son repos et les maux qu'elle prévoyoit en épousant ce prince. Enfin, après avoir demeuré deux heures dans le lieu où elle étoit, elle s'en revint chez elle, persuadée qu'elle devoit fuir sa vue comme une chose entièrement opposée à son devoir.

Mais cette persuasion, qui étoit un effet de sa raison et de sa vertu, n'entraînoit pas son cœur : il demeuroit attaché à M. de Nemours avec une violence qui la mettoit dans un état digne de compassion, et qui ne lui laissa plus de repos ; elle passa une des plus cruelles nuits qu'elle eût jamais passées. Le matin, son premier mouvement fut d'aller voir s'il n'y avoit personne à la fenêtre qui donnoit chez elle : elle y alla ; elle y vit M. de Nemours. Cette vue la surprit, et elle se retira avec une promptitude qui fit juger à ce prince qu'il avoit été reconnu. Il avoit souvent désiré de l'être, depuis que sa passion lui avoit fait trouver ces moyens de voir Mme de Clèves ; et, lorsqu'il n'espéroit pas d'avoir ce plaisir, il alloit rêver dans le même jardin où elle l'avoit trouvé.

Lassé enfin d'un état si malheureux et si incertain, il résolut de tenter quelque voie d'éclaircir sa destinée. « Que veux-je attendre ? disoit-il : il y a longtemps que je sais que j'en suis aimé ; elle est libre ; elle n'a plus de devoir à m'opposer. Pourquoi me réduire à la voir sans en être vu et sans lui parler ? Est-il possible que l'amour m'ait si absolument ôté la raison et la hardiesse, et qu'il m'ait rendu si différent de ce que j'ai été dans les autres passions de ma vie ? J'ai dû respecter la douleur de Mme de Clèves ; mais je la respecte trop longtemps, et je lui donne le loisir d'éteindre l'inclination qu'elle a pour moi. »

Après ces réflexions, il songea aux moyens dont il devoit se servir pour la voir. Il crut qu'il n'y avoit plus rien qui l'obligeât à cacher sa passion au vidame de Chartres; il résolut de lui en parler, et de lui dire le dessein qu'il avoit pour sa nièce.

Le vidame étoit alors à Paris : tout le monde y étoit venu donner ordre à son équipage et à ses habits, pour suivre le roi qui devoit conduire la reine d'Espagne. M. de Nemours alla donc chez le vidame, et lui fit un aveu sincère de tout ce qu'il lui avoit caché jusqu'alors, à la réserve des sentimens de Mme de Clèves, dont il ne voulut pas paroître instruit.

Le vidame reçut tout ce qu'il lui dit avec beaucoup de joie, et l'assura que, sans savoir ses sentimens, il avoit souvent pensé, depuis que Mme de Clèves étoit veuve, qu'elle étoit la seule personne digne de lui. M. de Nemours le pria de lui donner les moyens de lui parler et de savoir quelles étoient ses dispositions.

Le vidame lui proposa de le mener chez elle; mais M. de Nemours crut qu'elle en seroit choquée, parce qu'elle ne voyoit encore personne. Ils trouvèrent qu'il falloit que M. le vidame la priât de venir chez lui sur quelque prétexte, et que M. de Nemours y vînt par un escalier dérobé afin de n'être vu de personne. Cela s'exécuta comme ils l'avoient résolu : Mme de Clèves vint; le vidame l'alla recevoir, et la conduisit dans un grand cabinet, au bout de son appartement; quelque temps après, M. de Nemours entra comme si le hasard l'eût conduit. Mᵐᵉ de Clèves fut extrêmement surprise de le voir : elle rougit et essaya de cacher sa rougeur. Le vidame parla d'abord de choses indifférentes, et sortit, supposant qu'il avoit quelque ordre à donner. Il dit à Mᵐᵉ de Clèves qu'il la prioit de faire les honneurs de chez lui et qu'il alloit rentrer dans un moment.

L'on ne peut exprimer ce que sentirent M. de Nemours et Mᵐᵉ de Clèves de se trouver seuls et en état de se parler pour la première fois. Ils demeurèrent quelque temps sans rien dire ; enfin, M. de Nemours, rompant le silence : « Pardonnerez-vous à M. de Chartres, Madame, lui dit-il, de m'avoir donné l'occasion de vous voir et de vous entretenir, que vous m'avez toujours si cruellement ôtée ? — Je ne lui dois pas pardonner, répondit-elle, d'avoir oublié l'état où je suis, et à quoi il expose ma réputation. » En prononçant ces paroles, elle voulut s'en aller ; et M. de Nemours, la retenant : « Ne craignez rien, Madame, répliqua-t-il, personne ne sait que je suis ici, et aucun hasard n'est à craindre. Écoutez-moi, Madame, écoutez-moi ; si ce n'est par bonté, que ce soit du moins pour l'amour de vous-même, et pour vous délivrer des extravagances où m'emporteroit infailliblement une passion dont je ne suis plus le maître. »

Mᵐᵉ de Clèves céda pour la première fois au penchant qu'elle avoit pour M. de Nemours, et,

le regardant avec des yeux pleins de douceur et
de charmes : « Mais qu'espérez-vous, lui dit-elle,
de la complaisance que vous me demandez? Vous
vous repentirez peut-être de l'avoir obtenue, et je
me repentirai infailliblement de vous l'avoir ac-
cordée. Vous méritez une destinée plus heureuse
que celle que vous avez eue jusqu'ici, et que celle
que vous pouvez trouver à l'avenir, à moins que
vous ne la cherchiez ailleurs. — Moi, Madame,
lui dit-il, chercher du bonheur ailleurs! et y en
a-t-il d'autre que d'être aimé de vous? Quoique
je ne vous aie jamais parlé, je ne saurois croire,
Madame, que vous ignoriez ma passion, et que
vous ne la connoissiez pour la plus véritable et la
plus violente qui sera jamais. A quelle épreuve
a-t-elle été par des choses qui vous sont inconnues? Et à quelle épreuve l'avez-vous mise par vos
rigueurs?

— Puisque vous voulez que je vous parle, et que
je m'y résous, répondit Mme de Clèves en s'as-
seyant, je le ferai avec une sincérité que vous trouverez malaisément dans les personnes de mon sexe.
Je ne vous dirai point que je n'ai pas vu l'attachement que vous avez eu pour moi; peut-être ne
me croiriez-vous pas quand je vous le dirois; je
vous avoue donc, non seulement que je l'ai vu,
mais que je l'ai vu tel que vous pouvez souhaiter
qu'il m'ait paru. — Et si vous l'avez vu, Madame,
interrompit-il, est-il possible que vous n'en ayez
point été touchée? Et oserois-je vous demander

s'il n'a fait aucune impression dans votre cœur? — Vous en avez dû juger par ma conduite, lui répliqua-t-elle; mais je voudrois bien savoir ce que vous en avez pensé. — Il faudroit que je fusse dans un état plus heureux pour vous l'oser dire, répondit-il; et ma destinée a trop peu de rapport à ce que je vous dirois. Tout ce que je puis vous apprendre, Madame, c'est que j'ai souhaité ardemment que vous n'eussiez pas avoué à M. de Clèves ce que vous me cachiez, et que vous lui eussiez caché ce que vous m'eussiez laissé voir. — Comment avez-vous pu découvrir, reprit-elle en rougissant, que j'aie avoué quelque chose à M. de Clèves? — Je l'ai su par vous-même, Madame, répondit-il; mais, pour me pardonner la hardiesse que j'ai eue de vous écouter, souvenez-vous si j'ai abusé de ce que j'ai entendu, si mes espérances en ont augmenté, et si j'ai eu plus de hardiesse à vous parler. »

Il commença à lui conter comme il avoit entendu sa conversation avec M. de Clèves; mais elle l'interrompit avant qu'il eût achevé. « Ne m'en dites pas davantage, lui dit-elle; je vois présentement par où vous avez été si bien instruit; vous ne me le parûtes déjà que trop chez madame la dauphine, qui avoit su cette aventure par ceux à qui vous l'aviez confiée. »

M. de Nemours lui apprit alors de quelle sorte la chose étoit arrivée. « Ne vous excusez point, reprit-elle; il y a longtemps que je vous ai pardonné sans que vous m'ayez dit de raison; mais, puisque vous avez appris par moi-même ce que j'avois eu dessein de vous cacher toute ma vie, je vous avoue que vous m'avez inspiré des sentimens qui m'étoient inconnus devant que de vous avoir vu, et dont j'avois même si peu d'idée qu'ils me donnèrent d'abord une surprise qui augmentoit encore le trouble qui les suit toujours. Je vous fais cet aveu avec moins de honte, parce que je le fais dans un temps où je le puis faire sans crime, et que vous avez vu que ma conduite n'a pas été réglée par mes sentimens.

— Croyez-vous, Madame, lui dit M. de Nemours en se jetant à ses genoux, que je n'expire pas à vos pieds de joie et de transport?— Je ne vous apprends, lui répondit-elle en souriant, que ce que vous ne saviez déjà que trop. —Ah! Madame, répliqua-t-il, quelle différence de le savoir par un effet du hasard, ou de l'apprendre par vous-même, et de voir que vous voulez bien que je le sache!— Il est vrai, lui dit-elle, que je veux bien que vous le sachiez, et que je trouve de la douceur à vous le dire : je ne sais même si je ne vous le dis point plus pour l'amour de moi que pour l'amour de vous. Car, enfin, cet aveu n'aura point de suite, et je suivrai les règles austères que mon devoir m'impose. — Vous n'y songez pas, Madame, répondit M. de Nemours : il n'y a plus de devoir qui vous lie; vous êtes en liberté, et, si j'osois, je vous dirois même qu'il dépend de vous de faire en sorte que votre devoir vous oblige un jour à conserver les sentimens que vous avez pour moi. —'Mon devoir, répliqua-t-elle, me défend de penser jamais à personne, et moins à vous qu'à qui que ce soit au monde, par des raisons qui vous sont inconnues. — Elles ne me le sont peut-être pas, Madame, reprit-il ; mais ce ne sont point de véritables raisons. Je crois savoir que M. de Clèves m'a cru plus heureux que je n'étois, et qu'il s'est imaginé que vous aviez approuvé des extravagances que la passion m'a fait entreprendre sans votre aveu. —Ne parlons point de cette aventure, lui dit-elle, je n'en saurois soutenir la pensée ; elle me fait honte, et elle m'est aussi trop doulou- reuse par les suites qu'elle a eues. Il n'est que trop véritable que vous êtes cause de la mort de M. de Clèves ; les soupçons que lui a donnés votre con- duite inconsidérée lui ont coûté la vie comme si vous la lui aviez ôtée de vos propres mains. Voyez ce que je devrois faire si vous en étiez venus en- semble à ces extrémités et que le même malheur en fût arrivé. Je sais bien que ce n'est pas la même chose à l'égard du monde ; mais au mien il n'y a aucune différence, puisque je sais que c'est par vous qu'il est mort, et que c'est à cause de moi. — Ah ! Madame, lui dit M. de Nemours, quel fantôme de devoir opposez-vous à mon bonheur ? Quoi ! Madame, une pensée vaine et sans fonde- ment vous empêchera de rendre heureux un homme que vous ne haïssez pas ? Quoi ! j'aurois pu concevoir l'espérance de passer ma vie avec vous ; ma destinée m'auroit conduit à aimer la plus estimable personne du monde ; j'aurois vu en elle tout ce qui peut faire une adorable maîtresse ; elle ne m'auroit pas haï, et je n'aurois trouvé dans sa conduite que tout ce qui peut être à désirer dans une femme ! car enfin, Madame, vous êtes peut-être la seule personne en qui ces deux choses se soient jamais trouvées au degré qu'elles sont en vous : tous ceux qui épousent des maîtresses dont ils sont aimés tremblent en les épousant, et regardent avec crainte, par rapport aux autres, la conduite qu'elles ont eue avec eux ; mais, en vous, Madame, rien n'est à craindre, et on ne trouve que des sujets d'admiration ; n'aurois-je envisagé, dis-je, une si grande félicité que pour vous y voir apporter vous-même des obstacles ? Ah ! Madame, vous oubliez que vous m'avez distingué du reste des hommes, ou plutôt vous ne m'en avez jamais distingué : vous vous êtes trompée, et je me suis flatté.

— Vous ne vous êtes point flatté, lui répondit-elle ; les raisons de mon devoir ne me paroîtroient peut-être pas si fortes sans cette distinction dont vous vous doutez, et c'est elle qui me fait envisager des malheurs à m'attacher à vous. — Je n'ai rien à répondre, Madame, reprit-il, quand vous me faites voir que vous craignez des malheurs ; mais je vous avoue qu'après tout ce que vous avez bien voulu me dire, je ne m'attendois pas à trouver une si cruelle raison. — Elle est si peu offensante pour vous, reprit Mme de Clèves, que j'ai même beaucoup de peine à vous l'apprendre. — Hélas! Madame, répliqua-t-il, que pouvez-vous craindre qui me flatte trop, après ce que vous venez de me dire? — Je veux vous parler encore avec la même sincérité que j'ai déjà commencé, reprit-elle, et je vais passer par-dessus toute la retenue et toutes les délicatesses que je devrois avoir dans une première conversation; mais je vous conjure de m'écouter sans m'interrompre.

« Je crois devoir à votre attachement la foible récompense de ne vous cacher aucun de mes sentimens et de vous les laisser voir tels qu'ils sont. Ce sera apparemment la seule fois de ma vie que je me donnerai la liberté de vous les faire paroître; néanmoins je ne saurois vous avouer sans honte que la certitude de n'être plus aimée de vous comme je le suis me paroît un si horrible malheur que, quand je n'aurois point des raisons de devoir insurmontables, je doute si je pourrois me résoudre à m'exposer à ce malheur. Je sais que vous êtes libre, que je le suis, et que les choses sont d'une sorte que le public n'auroit peut-être pas sujet de vous blâmer, ni moi non plus, quand nous nous engagerions ensemble pour jamais; mais les hommes conservent-ils de la passion dans ces engagemens éternels? dois-je espérer un miracle en ma faveur, et puis-je me mettre en état de voir certainement finir cette passion dont je ferois toute ma félicité? M. de Clèves étoit peut-être l'uni-

que homme du monde capable de conserver de
l'amour dans le mariage. Ma destinée n'a pas
voulu que j'aie pu profiter de ce bonheur; peut-
être aussi que sa passion n'avoit subsisté que parce
qu'il n'en auroit pas trouvé en moi; mais je
n'aurois pas le même moyen de conserver la vôtre:
je crois même que les obstacles ont fait votre
constance; vous en avez assez trouvé pour vous
animer à vaincre; et mes actions involontaires, ou
les choses que le hasard vous a apprises, vous ont
donné assez d'espérance pour ne vous pas rebuter.
— Ah! Madame, reprit M. de Nemours, je ne
saurois garder le silence que vous m'imposez:
vous me faites trop d'injustice, et vous me faites
trop voir combien vous êtes éloignée d'être pré-
venue en ma faveur. — J'avoue, répondit-elle, que
les passions peuvent me conduire; mais elles ne
sauroient m'aveugler: rien ne me peut empêcher
de reconnoître que vous êtes né avec toutes les
dispositions pour la galanterie, et toutes les qualités
qui sont propres à y donner des succès heureux;
vous avez déjà eu plusieurs passions, vous en auriez
encore; je ne ferois plus votre bonheur; je vous
verrois pour une autre comme vous auriez été
pour moi: j'en aurois une douleur mortelle, et
je ne serois pas même assurée de n'avoir point le
malheur de la jalousie. Je vous en ai trop dit
pour vous cacher que vous me l'avez fait connoître, et que je souffris de si cruelles peines le
soir que la reine me donna cette lettre de Mme de

Thémines, que l'on disoit qui s'adressoit à vous, qu'il m'en est demeuré une idée qui me fait croire que c'est le plus grand de tous les maux.

« Par vanité ou par goût, toutes les femmes souhaitent de vous attacher ; il y en a peu à qui vous ne plaisiez ; mon expérience me feroit croire qu'il n'y en a point à qui vous ne puissiez plaire. Je vous croirois toujours amoureux et aimé, et je ne me tromperois pas souvent ; dans cet état, néanmoins, je n'aurois d'autre parti à prendre que celui de la souffrance ; je ne sais même si j'oserois me plaindre. On fait des reproches à un amant ; mais en fait-on à un mari, quand on n'a qu'à lui reprocher de n'avoir plus d'amour ? Quand je pourrois m'accoutumer à cette sorte de malheur, pourrois-je m'accoutumer à celui de croire voir toujours M. de Clèves vous accuser de sa mort, me reprocher de vous avoir aimé, de vous avoir épousé, et me faire sentir la différence de son attachement au vôtre ? Il est impossible, continua-t-elle, de passer par-dessus des raisons si fortes : il faut que je demeure dans l'état où je suis, et dans les résolutions que j'ai prises de n'en sortir jamais. — Hé ! croyez-vous le pouvoir, Madame ? s'écria M. de Nemours. Pensez-vous que vos résolutions tiennent contre un homme qui vous adore, et qui est assez heureux pour vous plaire ? Il est plus difficile que vous ne pensez, Madame, de résister à ce qui nous plaît et à ce qui nous aime. Vous l'avez fait par une vertu austère, qui n'a presque point d'exemple ; mais cette vertu ne s'oppose plus à vos sentimens, et j'espère que vous les suivrez malgré vous. — Je sais bien qu'il n'y a rien de plus difficile que ce que j'entreprends, répliqua Mme de Clèves ; je me défie de mes forces au milieu de mes raisons ; ce que je crois devoir à la mémoire de M. de Clèves seroit foible s'il n'étoit soutenu par l'intérêt de mon repos, et les raisons de mon repos ont besoin d'être soutenues de celles de mon devoir ; mais, quoique je me défie de moi-même, je crois que je ne vaincrai jamais mes scrupules, et je n'espère pas aussi de surmonter l'inclination que j'ai pour vous. Elle me rendra malheureuse, et je me priverai de votre vue, quelque violence qu'il m'en coûte. Je vous conjure par tout le pouvoir que j'ai sur vous de ne chercher aucune occasion de me voir. Je suis dans un état qui me fait des crimes de tout ce qui pourroit être permis dans un autre temps, et la seule bienséance interdit tout commerce entre nous. » M. de Nemours se jeta à ses pieds, et s'abandonna à tous les divers mouvemens dont il étoit agité. Il lui fit voir, et par ses paroles et par ses pleurs, la plus vive et la plus tendre passion dont un cœur ait jamais été touché. Celui de Mme de Clèves n'étoit pas insensible ; et, regardant ce prince avec des yeux un peu grossis par les larmes : « Pourquoi faut-il, s'écria-t-elle, que je vous puisse accuser de la mort de M. de Clèves ? Que n'ai-je commencé à vous connoître depuis que je suis libre, ou pourquoi ne vous ai-je pas connu devant que d'être engagée? Pourquoi la destinée nous sépare-t-elle par un obstacle si invincible? — Il n'y a point d'obstacle, Madame, reprit M. de Nemours; vous seule vous opposez à mon bonheur; vous seule vous imposez une loi que la vertu et la raison ne vous sauroient imposer. — Il est vrai, répliqua-t-elle, que je sacrifie beaucoup à un devoir qui ne subsiste que dans mon imagination : attendez ce que le temps pourra faire. M. de Clèves ne fait encore que d'expirer, et cet objet funeste est trop proche pour me laisser des vues claires et distinctes; ayez cependant le plaisir de vous être fait aimer d'une personne qui n'auroit rien aimé si elle ne vous avoit jamais vu; croyez que les sentimens que j'ai pour vous seront éternels, et qu'ils subsisteront également, quoi que je fasse. Adieu, lui dit-elle; voici une conversation qui me fait honte : rendez-en compte à M. le vidame; j'y consens, et je vous en prie. »

Elle sortit en disant ces paroles, sans que M. de Nemours pût la retenir. Elle trouva M. le vidame dans la chambre la plus proche. Il la vit si troublée qu'il n'osa lui parler, et il la remit dans son carrosse sans lui rien dire. Il revint trouver M. de Nemours, qui étoit si plein de joie, de tristesse, d'étonnement et d'admiration, enfin de tous les sentimens que peut donner une passion pleine de crainte et d'espérance, qu'il n'avoit pas l'usage de la raison. Le vidame fut longtemps à obtenir qu'il lui rendit compte de sa conversation. Il le fit enfin ; et M. de Chartres, sans être amoureux, n'eut pas moins d'admiration pour la vertu, l'esprit et le mérite de Mme de Clèves que M. de Nemours en avoit lui-même. Ils examinèrent ce que ce prince devoit espérer de sa destinée ; et, quelques craintes que son amour lui pût donner, il demeura d'accord avec M. le vidame qu'il étoit impossible que Mme de Clèves demeurât dans les résolutions où elle étoit. Ils convinrent néanmoins qu'il falloit suivre ses ordres, de crainte que, si le public s'apercevoit de l'attachement qu'il avoit pour elle, elle ne fît des déclarations et ne prît des engagemens vers le monde, qu'elle soutiendroit dans la suite par la peur qu'on ne crût qu'elle l'eût aimé du vivant de son mari.

M. de Nemours se détermina à suivre le roi. C'étoit un voyage dont il ne pouvoit aussi bien se dispenser, et il résolut à s'en aller sans tenter même de revoir Mme de Clèves du lieu où il l'avoit vue quelquefois. Il pria M. le vidame de lui parler. Que ne lui dit-il point pour lui redire ! Quel nombre infini de raisons pour la persuader de vaincre ses scrupules ! Enfin, une partie de la nuit étoit passée devant que M. de Nemours songeât à le laisser en repos.

Mme de Clèves n'étoit pas en état d'en trouver : ce lui étoit une chose si nouvelle d'être sortie de cette contrainte qu'elle s'étoit imposée, d'avoir souffert, pour la première fois de sa vie, qu'on lui

dît qu'on étoit amoureux d'elle, et d'avoir dit elle-
même qu'elle aimoit, qu'elle ne se connoissoit
plus. Elle fut étonnée de ce qu'elle avoit fait ;
elle s'en repentit ; elle en eut de la joie : tous ses
sentimens étoient pleins de trouble et de passion.
Elle examina encore les raisons de son devoir qui
s'opposoient à son bonheur : elle sentit de la douleur de les trouver si fortes, et elle se repentit de
les avoir si bien montrées à M. de Nemours.
Quoique la pensée de l'épouser lui fût venue dans
l'esprit sitôt qu'elle l'avoit revu dans ce jardin,
elle ne lui avoit pas fait la même impression que
venoit de faire la conversation qu'elle avoit eue
avec lui, et il y avoit des momens où elle avoit de
la peine à comprendre qu'elle pût être malheureuse
en l'épousant. Elle eût bien voulu se pouvoir dire
qu'elle étoit mal fondée et dans ses scrupules du
passé et dans ses craintes de l'avenir. La raison et
son devoir lui montroient dans d'autres momens des
choses tout opposées, qui l'emportoient rapidement à la résolution de ne se point remarier et de
ne voir jamais M. de Nemours ; mais c'étoit une
résolution bien violente à établir dans un cœur
aussi touché que le sien et aussi nouvellement
abandonné aux charmes de l'amour. Enfin, pour
se donner quelque calme, elle pensa qu'il n'étoit
point encore nécessaire qu'elle se fît la violence
de prendre des résolutions ; la bienséance lui donnoit un temps considérable à se déterminer ; mais
elle résolut de demeurer ferme à n'avoir aucun

commerce avec M. de Nemours. Le vidame la vint
voir, et servit ce prince avec tout l'esprit et l'application imaginables. Il ne la put faire changer
sur sa conduite, ni sur celle qu'elle avoit imposée
à M. de Nemours. Elle lui dit que son dessein
étoit de demeurer dans l'état où elle se trouvoit;
qu'elle connoissoit que ce dessein étoit difficile à
exécuter, mais qu'elle espéroit d'en avoir la force.
Elle lui fit si bien voir à quel point elle étoit touchée de l'opinion que M. de Nemours avoit causé
la mort à son mari, et combien elle étoit persuadée qu'elle feroit une action contre son devoir
en l'épousant, que le vidame craignit qu'il ne fût
malaisé de lui ôter cette impression. Il ne dit pas
à ce prince ce qu'il pensoit; et, en lui rendant
compte de sa conversation, il lui laissa toute l'espérance que la raison doit donner à un homme
qui est aimé.

Ils partirent le lendemain et allèrent joindre le
roi. M. le vidame écrivit à Mme de Clèves, à la
prière de M. de Nemours, pour lui parler de ce
prince; et dans une seconde lettre, qui suivit
bientôt la première, M. de Nemours y mit quelques lignes de sa main; mais Mme de Clèves, qui
ne vouloit pas sortir des règles qu'elle s'étoit im-
posées, et qui craignoit les accidens qui peuvent
arriver par les lettres, manda au vidame qu'elle ne
recevroit plus les siennes s'il continuoit à lui parler
de M. de Nemours; et elle le lui manda si fortement
que ce prince le pria même de ne le plus nommer.

La cour alla conduire la reine d'Espagne jusqu'en
Poitou. Pendant cette absence, Mme de Clèves
demeura à elle-même, et, à mesure qu'elle étoit
éloignée de M. de Nemours et de tout ce qui l'en
pouvoit faire souvenir, elle rappeloit la mémoire de
M. de Clèves, qu'elle se faisoit un honneur de conserver. Les raisons qu'elle avoit de ne point épouser
M. de Nemours lui paroissoient fortes du côté de
son devoir, et insurmontables du côté de son repos.
La fin de l'amour de ce prince et les maux de la
jalousie qu'elle croyoit infaillibles dans un mariage
lui montroient un malheur certain où elle s'alloit
jeter; mais elle voyoit aussi qu'elle entreprenoit
une chose impossible, que de résister en présence
au plus aimable homme du monde, qu'elle aimoit et
dont elle étoit aimée, et de lui résister sur une chose
qui ne choquoit ni la vertu ni la bienséance. Elle
jugea que l'absence seule et l'éloignement pouvoient lui donner quelque force; elle trouva qu'elle
en avoit besoin non seulement pour soutenir la résolution de ne se pas engager, mais même pour se
défendre de voir M. de Nemours; et elle résolut
de faire un assez long voyage, pour passer tout le
temps que la bienséance l'obligeoit à vivre dans la
retraite. De grandes terres qu'elle avoit vers les
Pyrénées lui parurent le lieu le plus propre qu'elle
pût choisir. Elle partit peu de jours avant que la
cour revînt; et, en partant, elle écrivit à M. le vidame pour le conjurer que l'on ne songeât point
à avoir de ses nouvelles, ni à lui écrire.

M. de Nemours fut affligé de ce voyage comme
un autre l'auroit été de la mort de sa maîtresse.
La pensée d'être privé pour longtemps de la vue de
Mᵐᵉ de Clèves lui étoit une douleur sensible, et
surtout dans un temps où il avoit senti le plaisir de
la voir, et de la voir touchée de sa passion. Cependant
il ne pouvoit faire autre chose que s'affliger ; mais
son affliction augmenta considérablement. Mᵐᵉ de
Clèves, dont l'esprit avoit été si agité, tomba dans
une maladie violente sitôt qu'elle fut arrivée chez
elle. Cette nouvelle vint à la cour. M. de Nemours
étoit inconsolable ; sa douleur alloit au désespoir
et à l'extravagance. Le vidame eut beaucoup de
peine à l'empêcher de faire voir sa passion au
public ; il en eut beaucoup aussi à le retenir et à
lui ôter le dessein d'aller lui-même apprendre de
ses nouvelles. La parenté et l'amitié de M. le vidame fut un prétexte à y envoyer plusieurs courriers ; on sut enfin qu'elle étoit hors de cet extrême péril où elle avoit été ; mais elle demeura dans
une maladie de langueur qui ne laissoit guère d'espérance de sa vie.

Cette vue si longue et si prochaine de la mort
firent paroître à Mᵐᵉ de Clèves les choses de cette
vie de cet œil si différent dont on les voit dans la
santé. La nécessité de mourir, dont elle se voyoit
si proche, l'accoutuma à se détacher de toutes
choses, et la longueur de sa maladie lui en fit une
habitude. Lorsqu'elle revint de cet état, elle trouva
néanmoins que M. de Nemours n'étoit pas effacé

de son cœur; mais elle appela à son secours, pour se défendre contre lui, toutes les raisons qu'elle croyoit avoir pour ne l'épouser jamais. Il se passa un assez grand combat en elle-même. Enfin, elle surmonta les restes de cette passion qui étoit affoiblie par les sentimens que sa maladie lui avoit donnés : les pensées de la mort lui avoient reproché la mémoire de M. de Clèves. Ce souvenir, qui s'accordoit à son devoir, s'imprima fortement dans son cœur. Les passions et les engagemens du monde lui parurent tels qu'ils paroissent aux personnes qui ont des vues plus grandes et plus éloignées. Sa santé, qui demeura considérablement affoiblie, lui aida à conserver ses sentimens; mais, comme elle connoissoit ce que peuvent les occasions sur les résolutions les plus sages, elle ne voulut pas s'exposer à détruire les siennes, ni revenir dans les lieux où étoit ce qu'elle avoit aimé. Elle se retira, sur le prétexte de changer d'air, dans une maison religieuse, sans faire paroître un dessein arrêté de renoncer à la cour.

A la première nouvelle qu'en eut M. de Nemours, il sentit le poids de cette retraite, et il en vit l'importance. Il crut dans ce moment qu'il n'avoit plus rien à espérer; la perte de ses espérances ne l'empêcha pas de mettre tout en usage pour faire revenir Mᵐᵉ de Clèves. Il fit écrire la reine; il fit écrire le vidame, il l'y fit aller; mais tout fut inutile. Le vidame la vit : elle ne lui dit point qu'elle eût pris de résolution. Il jugea néanmoins qu'elle ne reviendroit jamais. Enfin M. de Nemours y alla lui-même, sur le prétexte d'aller à des bains. Elle fût extrêmement troublée et surprise d'apprendre sa venue. Elle lui fit dire, par une personne de mérite qu'elle aimoit et qu'elle avoit alors auprès d'elle, qu'elle le prioit de ne pas trouver étrange si elle ne s'exposoit point au péril de le voir et de détruire, par sa présence, des sentimens qu'elle devoit conserver; qu'elle vouloit bien qu'il sût qu'ayant trouvé que son devoir et son repos s'op-posoient au penchant qu'elle avoit d'être à lui, les autres choses du monde lui avoient paru si indiffé-rentes qu'elle y avoit renoncé pour jamais; qu'elle ne pensoit plus qu'à celles de l'autre vie, et qu'il ne lui restoit aucun sentiment que le désir de le voir dans les même dispositions où elle étoit.

M. de Nemours pensa expirer de douleur en présence de celle qui lui parloit. Il la pria vingt fois de retourner à Mme de Clèves, afin de faire en sorte qu'il la vît; mais cette personne lui dit que Mme de Clèves lui avoit non seulement dé-fendu de lui aller redire aucune chose de sa part, mais même de lui rendre compte de leur conver-sation. Il fallut enfin que ce prince repartît, aussi accablé de douleur que le pouvoit être un homme qui perdoit toute sorte d'espérances de revoir jamais une personne qu'il aimoit d'une passion la plus violente, la plus naturelle et la mieux fondée qui ait jamais été. Néanmoins il ne se rebuta point encore, et il fit tout ce qu'il put imaginer de ca-

pable de la faire changer de dessein. Enfin, des
années entières s'étant passées, le temps et l'absence ralentirent sa douleur et éteignirent sa passion. Mᵐᵉ de Clèves vécut d'une sorte qui ne laissa
pas d'apparence qu'elle pût jamais revenir. Elle passoit une partie de l'année dans cette maison religieuse
et l'autre chez elle, mais dans une retraite et dans
des occupations plus saintes que celles des couvens
les plus austères; et sa vie, qui fut assez courte,
laissa des exemples de vertu inimitables.

Imp. Jouaust.

BIBLIOTHÈQUE DES DAMES

Cette collection a pour but de réunir les ouvrages qui doivent le plus spécialement plaire aux Dames, et formera pour elles, à côté des grands classiques, dont elles ne doivent pas se désintéresser, une bibliothèque intime où elles pourront trouver un délassement à des lectures plus sérieuses. Comme la *Bibliothèque des Dames* ne comprendra que des ouvrages empruntés aux bons écrivains français, elle s'adresse également aux hommes, parmi lesquels elle ne pourra manquer de trouver un grand nombre d'amateurs.

Cette collection est imprimée avec le luxe et l'élégance que commandent les personnes à qui elle est destinée. Chaque volume, enfermé dans une gracieuse couverture imprimée en deux couleurs, est orné d'un frontispice gravé à l'eau-forte. — Le tirage est fait à petit nombre sur papier de Hollande; il y a aussi des exemplaires sur *papier de Chine* et sur *papier Whatman*.

En vente : *Le Mérite des Femmes*, par G. Legouvé, avec préface et appendice d'E. Legouvé . . . . 6 fr.

Sous presse : *Contes choisis de Madame d'Aulnoy*, 2 vol.

En préparation : Divers ouvrages d'éducation, Contes, Romans, Mémoires, Correspondances, etc.

www.ingramcontent.com/pod-product-compliance
Lightning Source LLC
Chambersburg PA
CBHW071853020726
47502CB00003B/726